KB265304

선생님,
괜찮으
세요?

32 THIRD GRADERS AND ONE CLASS BUNNY
by Phillip Done

선생님, 괜찮으세요?

필립 던(초등 3학년 쌤)
김경숙 옮김

사이

차례

서문 나는, 선생님이다 • 9

: 1부 :

새 학년 새 학기

더 심했던 적도 있었는데, 뭘 • 19

개학 첫날 • 25

아홉 번째 자리 배치 수정 중 • 29

저는 3번 한나가 아니고 5번 한나인데요? • 32

선생님은 왜 선생님이 되셨어요? • 38

나의 정확한 직업은 무엇일까? • 43

학급 사진 찍는 날 • 46

딱 예상한 그대로 • 51

교실 문을 닫고 혼자 울 때 • 58

영재 수업, 그리고 남겨진 아이들 • 64

아침의 17분 동안 일어나는 일 • 69

영어를 한 마디도 못했던 아이 • 73

학교? 혹은 병원? • 78

진상 학부모 • 82

시험 • 87

: 2부 :

가을

글쓰기는 언제 배워요? • 93
선생님 학교 • 96
윽, 학부모 총회! • 102
5센트에 주시죠 • 111
교사가 되기 위한 첫 면접 • 117
선생님, 괜찮으세요? • 122
도대체, 아이들은 왜? • 130
내가 교사가 되길 잘했다고 느끼는 순간들 • 133
부모님 면담일이라고 긴장할 건 없단다 • 136
음, 또 할로윈 데이군 • 140
수업을 중단해야 할 때 • 144
오늘 우리가 뭘 먹을 거냐 하면 말이지 • 148
불균형에 관하여 • 153
비행기와 교실의 공통점 • 158
우리 반 애완동물 • 162

: 3부 :

겨울

선생님이 꼭 갖춰야 할 다섯 가지 표정 • 167
고뇌의 시간, 생활기록부 작성하기 • 174
우리 엄마하고라도 결혼하세요 • 179

뻥쟁이, 쪼물락, 바버라 월터스, 드라마 퀸 • 182

선생님들의 입술은, 쓰라리다 • 190

크리스마스 콘서트 • 194

선생님 말씀 479번 • 197

책 읽어주는 시간 • 201

로니, 로니! • 204

왜 하필 방학 첫날에 • 207

로알드 달에게 보내는 편지 • 212

선생님, 화재 경보예요! • 215

발렌타인 예술 • 219

어젯밤 꿈 • 221

: 4부 :

봄

봄의 괴물들 • 227

만우절 대처법 • 231

아이들이 사는 목적 한 가지 • 236

양치기 소년을 믿어야 할까? • 243

나는 왜 해마다 90명의 아이들과 뮤지컬을 하는 걸까 • 247

학급 비품 24계명 • 250

여섯 가지 교실의 유형 • 255

정말, 샘이 나서 배가 아프구나 • 259

넥타이 코딩하던 날 • 264

교사에게 휴가가 필요하다고 느낄 때 • 269

페넬로페의 외박 • 271

킬러를 잡아라!!! • 273

너희 엄마는 몇 살이셔? • 283

: 5부 :

3학년 마지막

그레코 선생님 • 291

재밌는 얘기 해주세요! • 293

선생님들의 저녁 식사 • 299

두개골과 살라미 소시지 • 302

구세주 스누피! • 309

책상 서랍 정리 파티 • 313

저더러 성교육 수업을 맡으라구요?! • 316

새로운 단어 정의 • 321

반 편성 대작전 • 324

누가 이런 말들을 했는지 맞춰보세요 • 328

저녁 초대 • 333

선생님은, 알고 있단다 • 338

내가 아이들에게 이걸 가르쳤던가? • 342

3학년, 마지막 날 • 344

나는, 선생님이다

나는 『샬롯의 거미줄』과 『찰리와 초콜릿 공장』을 해마다 읽는다. 그런데도 찰리가 금빛 티켓을 찾을 때와 샬롯이 죽는 대목이 나올 때면 매번 눈물을 흘린다.

나는 아이들의 손가락에 일어난 손거스러미를 잘라주고, 베이컨 훔치기 게임에서 반칙을 하는 아이를 기막히게 잘 잡아낸다. 그리고 어떤 아이가 껌을 씹지 않고 가만히 물고만 있어도 그 녀석의 입 안에 껌이 있다는 걸 안다. 또 나는 생일 축하 노래를 지금까지 657번 불렀다.

나는 아이들에게 가위를 건네줄 때 손잡이가 반드시 위로 가게 한다. 내 『벨벳 토끼 인형』과 『보물섬』은 하도 읽어서 책장이 나달나달하다. 한 아이가 자기 생일 파티 얘기를, 또 한 아이는 파자마 파티 얘기를, 또 한 아이는 어젯밤에 위세척을 했다는 얘기를 와글

와글 한꺼번에 해대도 나는 세 가지 모두를 정확하게 알아들을 수 있다.

나는, 선생님이다.

나는 고장 난 스테이플러를 고쳐주고, 말을 듣지 않는 지퍼를 손봐주고, 딱딱하게 굳어버린 오렌지색 풀 뚜껑을 핀으로 찔러서 다시 풀이 나오게 만들어준다. 나는 흔들리는 이를 뽑아오는 아이에게 종이와 연필, 스티커를 상으로 준다. 나는 오스트리아와 오스트레일리아가 다르다는 걸 안다. 나는 면도를 하면서, 샤워를 하면서, 운전을 하거나 밥을 먹으면서, 심지어 잠을 자면서도 수업을 어떻게 할까 궁리한다. 또 나는 수업 시작종이 치기 5분 전에 수업 계획을 짤 때도 있다. 나는 시침이 12에 있고 분침이 9에 가 있으면 몇 시인지 안다. 나는 〈라이브러리library〉의 r 발음을 제대로 하고, 〈소드sword〉의 w는 발음을 하지 않는다.

나는 아이들에게 반창고를 붙여주고, 겨울엔 외투를 입혀주고, 교내 연극을 무대에 올린다. 나는 아이들이 〈your〉와 〈you're〉의 차이를 이해하지 못하고, 〈too〉를 써야 할 자리에 〈to〉를 쓸 거라는 사실도 안다. 내가 어떤 아이에게 "기침을 할 때는 입을 막고 해야지."라고 말할 때는 이미 그 녀석이 내 얼굴에 대고 "엣취!" 하고 재채기를 하고 난 뒤다.

나는, 선생님이다.

나는 아이들이 새로 끼운 치아 교정기를 봐주고, 방금 생긴 물집을 살펴봐주고, 막 이를 빼서 구멍이 숭숭 뚫린 입 안을 들여다봐준다. 나는 〈vacuum(진공청소기)〉의 철자를 알고 있고, 사람을 기분 좋게 하는 마법의 단어, 〈please〉를 사용할 줄 안다. 내 셔츠 주머니에는 쉬는 시간에 아이들이 사랑으로 꺾어온 네잎클로버와 민들레가 들어 있다. 나는 눈이 왔으면 하고 기도하고, 스티븐이 결석하게 해 달라고 빈다.

나는 추수감사절 휴일을 생활기록부를 쓰면서 보낸다. 크리스마스엔 교실 청소를 하고, 여름방학 때는 스트레스 해소법에 대한 강좌를 듣는다. 나는 콤마와 아포스트로피(')의 차이를 알고, 아포스트로피apostrophe 발음도 정확하게 할 줄 안다. 나는 고양이, 개, 상어, 화산, 말, 공룡에 관한 책들을 구입한다. 나는 아이들이 줄넘기를 할 때 줄을 돌려주고 숨바꼭질을 할 때는 본부가 된다. 나는 수두를 평생 한 번만 걸리게 되어 있는 것이 그나마 다행이라고 생각한다. 나는 아이들이 연필 잡는 법을 바로잡아주고, 철자가 틀린 것을 고쳐주고, 예의 바르지 못한 말과 행동을 지적해 준다. 나는 교실에서 항상 의자를 제자리에 밀어 넣으며 다니고 그네를 더 높이 밀어주고, 아이들이 그림을 그릴 때는 소매를 걷어준다.

나는 우리 반에서 종이 절단기를 만져도 되는 유일한 사람이다. 내게는 한 벌의 양복과 두 켤레의 구두, 그리고 여덟 상자의 그레이엄 크래커가 있다. 난 지금까지 홀마크 사에서 만든 교사용 머그잔은 빠짐없이 다 가지고 있고, 세이브 더 칠드런(Save the Children, 전 세계의 빈곤 아동을 돕는 국제기구)에서 나온 넥타이 역시 전부 소장하고 있다. 나는 아이들이 식판을 받을 때면 "두 손으로!"라고 말하고 그들이 한 손으로 식판을 받다가 쏟았다면 "사고란 일어나기 마련."이라고 말한다.

나는 3월 17일 성 패트릭 기념일에는 초록색 옷을 입고(아일랜드의 수호성인 세인트 패트릭을 기념하는 축제일로, 초록색과 네잎클로버가 이 날의 상징이다.), 2월 14일 발렌타인 데이에는 빨간 옷을 입으며, 파자마 데이에는 내 목욕 가운을 입는다. 나는 종이로 된 주스 팩에 빨대를 꽂아주고 꽉 닫힌 보온병 뚜껑을 열어준다. 그리고 너무 단단해서 잘 벗겨지지 않는 오렌지 껍질도 벗겨준다.

나는 도서관 출입증과 졸업 앨범에, 그리고 아이들이 새로 깁스를 하고 오면 거기에도 사인을 해준다. 나는 축구 경기와 리틀 리그(9-12세의 아동들이 출전하는 국제 야구 경기) 결승전을 보러 가고, 햄스터의 장례식에도 참석한다.

나는, 선생님이다.

나는 만우절이 토요일이기를 희망한다. 나는 쉬는 시간을 알리는 휘슬을 항상 너무 일찍 분다. 나는 무언가를 빌려오는 것도 재빠르고 무언가를 나르는 일도 무척이나 신속하다. 나는 〈2 곱하기 3〉보다 〈6 곱하기 8〉을 풀 때 시간을 더 준다. 나는 결코 전치사로 문장을 끝맺지 않을 뿐 아니라 전치사가 무엇인지도 알고 있다.

나는 스마일 표시와 별 모양의 이모티콘을 그린다. 아이들이 게임을 할 때 나는 경기를 줄곧 지켜보지 않아도 누가 아웃되었는지 알고 선수 교체를 명한다. 저번에 한 번은 〈8 더하기 7〉을 하다가 갑자기 막혔었다.

나는 "할 수 있다."와 "해도 된다."를 말할 때가 언제인지 안다. 초록색 매직펜, 빨간색 물감, 노란색 분필가루, 딱풀, 그리고 장식용 반짝이, 이 모든 것들이 하루 동안 내가 옷에 묻힌 것들이다. 나는 그 중에서도 반짝이라면 딱 질색이다.

나는 반드시 대문자로 문장을 시작하고 끝에는 어김없이 마침표를 찍는다. 나는 항상 똑바로 걷는다. 그리고 팔씨름 시합을 하면 번번이 진다. 발렌타인 데이에는 sugar를 shuger로 잘못 쓰거나 violets을 vilets로 잘못 써도 넘어가준다. 나는 오대양과 육대주의 이름을 다 알고 있다. 나는 책장이 떨어지면 테이프로 곱게 붙여놓는다. 나는 새로 뜯은 스카치테이프의 *끄트머리*를 기막히게 찾아낸다. 나는 손을 들지 않은 아이의 이름을 불러 발표를 시킨다. 나는 colonel이 정말 읽기 어려운 단어라는 것을 알며 그렇기는 doubt와 gauge도 마찬가지다. 문장에 started가 나오면 아이들은 stared로 읽을 것이다. because와 beautiful, friend의 스펠링은 아마 내가 6백만 번은 불러주었을 것이다.

나는, 선생님이다.

나는 길을 건너기 전에 양방향을 모두 살핀다. 나는 농구 그물망에 턱 걸려서 나올 생각을 하지 않는 공을 빼준다. 나는 지금까지 모두 842번의 받아쓰기 시험을 보았고, "즐거운 여름방학을 보내렴!"이라는 말을 아이들에게 써준 횟수도 그만큼은 될 것이다.

나는 우유팩을 모으고 커피캔을 모으고 달걀 상자를 모은다. 나는 일주일 시간표를 다 외고 있다. 나는 자판을 보지 않고 타자를 칠 수 있다. 나는 두 개의 프레첼이 한 개의 허쉬 초콜릿만 못하다는 것을 안다. 나는 두루마리 휴지를 다 쓰면 나오는 갈색 휴지심으로 망원경을 만들 수 있고, 오트밀 상자를 이용해 토템 기둥(미국과 캐나다의 북서해안에 살던 인디언들이 통나무를 조각, 채색해 세워놓은 기둥)을 만들 수 있다. 나는 커피 필터로 눈송이들을 만들고 원통 모양의 프링글스 통으로 우주선을 만들 수 있다. 그리고 알파벳을 순서대로 말하려면 꼭 알파벳 송을 불러봐야 한다.

나는 아이들의 망가진 손목시계 줄을 고쳐주고 안경을 수선해주고 〈그대로 멈춰라!〉 게임을 하다가 없어져 버린, 우윳값으로 가져온 돈도 찾아준다. 아이들이 가위 바위 보를 할 때면 나는 그들이 언제 주먹을 내고 언제 가위를 낼 것인지 안다.

나는 아이들이 내 말을 이해했는지 아닌지 얼굴만 보아도 안다. 그리고 거짓말을 하고 있는지 아닌지도 척 보면 안다. 누가 간밤에 늦게까지 잠을 안 자고 있었다면 그것도 안다. 친구를 사귀는 데 어려움을 겪고 있어 내가 도와줘야 하는 아이가 누군지도 나는 안다.

나는, 선생님이다.

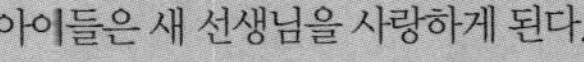

새 학년 새 학기

스물한 명의 남학생과 열한 명의 여학생이 3학년 교실로 들어온다.

그들은 두리번거리며 잔뜩 긴장된 얼글로 조용히 자리에 앉는다.

동시에 새 남자 선생님이 어떤 사람일까 파악하려 애쓴다.

그러나 학기가 시작도는 첫날 첫 쉬는 시간쯤이면

아이들은 새 선생님을 사랑하게 된다.

더 심했던 적도 있었는데, 뭘

나는 졸업 앨범이 스무 권 있고, 할로윈 데이 가장 행렬을 스무 차례 했으며, 스무 번의 만우절을 무사히 넘기고 살아남았다. 지금까지 내 교실에서 642명의 3학년 아이들을 새로 맞이했고 내일이면 그 숫자가 더 늘어날 것이다.

우리 교장 선생님 이름은 캐시 칼슨이다. 내가 그녀와 함께 일한 지는 5년이 되었다. 나는 그녀를 좋아한다. 캐시 교장 선생님은 아이들을 사랑하고, 직원회의를 빨리 끝내고, 학부모 총회가 끝난 후에 선생님들이 먹을 도넛을 사온다.

오늘 오후에는 캐시 교장 선성님이 으리 반 학생 명단을 내 우편함에 넣었다. 작년에 그 명단을 받았을 때 나는 이렇게 메모를 해서 되돌려 보냈었다.

"저, 부탁인데 혹시 다른 명단을 주실 수는 없나요? 이 명단은 마음에 안 들어서요."

교장 선생님은 다시 이렇게 적어 내게 보냈다.

"아뇨, 없습니다."

올해 교장 선생님이 우편함에 학생 명단을 넣어놓은 직후에 나는 다운 선생님을 만났다. 다운 선생님은 현재 바로 내 옆 반 3학년을 가르치고 있다.

"다운 선생님, 교장 선생님한테 학급 명단 받으실 때 무슨 메모가 있었나요?" 내가 물었다.

"네. 왜요?"

"뭐라고 적혀 있던가요?"

"'즐거운 한 해가 되시기를.' 이렇게요. 선생님 것엔 뭐라고 적혀 있었는데요?"

"필 선생님, 변경은 안 돼요!"

내가 메모를 읽었다.

다운 선생님이 소리 내어 웃었다.

"선생님 반은 몇 명이에요?"

다운 선생님이 자기 반 명단을 들여다보았다.

"스물여덟 명이네요."

"스물여덟이라고요?" 나는 소리를 질렀다. "난 서른둘인데. 그 중에 남학생이 몇 명이에요?"

그녀가 숫자를 세어 보았다. "열넷요."

"열넷이오?" 내가 또 소리쳤다. "난 스물하나예요!"

"뭐 나쁘지 않네요."

그녀가 말했다.

"나쁘지 않다고요? 그건 우리 교실에 프로 미식축구팀이 한 팀 있다는 뜻인데요." 내가 우는소리를 했다. 그리고 이렇게 덧붙였다. "그럼 우리 바꿀래요?"

"필 선생님!" 그녀가 소리쳤다.

"제발!" 내가 애원했다. "매주 선생님 차를 닦아드릴게요. 통지표도 제가 대신 다 써드리고, 일 년 내내 운동장 봉사(학생들이 쉬는 시간에 별 사고 없이 잘 노는지 지켜보는 임무)도 제가 대신해 드릴게요!"

"네, 어련하시겠어요. 작년에도 똑같은 말씀을 하셨잖아요. 자, 이제 여기서 나가주세요."

그녀가 깔깔 웃었다.

"좋아요. 하지만 지금 당장 교장 선생님을 만나서 얘기해 봐야겠어요."

내가 말했다.

교장 선생님은 자리에 없었다. 예상대로였다. 그녀는 선생님들의 우편함에 학급 명단을 넣은 즉시 모습을 감춘다. 그리고 절대 근처에 얼씬거리지 않고 우리가 아이들을 사랑하게 될 때까지, 그래서 그 중에 어느 누구를 포기한다는 것을 꿈도 꾸지 않게 될 때까지 기다린다. 정말 똑똑한 사람이다.

나는 교실로 가서 자리에 앉아 학급 명단을 좀 더 자세히 살펴보았다. 서른두 명의 아이들 중에 네 명이 훈육에 문제가 있었고, 다섯 명이 영어 학습 부진이었으며, 한 명은 영어를 전혀 모르고, 셋은 학습 지원 프로그램 대상자여서 특수한 도움을 필요로 하는 상태였다. 그리고 소아 당뇨가 한 명에, 주의력 결핍 장애를 가진 아이가 둘 있는데 이 아이들은 리탈린이라는 치료제를 하루에 두 번 복용해야 한다. 게다가 벌에 대한 알레르기가 심각한 아이도 있었고 땅콩 알레르기, 가지 알레르기도 한 명씩 있었다.

나는 아이들에 대한 지금까지의 기록들을 꼼꼼히 읽어보기 시작했다. 이 서류철에는 통지표와 생활기록부, 그리고 다른 중요한 정보들도 들어 있다. 로니에 관한 서류철은 거의 7-8센티미터 두께였고 스티븐은 심리 진단 평가서가 다섯 개나 되었다. 저스틴의 서류철에는 "2050년까지 개봉하지 마시오."라고 소인이 찍혀 있었다.

나는 읽다 말고 생각했다.

혹시 지금은 달라졌을 수도 있지 않을까? 어쩌면 스티븐은 여름 방학 때 군대에 입대했을지도 모른다. 저스틴은 이사를 갔을 수도 있겠다. 그러고 보니 우리 반이 그다지 나쁠 것도 없다는 생각이 들었다. 더 심했던 적도 있었는데, 뭘. 한 번은 학급 인원 서른여섯 명 중에 스물다섯 명이 남자아이였다. 그 해에는 우리 교회의 여성 신도들이 나를 위해 기도하고 있으니 힘내라는 카드를 월요일마다 내 우편함에 넣어주었다. 그리고 그 많은 사내녀석들과 씨름하는 내가 불쌍하다며 일주일에 한 번, 껍질콩을 넣은 캐서롤(조리한 채로 식탁에 올릴 수 있는 서양식 찜 냄비을 내게 보내주었다. 믿을지 모르겠지만, 그 해 여학생이 세 명이나 이사를 갔다.

음력에는 쥐 해와 뱀 해, 원숭이 해 등이 있다는 것을 당신은 아는가? 내가 한 해 한 해를 기억하는 것도 바로 그런 방식이다.

내가 이 학교에 부임한 첫해는 〈사만다의 해〉였다. 사만다는 작가였다. 그 아이는 책상에, 화장실 벽에, 심지어 에밀리의 몸에도 글을 썼다. 그 아이가 가장 좋아하는 것은 자기 손목에 매직으로 시계를 그리고는 몇 시냐고 물어봐 달라고 내게 졸라대는 것이었다. 한 번은 그 아이가 내게 몹시 화가 나서 내 미술용품 상자art supply에 죄다 마커펜으로 낙서를 해놓은 적도 있었다. 그래서 지금도 스무 개쯤 되는 내 미술용품 상자엔 전부 〈fart supply(방귀용품)〉라고 쓰여 있다.

〈레베카의 해〉는 특별했다. 내가 처음 그 아이를 불렀을 때 그 아이는 펄쩍 뛰어 책상 아래로 들어가더니 목이 터져라 고함을 질러대기 시작했다. 부임하자마자 처음으로 만난 교장이었던 프랭크 선생님에게, 대체 아이가 책상 밑으로 왜 들어가는지 모르겠다고 하자 그는 그저 어깨를 으쓱할 뿐이었다. 그러던 어느 날 프랭크 교장이 내게 뭔가 물어볼 게 있다며 교실에 들렀을 때 레베카가 그의 한쪽 바짓가랑이를 부여잡고 질겅질겅 씹기 시작했다.

"너 뭐하는 거니?"

프랭크 교장이 놀라 소리쳤다.

"이가 나려고 그러는 거예요." 내가 말했다.

레베카의 해는 그렇게 끝났다.

〈딜런의 해〉도 기억할 만했다. 딜런은 연필, 계산기, 자동차 열쇠, 휴대전화, 가구 등 뭐든 닥치는 대로 긁어모았다. 나는 수납장, 책상, 심지어 토끼장에도 맹꽁이자물쇠를 채워두어야 했다. 한 번은 딜런이 오버헤드 영사기가 실린 카트를 밀고 교실 문을 나가려다가 내게 딱 걸렸었다. 그는 그 영사기가 자기 것이며 바퀴가 저절로 굴러간 것뿐이라고 말했다.

〈코디의 해〉도 결코 잊지 못할 것이다. 코디는 영화 속으로 들어가고 싶어 했다. 말 그대로다. 코디는 비디오를 사랑했다. 아니, 비디오 보는 걸 좋아하는 게 아니라 비디오테이프로 자기 몸을 칭칭 감는 걸 좋아했다. 피가 통하지 않아 아이가 새파랗게 질리기 전에 아이의 양팔에 감긴 수백 미터의 테이프를 푸는 일을 거의 한 달에 한 번 꼴로 치러내야 했다.

〈사탄의 해〉는 정말 재미있었다. 사탄이 물론 본명은 아니었다. 단지 내가 그렇게 불렀을 뿐이다. 사탄은 달팽이만 보면 밟아 죽였다. 돋보기로 햇빛을 모아 곤충을 지글지글 태우기도 했다. 감자딱정벌레는 그가 다가오는 것을 보면 몸을 동그랗게 움츠렸다.

올해는 과연 누구의 해가 될 것인지 나는 자못 궁금하다. 그래서 더 설렌다. 서른두 명 중에 과연 누가 올해의 승자가 될까?

개학 첫날

오늘 아침, 스물한 명의 남자아이들과 열한 명의 여자아이들이 3학년 교실로 걸어 들어왔다. 그들은 긴장된 얼굴로 조용히 자리에 앉아, 만나자마자 자신들에게 "남을 배려해라, 시간을 슬기롭게 사용해라, 지시를 잘 따라라, 할 말이 있으면 먼저 손을 들어라, 종이 절단기는 손대지 마라, 화장실에 가고 싶으면 얘기해라, 수학 책을 꺼내면서 우는소리 하지 마라, 서로의 물건들을 소중히 여겨라."라고, 무슨 뜻인지도 모를 얘기를 하는, 넥타이를 매고 안경을 쓴 새 남자 선생님이 어떤 사람일까 파악하려 애썼다. 내가 또 뭐라고 했더라? "교실에서 껌 씹지 마라, 게임할 때 친구들을 따돌리지 마라, 복도에서 뛰지 마라, 미끄럼틀을 거꾸로 뛰어 올라가지 마라."

가여운 녀석들! 나라면 첫 10분이 지나기 무섭게 바로 그 교실에서 달아났을 텐데. 아닌 게 아니라, 내가 초등학교 3학년 올라가던 첫날 나는 정말로 그럴 뻔했다. 그때 우리 선생님 이름은 존슨이었다. 우리 반 담임 선생님이 존슨이라는 걸 알고 나는 비명을 질렀다. 친구들 말이, 존슨은 아주 야비한 선생님이라는 거였다. 존슨 선생님은 숙제를 많이 내주기로 유명했다. 하지만 우리 어머니는 존슨 선생님을 좋아하셨는데 그 이유는 그가 아이들에게 구구단과 미국의 50개 주를 가르치기 때문이었다. 어머니는 요즘엔 선생님들이 아이들에게 그런 걸 가르치지 않는다고 못마땅해 하셨다.

3학년에 올라간 첫날 존슨 선생님은 칠판 앞에 우리를 한 줄로 세우고는 한쪽 끝에서부터 마치 군인처럼 걸어왔다. 선생님은 내 앞에서 걸음을 멈추고 몸을 앞으로 기울이며 한쪽 눈썹을 치켜올렸다.

"미스터 던?"

그가 느릿한 말투로 물었다.

나는 그 자리에 얼어붙었다.

"내가 자네 형을 가르쳤었지."

나는 당장 문 밖으로 달아나고 싶었지만 그가 나보다 훨씬 빨리 뛸 게 뻔했다. 그래서 나는 달아나는 걸 포기했고 꼼짝없이 구구단과 미국 50개 주를 외워야 했다.

요즘 나는 학기 첫날을 좋아한다. 모든 것이 새롭게 시작된다는 것이 좋다. 이름표는 너덜너덜하지 않고 게시판에 붙이는 커다란 색종이도 아직 색이 바라지 않았다. 연필 꽁지에는 이로 잘근잘근 씹은 자국이 없고, 마커펜은 아주 잘 써진다. 아직 꼭지가 말라붙지 않은 풀은 짜면 잘 나온다. 피구공은 높이 튀어 오르고 수성물감을 짜놓는 팔레트는 깨끗하다. 교실에 깔린 러그에서는 카펫 클리너 냄새가 나고 책상에서는 레몬향 세제 냄새가 난다.

예전에도 그랬듯이 남자아이들은 남자아이들끼리, 여자아이들은 여자아이들끼리 줄을 선다. 요즘도 그들은 9시가 되면 "언제 점심 먹어요?"라고 묻고, 10시면 내게 이렇게 묻는다. "오늘 수업 언제 끝나요?"『우리 선생님은 괴물』이라는 책을 읽어주면 아이들은 어김없이 깔깔거리며 웃는다. 유치원 때부터 이미 알고 있는 책이고 1학년 때도, 2학년 때도 거푸 들은 여기지만 말이다. 여름방학이 끝나고 학교에 오면 그들은 〈500 빼기 199〉를 어떻게 하는지 영락없이 잊어버린다. 그리고 여나 지금이나 변함없이 아이들은 새로운 선생님이 자기들을 좋아해 주기를 바란다. 그리고 난 그런 아이들이 좋다.

오늘은 학기 첫날치고는 꽤 괜찮은 편이었다. 나는 운이 좋았다. 다운 선생님 반 아이 중에 하나는 아침에 쉬는 시간이 끝나자마자 집에 가버렸다. 피곤하다는 게 그 이유였다. 킴 선생님 반의 한 여학생은 세 시간 내내 쉬지 않고 비명을 질러댔다. 리사 선생님 반에는 한 아이가 러그 위에서 넘어지는 사고가 있었다. 매리언 선생님 반에는 울보가 둘이나 되었다. 마크 선생님 반의 어떤 아이는 점심시간 전까지 세 번이나 토했다(아이의 보호자도 결국엔 대걸레를 놓고 가버렸다).

학기가 시작되는 첫날, 첫 쉬는 시간쯤이면 아이들은 대개 새 선생님을 사랑하게 된다. 하지만 내 경우에는, 그 아이들이 〈예쁜 내 새끼들〉이 되기까지 대략 일주일쯤 걸린다. 나는 항상 작년에 가르친 아이들을 그리워한다. 두 번째 줄 뒤에서 두 번째 자리에는 의자에 기대어 앉아 있는, 작년에 가르쳤던 제시가 보인다. 맨 앞 줄 통로 쪽 자리를 쳐다보면 알렉산드라가 여전히 머리카락을 입에 물고 있고, 세 번째 줄에 앉은 마크는 연필깎이에서 나온 톱밥에 파묻혀 있다. 하지만 지금 마크가 연필을 깎고, 알렉산드라가 머리카락을 씹고, 제시가 너무 심하게 몸을 뒤로 젖히다가 쿵 하고 넘어지는 곳은 분명 이곳이 아닌 다른 교실이었다. 지금 그 아이들은 모두 마음에 드는 새로운 선생님을 맞이했다.

세상살이란 그런 것이다.

내 여름방학은 어디로 가버렸는가? 나는 이제야 좀 마음 편히 쉬려던 참이었다. 그리고 아주 잘 해나가는 중이었다. 6월이 끝나 갈 때쯤에는 수박씨의 개수를 큰 소리로 세지도 않고 수박 한 덩이를 다 먹어치웠다. 그리고 사과를 자르면서 "4분의 1쪽이 몇 개 있으면 반이 되지?"라는 질문을 하지도 않았다. 그리고 8월엔 심지어 마요네즈 병을 그냥 내다버리기까지 했다.

나는 처음부터 다시 시작한다는 것이 어떤 것인지 해마다 잊어버린다. 그리고 새 학기 첫 주에는, 쿵! 하고 마치 방금 햄스터 우리 안으로 뛰어든 기분이 된다. 그리고 지금은 햄스터로 사는 것도 꽤 괜찮아 보인다.

나는 3학년 학기 초의 아이들이 학년 말이 되면 전혀 다른 아이들이 된다는 것을 항상 잊어버린다. 나는 이제 막 3학년이 된 아이들은 아직 시계 보는 법도 모르고, 알파벳 필기체를 읽을 줄도 모르며, 시험지철에 구멍을 뚫는 쪽이 왼쪽인지 오른쪽인지도 모른다는 사실을 매번 잊어버린다.

그 아이들은 종이에 자기 이름을 쓰는 데 한 시간이 걸리고 다섯 문장을 쓰는 데 또 한 시간이 걸린다는 것을 나는 잊어버린다. 그리고 글씨가 너무 커서 다섯 문장을 쓰는 데 종이를 무려 세 장이나 잡아먹는다는 사실도 나는 잊어버린다.

아이들은 대략 한 시간 정도 걸릴 거라는 예상 하에 내가 내준 덧셈 문제들을 푸는 데 5분밖에 안 걸린다. 시간이 그렇게 짧게 걸린 이유는 아이들이 받아올림을 하는 방법을 방학 동안 다 잊어버려서 문제마다 죄다 의문 부호를 써놓고는 다 풀었다고 말하기 때문이다.

새 학기 첫 주에 내가 하는 일이란 게 마치 체스를 두는 것과 비슷하다는 생각이 든다. 맨 먼저 나는 로니를 브라이언에게서 떼어놓았다. 그 둘은 마치 쿵푸의 고수들처럼 행동했다. 그 다음엔 그 아이를 다시 스티븐과 멀리 떨어뜨려 놓았다(로니는 컴퍼스의 끝이 훌륭한 창이 될 수 있다는 걸 알아냈다). 그리고 다시 그를 앤터니에게서 떼어놓았는데, 그 이유는 그들의 끝없는 트림 경쟁에 종지부를 찍어야 했기 때문이었다. 결국 나는 로니를 바로 내 옆자리에 앉혔다. 그리고 이렇게 말했다.

"한 번만 더 말썽 부리면 이번에는 교실 바깥에 앉아야 할 거다."

벌써 아홉 번째 좌석 배치표를 수정하는 중이다. 겨우겨우 모든 아이들을 내가 생각하기에 괜찮겠다 싶은 자리에 배치하고 나면 그들은 언제 자리를 바꿔줄 수 있냐고 물어댄다.

자리 배치도

스티븐	멜라니	앤드류	브라이언	나탈리	케니
니콜	케빈	에밀리	조이	케이티	아론
마이클	아만다	카를로스	조슈아	에리카	피터
지수	멜리사	매튜	패트릭	제니	제임스
션	이사벨	리안	앤터니	사라	로니
토모야	저스틴				

던 선생님

　언젠가는 〈C의 해〉인 적도 있었다. 남자아이들은 죄다 이름이 크리스토퍼였고 여자아이들은 전부 크리스틴이었다. 그것도 모자라 햄스터들은 몽땅 쿠키였다.

　우리가 다시 고전을 읽기 시작하자 교실은 올리버와 엘리자베스, 엠마와 니콜라스로 가득했다.

　그 다음엔 〈J의 해〉가 열렸다. 그때는 한 반에 제이콥이 네 명, 제레미가 셋, 제시카가 둘, 재키가 무려 다섯 명이나 되었다. 그렇게 되면 이름들을 알파벳 순서로 정렬하는 것이 몹시 어려웠다.

　유행은 왔다가 흘러간다. 언젠가는 블레이크가 두 명이었고, 애실리가 셋이었으며, 잭이 한 명 있었다. 그때는 내가 드라마 「한 번뿐인 인생」에 출연하고 있는 기분이었다(애실리, 블레이크, 잭은 미국의 유명 드라마 「한 번뿐인 인생」의 등장인물 이름이다). 또 한

해는 마치 내가 사탕가게에서 일하고 있는 것 같았다. 그 해엔 캔디가 두 명, 코코가 두 명 있었다. 어느 헌가는 하루 온종일 맥스와 트레버와 렉스(미국에서 개 이름으로 흔히 사용되는 이름들)의 꽁무니를 쫓아다녔다. 그땐 학교 식당에서 키블스 앤 비츠(애완견 사료 이름)를 급식으로 제공한다고 해도 놀라울 게 없을 것 같았다.

간혹 발음하기 너무 어려운 이름들이 등장하기도 한다. 이 아이들은 학기 시작하자마자 곧 타이거, 스위트하트, 혹은 트러블 등의 새로운 별명을 얻게 된다.

승 빈즈라는 같은 반 친구의 븐명이 타이거가 아니라는 사실을 샘은 5월이 되어서야 비로소 알았다. 하기야 이 정도는 뭐 아무것도 아니다. 샘은 내 이름이 〈미스터〉(미스터 던Mr. Done에서 미스터를 이름으로 알았다는 뜻)인 줄 알았던 아이니까 말이다.

어떤 때는 아예 아이의 이름을 부르고 싶지 않은 경우도 있다. 지난봄에 새로 전학 온 아이의 이름을 예로 들어보자. 그 아이의 이름이 뭐였는지 아는가?

그의 이름은 바로 픽(Phuc, 욕설인 "제기랄!"에 해당되는 fuck과 발음이 같다.)이었다.

하루 종일 나는 이렇게 말하곤 했다. "앉아라, 제기랄.", "급식을 받으려면 줄을 서야지, 제기랄.", "제기랄, 지금은 독서 시간이다."

나는 그의 이름에 들어 있는 u자를 최대한 길게 끌려고 애썼다. 그의 이름을 부르기가 싫어서 그가 손을 드는 걸 보고도 슬쩍 외면하기도 했었다. 그 아이는 승 빈즈에 이어 타이거라고 불린 두 번째 아이였다.

아마 모르긴 해도 과거 어느 해인가 곧 아기를 낳을 예비엄마들이 한자리에 모여서 이런 얘기를 나눈 게 틀림없다.

"자, 여러분, 올해 새로 태어날 아기 이름으로 무엇이 좋을까요?"

그렇게 해서 결정된 이름이 한나다. 내가 어떻게 아느냐고? 그로부터 몇 년 후 우리 반에 한나가 다섯 명이나 있는 걸 보면 그렇다. 그러니 뒤죽박죽이 되는 걸 막으려면 이름에 번호를 붙여 부를 수밖에.

"3번 한나. 이 질문에 네가 대답해 보겠니?"

내가 한나를 가리키며 물었다.

"저는 3번 한나가 아니고 5번 한나인데요?"

올해는 브라이언을 자꾸만 그 형의 이름으로 부르고 있다. 작년에 그 형을 가르친 탓이다. 그리고 조슈아를 자꾸 루크라고 부르게 되는데, 그것은 두 달 전에 루크가 그 자리에 앉았었기 때문이다.

출석부 따위는 잊어라. 요즘은 아무도 출석부에 나와 있는 이름으로 불리길 원치 않는다. 제니는 제니퍼라는 이름을 죽어라고 싫어하고 조이는 조셉이라 불리는 걸 극도로 싫어한다. 매튜는 매트라고 불러주길 원하고 로널드는 로니라고 불리는 걸 좋아한다. 그리고 저스틴은 〈터미네이터〉라고 불러 달라고 말한다.

어머니들 이름은 한술 더 뜬다. 어머니들 중에 절반은 자기 아이와 성이 다르다. 패트릭의 어머니는 〈Ms.〉라고 하지 않고

〈Mrs.〉라고 썼다고 내게 화를 냈다. 그리고 미안한 얘기지만 하이 픈으로 연결된 이름들은 나를 미치게 만든다. 엄마들은 가슴에 이름표를 다는 것도 아니니 말이다.

우리 형 스티브 역시 교사다. 형은 초등학교 고학년 아이들을 가르친다. 전에 형수가 아이를 가졌을 때 둘이 식탁에 앉아 앞으로 태어날 아이의 이름을 고르고 있었다. 나도 그 자리에 함께 있었다.

"레이첼 어때?"

형수 카렌이 물었다.

"절대 안 돼."

형이 대답했다.

"왜?"

형수가 물었다.

"전에 우리 반에 레이첼이란 아이가 있었어."

형이 대답했다.

"그런데 남의 물건을 닥치는 대로 훔치는 아이였어."

"좋아, 그렇담 레이첼은 접고. 레베카는 어떨까?"

형수가 물었다.

내가 비명을 질렀다.

"왜 그러세요?"

"레베카는 절대 안 돼요."

"왜요?"

"전에 레베카라는 아이를 맡은 적이 있는데, 뭐든 하기 싫으면 책상 밑으로 기어들어가서 막무가내로 소리를 질러대는 아이였어요."

"오, 맙소사. 그럼 이번에는 남자아이 이름으로 생각해 봐요. 나는 토머스라는 이름이 좋던데. 당신은 토머스 어때?"

형수가 형에게 물었다. 형이 형수를 쳐다보았다.

"장난치느라 밖에서 잠가버린 화장실에 갇혀보고 싶어? 남자 변기에 빠진 푹 젖은 화장지를 꺼내고 싶어?"

형이 말했다.

형수가 짜증스런 얼굴을 했다.

"그럼 제이콥은?"

내가 옆머리를 손가락으로 가리켰다.

"이 흰머리 안 보이세요?"

"보여요."

"내가 맡은 말썽꾸러기들은 죄다 제이콥이었어요. 그리고 이거 보여요?"

정수리에 휑해진 머리숱을 가리키며 내가 말했다.

"나단이 등장하기 전까지는 그래도 여기 머리카락이 조금은 있었다고요."

형수가 소리 내어 웃었다.

"좋아요. 제이콥도 안 되겠고, 나단도 아웃이고. 그래도 뭐든 이름이 있긴 있어야 하잖아요."

"생각났어. 마틴이라고 하자."

"마틴? 왜 마틴이지?"

"아직 우리 반에 마틴이라는 아이는 한 명도 없었으니까."

"그랬다가 훗날 언젠가 마틴이 들어와서 그 해가 마틴의 해가 되어버리면 어쩌고?"

"걱정 마."

형이 씩 웃었다.

"그땐 우리 아들 이름을 바꿔버리면 되지, 뭐."

선생님은
왜 선생님이 되셨어요?

해마다 나는 아이들에게 커서 뭐가 되고 싶으냐고 묻는다. 그리고 부모님들에겐 아이들의 얘기를 가볍게 듣지 말라고 조언한다. 내가 선생님이 되고 싶다고 결심한 게 바로 초등학교 3학년 때였기 때문이다.

"저는 나중에 커서 변호사가 될 거예요."

아만다가 말했다.

"저는 스파이가 되고 싶어요."

저스틴이 말했다.

"저는 동물을 도와주는 의사요."

멜라니가 말했다.

"전 배우요."

스티븐이 한 말이다.

“의사요.”

앤터니의 대답이었다.

“돈 많이 버는 사람이오.”

니콜이 말했다.

“야구 선수요.”

매튜의 대답이다.

“선생님이 되고 싶은 사람은 없니?”

내가 물었다.

“절대 싫어요!”

케빈이 소리쳤다.

“왜?”

내가 물었다.

“전 넥타이를 매는 게 싫어요.”

저스틴이 대답했다.

“우리 아빠가 그러는데 선생님들은 돈을 못 번대요.”

아론이 말했다.

“그래, 그건 사실이다.” 내가 말했다. “아론, 너희 아버지는 뭘 하시니?”

“무슨 회사의 부사장이에요.”

아론이 대답했다.

“너희 아빠 회사, 직원 채용은 안 하신다니?”

“엥?”

"됐다."

내가 말했다.

나탈리가 손을 들었다.

"그래, 나탈리?"

"던 선생님, 선생님은 왜 선생님이 되셨어요?"

나탈리가 물었다.

"선생님은 식수대의 막힌 배수구를 뚫는 걸 좋아하거든."

내가 씩 웃었다.

"아니, 그러지 마시고요. 정말로요." 나탈리가 말했다. "왜 선생님이 되셨어요?"

그건 좋은 질문이었다. 아이들을 가르치기 시작한 이래 나는 한 번도 그 문제에 대해 생각해 본 적이 없었다. 그날 하루 종일 나는 곰곰이 그것에 대해 생각해 보았다.

내가 선생님이 된 이유는, 매년 9월마다 완전히 새롭게 시작하는 것이 좋아서다.

내가 선생님이 된 이유는, 서른두 명의 아이들이 커다래진 눈으로 조용히 앉아 영화를 보다가 그린치(크리스마스를 싫어하는 털북숭이 괴물)가 후빌 마을로 썰매를 타고 내려가는 장면에서 갑자기 한꺼번에 까르르 웃음을 터뜨리는 게 너무 예뻐서다.

내가 선생님이 된 이유는, 아이들 중 누군가 하나가 노래를 부르기 시작하면 잠시 후 죄다 따라 부르는 것이 좋아서다.

내가 선생님이 된 이유는, 조용히 독서하는 시간에 새로운 책을 막 읽기 시작한 아이가 책을 보며 혼자 키득키득 웃는 게 좋아서다.

내가 발렌타인 데이에 포장지에 글씨가 쓰인 사탕을 아이들에게 나누어줄 때 거기에 "안아주세요."라고 쓰인 걸 보고 소리를 지르는 아이들을 바라보는 게 나는 너무나 즐겁다.

제 키보다 더 큰 트롬본 케이스를 질질 끌다시피 학교에 가져온 아이를 보면 나는 귀여워서 어쩔 줄을 모르겠다.

내가 왜 아이들을 가르치느냐고? 당신이 퇴근할 때 수백 명의 어린 사람들이 매일같이 스쿨버스에서 손을 흔들어주며 안녕히 가라고 소리쳐 인사하는 직장이 학교 말고 또 있을까?

하지만 내가 선생님이 된 가장 큰 이유는, 아이들이 이전까지 한 번도 들어본 적 없고 생각해 본 적도 없는 단어들과 음악, 책, 사람들, 숫자, 그리고 개념과 생각들을 그들에게 맨 처음 소개하는 사람이 나라는 사실이 너무 좋기 때문이다.

나는 아이들에게 롱 존 실버(로버트 스티븐슨의 소설 『보물섬』에 나오는 해적 선장)에 대해, 음수라는 수에 대해, 베토벤에 대해, 두운법에 대해, 「오, 아름다운 아침」이라는 노래와, 직유법과 직각에 대해, 에벤에셀 스크루지에 대해 말해주는 첫 번째 사람이 나여서 좋다.

뭔가 새로운 것을 처음 배우던 때를 당신은 정확히 기억할 수 있는가? 나는 기억한다. 나는 그레코 선생님에게서 「네잎클로버를 찾고 있어요」라는 노래를 배웠을 때 내가 어디 앉아 있었는지도 기억한다. 나는 스즈키 선생님이 캘리포니아의 일본인 포로 수용소에서 자신이 경험한 얘기를 들려주면서 〈차별〉이 무엇인지를 가르쳐주시던 것을 기억한다. 그녀는 그곳을 강제 수용소라고 불렀다. 마술처럼 신기한 마시멜로를 가지고 〈9 곱하기 7〉을 가르쳐주시던 존슨 선생님의 모습은 지금도 내 기억에 생생히 남아 있다. 나는 가슨 선생님이 funner(fun은 1음절 단어이지만 비교급과 최상급에 예외적으로 -er, -est를 쓰지 않음)라는 단어는 없다고 하실 때 믿을 수 없어 하던 나 자신을 지금도 기억한다.

당신이 지금 아는 것들에 대해 생각해 보라. 당신은 글을 읽고 쓴다. 당신은 셈을 할 줄 안다. 그리고 문제들을 푼다. 우리는 이 모든 것을 당연하게 여긴다. 하지만 당신이 처음부터 책을 읽을 수 있었던 것은 아니다. 글을 쓰는 법을 처음부터 알고 있었던 것도 아니다. 당신은 〈660 빼기 199〉를 태어날 때부터 알았던 것이 아니다. 누군가가 당신에게 가르쳐준 것이다. 모름에서 앎으로 넘어가던 순간이 있었다. 이해하지 못하던 것을 이해하게 된 순간이 있었다.

그것이 바로 내가 선생님이 된 이유다.

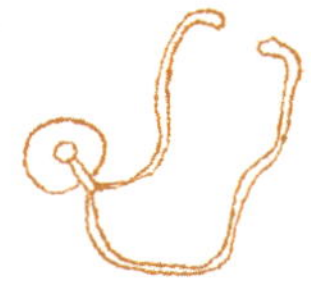

나의 정확한
직업은 무엇일까?

나는 의사다.

열이 나서 수학 공부를 못할 것 같다는 아이의 이마를 짚어본다.

나는 치과의사다.

교정기가 너무 꽉 조여서 역시 수학을 못하겠다는 아이의 입 안을 들여다보고 교정기를 살펴준다.

나는 택시기사다.

호박밭, 소방서, 동물원, 공항, 병원, 그리고 갓 태어난 아기돼지를 보러 농장에 갈 때도 나는 아이들이 안전벨트를 맸는지 일일이 확인한다.

나는 배우다.

구구단을 배우는 것이 재미있다고 아이들에게 말한다.

나는 엄마다. 나는 아이들이 토한 것을 치운다.

나는 탐정이다.

이름을 안 쓰고 낸 시험지가 누구 것인지 밝혀낸다.

나는 실내장식가다.

노란색 포장지로 벽을 바르고 거기에 녹색 공기 의자로 악센트를 준다.

나는 수리공이다.

책상이 흔들거리지 않게 하려면 다리 밑에 마분지를 어떻게 고여야 하는지 안다. 나는 스테이플러를 탕탕 박은 후 스테이플러 심 열세 개가 안에서 한 덩어리로 뭉쳐버린 것도 빼낼 수 있다. 나는 상처받은 감정을 어루만져주고 자전거 체인과 운동화 끈을 고쳐 준다.

나는 도서관의 사서다.

표지에 커다란 흰 상어 그림이 있는 책이 도서관 어느 책꽂이에 꽂혀 있는지 정확히 알고 있다.

나는 옷걸이다.

아이들이 미끄럼을 타는 동안 스웨터를 들어주고, 아이들이 또 미끄럼을 타는 동안 점심 사 먹을 돈을 들고 있고, 아이들이 미끄럼을 몇 번 더 타도록 안경을 들고 있어 준다.

나는 전기기사다.

나는 쉬는 시간에 아이들이 교실로 들어오기 직전에 교사용 지도서에 나온 그림을 들여다보고 공부하면 병렬 회로와 직렬 회로를 만들 수 있다.

나는 운동선수다.

나는 2분 만에 화장실까지 달려갔다가 돌아올 수 있다.

나는 우편배달부다.

내가 학급 사진에 관한 중요한 소식지를 각 가정으로 보내면 어머니가 전화를 해서 학급 사진 찍는 날이라는 말을 왜 자기는 처음 듣는 거냐고 묻는다.

나는 음악가다.

나는 「하드 앤 소울」(호기 카다이클의 피아노곡) 연탄곡을 양쪽 파트 다 연주할 수 있다.

나는 수학자다.

나는 〈32명 학생-브라이언=훨씬 편안한 날〉이라는 것을 안다.

나는 사업가다.

나는 적당한 이자를 받고 점심값을 빌려준다.

학급 사진 찍는 날

　나는 학급 사진 찍는 날을 좋아한다. 그날은 아이들이 티셔츠 대신 버튼다운 셔츠, 헐렁한 추리닝 바지 대신 구멍 뚫리지 않은 새 바지를 입고 오고, 새로 이발을 하거나 머리에 리본을 달고 오는 날이다.

　아이들이 모두 제자리에 앉은 후에 나는 교실을 한 번 휘 둘러보았다.

　피터는 스포츠형으로 머리를 짧게 잘랐고 아만다는 아침에 머리를 말고 왔는지 컬이 탱글탱글했다. 한껏 세운 스티븐의 머리는 뾰족뾰족한 못이 하늘을 찔렀고, 카를로스는 머리카락에 젤을 너무 많이 발라서 한 올의 움직임도 없었다. 로니는 하얀색 폴로 셔츠를 입고 왔는데 녀석에게 그걸 입히느라고 어머니가 아침에 씨름을 하셨을 게 눈에 훤히 보였다. 저스틴은 새 청바지를 입고 있었고 멜리사는 황금색의 커다란 해골 밑에 대퇴골 두 개가 X자로 교차된 티셔츠를 입고 왔다. (오늘이 학급 사진 찍는 날이라는 것을 멜리사의 어머니가 과연 아셨을까?) 에리카는 새로 산 핑크색 머리 띠를 하고 왔고 니콜의 머리는 말끔하게 손질이 되어 있었다.

"니콜, 머리에 대체 핀을 몇 개나 꽂은 거니?"

내가 물었다.

"스무 개요!"

니콜이 자랑스럽게 대답했다.

그녀는 마치 발전소처럼 보였다.

그리고 나는 앤드류를 쳐다보았다.

"앤드류!"

내가 소리쳤다.

"머리에 대체 무슨 짓을 한 거니?"

"잘랐어요."

"그건 알겠는데, 대체 왜?"

"오늘 사진 찍는 날이잖아요."

"뭘로 잘랐는데?"

"제 가위요."

"어린이용 공작 가위로?"

"그럴걸요."

"어머니는 뭐라고 하시데?"

"막 화를 내시던데요."

“스티븐, 네 머리에 바른 젤 지금 혹시 갖고 있니?”

내가 물었다.

“네.”

그가 대답했다.

“그럼 내가 좀 써도 되겠니? 앤드류의 머리를 젤로 좀 붙여봐야 겠다.”

“아마 안 될걸요.”

앤드류가 말했다.

“왜?”

“엄마가 벌써 해봤는데 소용없었어요.”

두 번의 쉬는 시간과 한 번의 점심시간, 체육 시간이 지나고 거기다가 깃발 잡기 게임까지 네 판 하고나자 드디어 학급 사진을 찍기 위해 줄을 설 시간이 되었다.

그 사이 로니의 흰 폴로 셔츠에는 점심에 먹은 스파게티가 묻었고, 축구를 세 판 하고난 저스틴의 새 청바지는 빗물이 튀어(어젯밤에 비가 왔다.) 지저분했다. 카를로스의 머리는 짓뭉개져 있었고, 아만다의 머리는 컬이 풀려 엉망이었다. 스티븐의 머리엔 뾰족뾰족한 대못이 사라졌고, 니콜의 머리에 꽂혀 있던 스무 개의 핀 중에서 열세 개는 어디론가 달아나고 없었다.

사진사가 아이들을 네 줄로 세워 달라고 주문했다. 제일 큰 아이들을 맨 뒷줄에, 가장 작은 아이들을 맨 앞줄에 세웠다.

"멜리사, 혹시 스웨터 있니?"

내가 물었다.

"아뇨."

그녀가 대답했다.

"그럼 네가 이사벨 뒤 두 번째 줄에 서는 게 어떻겠니?"

"하지만 저는 키가 작은데요?"

"점심을 먹고 나니까 키가 훌쩍 커졌구나. 이사벨 뒤로 가거라."

나는 로니를 보았다.

"로니, 너도 맨 앞줄에 서면 안 되겠다. 스파게티 얼룩 때문에 꼭 총 맞은 것처럼 보이는구나. 뒷줄로 가서 서."

케니가 청바지에 묻은 풀물을 지우려고 애쓰고 있었다.

"케니, 넌 마치 세제 광고를 찍는 것 같다. 로니 옆으로 가렴."

그런 다음에 나는 맨 뒷줄에 자리를 잡고 섰다.

"준비되셨나요?"

사진사가 물었다.

"네." 나는 한숨을 내쉬고 말했다.

"좋아요, 그럼 갑니다. 자, 모두 여길 보세요."

사진사가 말했다.

"저스틴, 손 내려라."

내가 입을 벌리지 않은 채 복화술로 말했다.

"자, 하나, 두울, 셋 하면 모두 치~즈 하는 거예요."

사진사가 말했다.

"아론, 카를로스의 머리에서 손 떼!"

내가 소리쳤다.

"하나."

사진사가 숫자를 세기 시작했다.

"피터, 돌아보지 마!"

내가 소리를 꽥 질렀다.

"둘."

"저스틴, 치아 보호대는 뺐니?"

"셋!"

사진사가 소리쳤다.

"치~즈!"

우리는 다 같이 활짝 웃었다.

학급 사진은 5주 후에 나왔다. 피터는 셔터를 누르는 순간 움직였는지 흐릿하게 나왔고, 에밀리는 눈을 감고 있었다. 앤터니는 고개를 돌려 카를로스를 쳐다보고 있었고, 카를로스는 앞줄의 스티븐 머리에 두 손으로 토끼 귀를 만들고 있었다. 내 입은 마치 욕설을 하고 있는 듯한 모양이었고, 저스틴은 입에 하키 퍽(고무로 만든 아이스하키용 원반)을 물고 있는 것 같았다. 우리 반 전체에서 그나마 조금이라도 멀쩡해 보이는 건 딱 한 명뿐이었다. 그건 바로 어린이용 가위로 머리를 자르고 온 앤드류였다.

딱 예상한 그대로

어떤 경우에도 아이들이 선생인 당신의 예상을 깨지 않고 딱 그 대로 행동하는 몇 가지가 있다. 아이들은 연필통에서 연필을 고를 때 반드시 가장 짧은 것을 고른다. 길이가 1인치쯤 되는 연필을 가지고 글씨를 쓰는 게 더 재미있기 때문이다. 하지만 가위통에서 가위를 고를 때는 어김없이 제일 큰 것으르 집어 든다. 가위질을 할 때는 큰 가위가 더 재미있기 때문이다.

• • •

아이들에게 치리어스(대표적인 핑거 푸드로 시리얼의 일종)를 세 개씩 나눠줄 때, 어쩌다가 치리어스 두 개가 딱 달라붙어서 누군가가 네 개를 받게 되었다면 그 옆에 앉은 아이는 이렇게 소리를 질러댈 것이다.

"이건 불공평해요!"

• • •

백설공주에게 왕자가 입맞춤을 할 때 누군가는 분명히 이런 소리를 낼 것이다. "우웩!" 왕자가 신데렐라에게 키스할 때도 "우웩!" 하는 녀석이 꼭 나올 것이고, 나눗셈 시간이 와도 아이들은 역시 "우웩!" 소리를 낼 것이다.

• • •

받아쓰기 시험을 보면 누군가가 중간에 꼭 이렇게 물을 것이다. "몇 글자인데요?" 몇 글자인지 가르쳐주고 나면 누군가가 또 이렇게 물을 것이다. "몇 글자인데요?"

• • •

1미터쯤 되는 나무로 된 자를 내주면 남자아이들 중에 두 명이 그걸 가지고 칼싸움을 시작할 것이다. 두 동강이 난 막대 자를 당신에게 가져오면서 그들은 이렇게 말할 것이다.

"제가 그런 게 아니에요. 저절로 부러졌어요."

• • •

당신이 교실 바닥에 떨어져 있는 종이를 가리키며 "이거 누구 거니?"라고 물으면 아무도 대답하지 않을 것이다. "이거 주워라."라고 말하면 그들은 "그거 제 것 아니에요."라고 대답할 것이다.

• • •

당신의 생일날, 아이들이 당신의 나이를 어림할 때는 실제 나이보다 훨씬 많게 볼 것이다. 아이들은 당신이 아마 백 살쯤 되었을 거라고 짐작할지도 모른다.

• • •

카펫에 앉아 당신이 해주는 이야기를 들을 때 누군가는 반드시 운동화 끈을 만지작거리며 장난을 하고 누군가는 자기 손톱을 열심히 들여다볼 것이다. 마치 운동화 끈과 손톱을 생전 처음 보는 것처럼.

• • •

당신이 동화책을 읽어줄 때 그들은 카펫에 박힌 스테이플러 심을 열심히 후비고 있을 것이고, 마치 당신이 지금까지 그걸 찾고 있기라도 한 양 당신에게 당당히 그걸 내밀 것이다. 당신이 책을 아이들 쪽으로 돌려서 그림을 보여주면 누군가는 분명히 이렇게 말할 것이다. "안 보여요."

• • •

정글짐에서 뛰어내리기 직전에 그들은 이렇게 소리칠 것이다. "나 좀 봐라!" 또 철봉에 거꾸로 매달려서 그들은 손을 흔들며 당신을 부를 것이다.

• • •

만일 그들이 빨간 사탕을 먹으면 당신에게 혀를 쑥 내밀어 보이며 빨개졌는지 봐 달라고 할 것이다. 만일 아이들에게 오렌지를 얇게 저민 조각을 주면 그걸 한입어 넣은 다음 입을 크게 벌리고 웃어 오렌지색이 된 이를 보여줄 것이다.

• • •

만일 교실에 바람을 넣은 커다란 공 의자가 놓여 있다면 누군가

는 그 위로 점프를 할 것이다. 만약 다음 날도 그 의자가 있다면 그
는 또 그 위로 점프할 것이다.

● ● ●

12월에 크리스마스트리 장식을 위해 녹색과 빨간색 색종이로
고리를 만들려고 한 명에게 색종이 띠를 딱 열 개씩 주면 아이들은
자기들이 가진 고리들을 전부 다 연결해서 세상에서 가장 긴 사슬
을 만들어놓을 것이다.

● ● ●

당신이 "나는 뒤통수에도 눈이 달렸다."라고 말하면 그들은 그
럼 지금 뒤에 뭐가 있는지 말해 보라고 할 것이다. 당신이 1초만
달라고 하면 그들은 정말 1초를 셀 것이다.

● ● ●

만일 그네가 있으면 아이들은 발판에 올라설 것이다. 미끄럼틀
이 있으면 거꾸로 뛰어 올라갈 것이고, 담장이 있으면 꼭 공을 차
서 그 담장 밖으로 넘길 것이다.

● ● ●

천장에 비상구 표시가 붙어 있으면 아이들은 힘껏 점프해서 반
드시 그 표시판에 닿아 보려고 할 것이다.

● ● ●

창문에 김이 서려 뿌옇게 되면 아이들은 거기에 자기 이름을 쓸
것이다. 당신의 차가 더러우면 아이들은 뒤 창문에 "차 좀 닦으세
요!"라고 써놓을 것이다.

• • •

사전에서 어떤 낱말을 찾아보라고 하면 그들은 당신에게 다시 와서 그 단어가 사전에 없다고 말할 것이다.

• • •

sincerely를 쓸 때는 꼭 마지막에 있는 e를 빼먹을 것이고, Wednesday에는 꼭 d를 빼놓고 쓸 것이다. sure를 쓸 때는 h를 넣을 것이고 improve를 쓸 때는 두 번째 글자를 n으로 쓸 것이다.

• • •

아이들에게 줄자를 주면 더 이상 나오지 않을 때까지 빼놓아서 줄자가 다시 케이스 속으로 말려 들어가지 않을 것이다. 당신이 청소 도구함에 아이들을 세워놓고 키를 재려고 하면 반드시 까치발로 설 것이다.

• • •

당신이 퇴근길에 스쿨버스 뒤를 차로 따라가면 아이들은 손을 흔들고 온갖 익살스런 표정을 지을 것이다. 당신도 같이 손을 흔들어주고 재미있는 표정을 지으면 아이들은 깔깔대고 웃으며 다시 손을 흔들고 괴상한 표정을 지을 것이며, 이런 행동은 당신이 버스 뒤를 따라가는 한 끝까지 계속될 것이다.

• • •

다음 날 아침에 학교에 가면 아이들이 당신에게로 달려와 어제 스쿨버스 뒤에서 선생님이 차 운전하는 거 봤다며 마치 당신이 몰랐을 거라고 생각하는 것처럼 말할 것이다.

아이들은 꼭 시노님synonym을 시나몬cinnamon이라고 읽을 것이다. 그리고 글씨를 쓸 때는 가능한 한 조그맣게 쓸 것이다. 그러고는 당신이 글씨가 너무 작아서 읽을 수가 없다고 말하면 큰 소리로 읽어줄 것이다.

• • •

만일 당신이 「피터와 늑대」를 무대에 올리려고 하면 남자아이들은 전부 피터 역을 맡고 싶어 할 것이다. 만일 당신이 「헨젤과 그레텔」을 상연하려 하면 여자아이들은 전부 그레텔이 되고 싶어 할 것이다. 만일 당신이 「백설공주와 일곱 난쟁이」를 상연하려고 하면 남녀를 막론하고 모든 아이들이 일곱 난쟁이 중에서 멍청이 역을 하겠다고 할 것이다.

• • •

교실에 자동 연필깎이와 수동 연필깎이가 다 있다면 아이들은 항상 자동 연필깎이를 택할 것이다. 그러고는 연필 한 자루가 다 닳아 없어질 때까지 깎고는 다른 연필을 또 깎을 것이다.

• • •

만일 당신이 아이들을 영사기 앞에 앉혀 놓고 검은색 색판지에 흰색 크레용으로 아이들의 실루엣을 그려서 어머니의 날 선물로 쓰려고, 움직이지 말고 가만히 앉아 있으라고 말한다면, 그들은 반드시 움직일 것이다.

• • •

미술 시간에 교실에서 색칠을 할 때면 누군가가 허밍으로 노래를 부르기 시작할 것이다. 버스를 타고 현장 학습을 갈 때도 누군가가 노래를 부르기 시작할 것이다.

• • •

학년 마지막 날에, 한 아이가 울 것이다. 그리고 학년 마지막 날, 나도 울 것이다.

교실 문을 닫고 혼자 울 때

　우리 반 아이들은 매일 저녁 부모님과 함께 책을 읽기로 되어 있고 그런 다음 부모님이 독서 기록장에 사인을 해주어야 한다.

　로니의 독서 기록장에는 지금까지 한 번도 사인이 된 적이 없다. 나는 로니에게 어머니가 집에서 공부를 도와주시지 않느냐고 물었다. 그는 그렇다고 했다.

　로니에게는 도움이 필요했다. 그 아이는 읽기가 많이 서툴렀다.

　어느 금요일에 나는 로니의 어머니에게 편지를 보내 아이와 함께 책을 읽는 것이 얼마나 중요한지 설명했다. 그 편지와 함께 독서 기록장도 하나 보냈고 『책 읽어주는 선생님』에서 발췌한 글도 보냈다. 또한 『호기심 많은 조지』와 『괴물들이 사는 나라』, 『개구리와 두꺼비』를 커다란 서류 봉투에 넣어 집으로 보내주었다.

　월요일 아침에 로니가 그 봉투를 다시 가져왔다.

"그래서, 로니, 이번 주말에는 어머니와 함께 책을 읽었니?"

내가 물었다.

로니가 고개를 떨어뜨렸다.

"아뇨." 그가 말했다. "엄마가 너무 바빠서요."

나는 한숨을 쉬며 고개를 가로저었다. 너무 바쁘다고? 바빠서 자기 아이에게 내줄 시간이 없다고? 나는 교육을 가볍게 여기는 이런 가족들에게 정말이지 지쳤다.

나는 그 후로 2주 동안 계속해서 서류 봉투에 책을 담아 로니의 집으로 보냈다. 하지만 그 책들은 계속해서 읽지 않은 채로 돌아왔다. 그리고 로니는 계속해서 내게 핑계를 대야 했다.

결국 나는 로니의 어머니에게 전화를 걸어 면담을 청했다. 그렇게 하면 설마하니 효과가 있겠지 하는 생각에서였다. 그 이튿날 로니의 어머니가 학교에 오셨다. 그녀는 매우 유쾌한 성격이었다. 로니를 맡아 가르치느라 얼마나 수고가 많으시냐고 몇 번이나 내게 고맙다는 인사를 했다. 나는 매일 책을 읽는 것의 중요성에 대해 다시 한 번 그녀에게 얘기했다. 그러면서 플래시 카드 한 아름과 『책 읽어주는 선생님』에서 발췌한 또 다른 글을 그녀에게 건네주었다. 그리고 읽기에 어려움을 겪는 어린이들을 위한 필독서 중에서 두 권을 빌려주었다. 그녀는 다시 한 번 고맙다는 인사를 했다.

며칠 후, 로니가 책을 읽는 것을 들으며 내가 물었다.

"로니, 요즘은 어떠니? 집에서 책 읽기는 잘 되어가니?"

로니가 책을 읽다가 말고 고개를 푹 숙였다.

“요즘은 어머니께서 책 읽기를 도와주시겠지. 그렇지?”

그가 고개를 가로저었다. 그러고는 힘없이 말했다.

“아니요. 엄마는 바빠요. 할 일이 많거든요.”

“할 일이 많다고?”

“네. 밤에 강의를 들으러 다녀요. 일터에서 집으로 돌아와서 급히 저녁을 해놓고는 다시 나가세요. 엄마가 집에 올 때쯤에는 저는 이미 자고 있고요. 엄마가 저와 함께 책을 읽고 싶어도 그럴 시간이 없어요.”

나는 정말로 화가 났다. 대체 뭘 하러 다니느라 아들을 이런 식으로 방치하는지 기가 막혔다. 하여간 꼭 이런 부모들이 있다니까! 그녀는 자기 생활에만 빠져서 자기 자식을 위해 잠깐의 시간도 내주지 않고 나 몰라라 하고 있었다.

월요일 저녁에 집에서 잔디를 깎던 나는 학교에서 성인 교육 등록 업무를 하고 있을 다운 선생님을 도와주기로 했던 생각이 문득 떠올랐다. 나는 다시 학교로 달려가 건물 안으로 부리나케 들어갔다. 다운 선생님이 한 학생과 함께 있었다.

“다운 선생님, 늦어서 죄송해요.” 내가 말했다.

“괜찮아요. 이제 거의 끝난걸요.”

나는 자리에 앉아 재킷을 벗기 시작했다.

“안녕하세요, 던 선생님.”

누군가가 내게 말을 붙였다.

나는 고개를 들었다. 로니의 어머니였다.

"어……, 안녕하세요, 한슨 부인."

내가 깜짝 놀라며 말했다.

다운 선생님이 그녀에게 등록 서류를 건넸다.

"반가워요, 한슨 부인. 다시 돌아오셔서 기쁩니다."

한슨 부인이 서류를 내려다보았다. 그러더니 자신의 가방을 마구 뒤지기 시작했다.

"오 이런, 안경을 깜빡 잊고 집에 두고 왔나 봐요. 저, 죄송한데 이것 좀 대신 써주실 수 있을까요?"

그녀가 다운 선생님을 바라보며 물었다.

"물론이죠. 제가 써드릴게요."

다운 선생님이 미소를 지었다.

한슨 부인이 고개를 절레절레 흔들었다.

"이따금 정신을 어디다 빼놓고 다니는지 모르겠어요. 어떻게 안경을 안 가지고 올 수가 있는지."

그녀가 소리 내어 웃었다.

다운 선생님이 그녀에게 서류를 내밀면서 복도 끝 쪽의 교실을 손으로 가리켰다.

"아, 정말 고맙습니다." 그녀가 말했다. "던 선생님도 안녕히 계세요."

"네, 안녕히 가세요."

내가 웃으며 대답했다.

그리고 그녀는 복도를 따라 걸어갔다.

그녀가 나간 후, 내가 다운 선생님에게 몸을 기울이며 말했다.

"저 분 누군지 아세요? 로니의 어머니예요. 아들한테 신경 써줄 시간도 없는데 여기 와서 도자기 수업을 받으려나 보네요."

다운 선생님이 나를 노려보았다.

"던 선생님!" 그녀가 말했다.

"로니의 어머니가 어떤 수업을 들으려고 오늘 밤 학교에 오신 건지 아세요?"

"아뇨." 내가 대답했다.

그녀가 잠깐 말을 멈추었다.

"읽기 기초반이에요."

나는 그녀를 빤히 바라보았다.

"한슨 부인은 글을 못 읽어요. 그 수업에 오늘 등록한 부모님들 모두가 아마 오늘 안경을 깜빡 잊고 안 가져왔을걸요."

나는 꼼짝 할 수 없었다.

그 동안 내가 도움이 되는 기사라면서 자료를 건네주었던 한슨 부인과 같은 학부모가 얼마나 많았을까? 글을 읽지 못하는 부모님에게 학교 신문과 체험 학습 보고서를 보낸 적은 또 얼마나 많았던가? 나는 얼마나 많은 부모들에게 부당한 평가를 내렸던가? 나는 그간 얼마나 로니 같은 아이들로 하여금 핑계를 대지 않을 수 없도록 만들었던가? 내가 당혹감을 내보이며 깊이 탄식했던 로니 같은 아이들이 얼마나 될 것인가? 이런 나 자신을 과연 읽기를 가르치는 선생이라고 부를 수가 있을까? 아니, 내가 정녕 선생이기는 한 걸까? 나는 몹시 부끄러웠다.

머칠 후 나는 다시 한슨 부인에게 면담을 청했고 그간의 일을 사과했다.

“그러지 마세요, 선생님.”

한슨 부인이 말했다.

“저는 선생님에게 감사드리고 싶은걸요.”

나는 고개를 들어 그녀를 보았다. 그녀가 가방에서 커다란 서류 봉투를 꺼냈다. 그러고는 이렇게 말했다.

“선생님, 어젯밤에 제가 『개구리와 두꺼비』를 읽었답니다. 로니가 조금 도와주긴 했지만 그래도 제가 어젯밤에 『개구리와 두꺼비』를 읽었다니까요.”

그녀가 소리 내어 웃었다.

“제가 글을 배울 날이 올 거라고는 생각도 못했어요.”

그녀가 말을 계속했다.

“백만 년이나 지나면 모를까 그 안에는 어려울 줄 알았어요. 그런데 선생님이 도와주셨어요. 매일 로니 편에 그 많은 책들을 보내주신 거 정말 감사해요. 선생님, 고맙습니다. 선생님 덕분에 제가 글을 읽을 수 있게 됐어요.”

어느 날 아이들이 모두 집으로 돌아간 후에 교실 문을 닫고 혼자 울 때가 있다. 이 날이 바로 그런 날이었다.

영재 수업,
그리고 남겨진 아이들

전에 필립이라는 학생이 있었다. 필립을 4학년 때 가르친 도널드슨 선생님은 필립에게 영재 프로그램 테스트를 받아볼 것을 권했다. 그 당시 영재 프로그램은 MGM이라고 불렸는데 그것은 Mentally Gifted Minors, 즉 지적 영재아라는 뜻이었다.

어느 날 필립은 교장실에 가서 생전 처음 보는 어떤 숙녀를 만났다. 그녀는 강한 남부 억양으로 말하고 향수 냄새가 매우 강한 여자였다. 필립은 자신이 왜 거기 있는지 알았다. 그녀는 그가 영재인지 아닌지를 알아보기 위해 테스트를 하려고 와 있었다.

물론 필립은 자신이 영재라는 것을 이미 알고 있었다. 그의 어머니가 그렇게 말해 주었기 때문이다. 그의 선생님들 역시 같은 말을 했었다. 그 숙녀는 필립에게 수많은 질문을 했고 필립은 그 질문에 대답했다.

2주 후에 필립의 어머니는 학교로부터 편지 한 통을 받았다. 필립이 영재 프로그램에 들어갈 수 없다는 내용이었다. 필립은 울었다.

이듬해 필립의 5학년 담임인 스즈키 선생님은 필립에게 다시 영재 프로그램 테스트를 받아볼 것을 권했다. 그래서 필립은 두 번째로 그 면접관을 만났다. 그녀는 여전히 억양이 억셌고 향수 냄새가 강했다. 이번에도 그녀는 여러 가지를 물어보았고 필립은 질문에 대답했다.

2주 후에 필립의 어머니는 다시 학교로부터 편지를 받았다. 이번에는 필립이 영재라고 했다. 필립은 일 년 전에는 아니라면서 어떻게 일 년 만에 자신이 영재가 될 수 있는지 이해할 수 없었다. 아마도 구구단을 빨리 외워서 그런가보다고 그는 생각했다.

그래서 필립은 일주일에 두 번, 점심시간이 끝나고 다른 몇 명의 아이들과 함께 영재 교실로 갔다. 어느 날은 버스를 타고 극장에 갔고 어떤 날은 조지 버나드 쇼의 연극을 관람했다. 한 번은 우주 박물관 견학도 했다. 하루는 포장지를 만들었다. 왜 같은 반 친구들은 그와 함께 연극을 보거나 박물관에 갈 수 없고 포장지를 만들면 안 되는지 필립은 알 수가 없었다. 그들 역시 분명 우주비행사를 만나고 싶어 할 거란 사실을 필립은 알고 있었다.

필립은 더 이상 영재이길 원치 않았다. 그의 반에서는 친구들이 구두 상자로 디오라마(축소 모형 세트, 쉐도 박스라고도 불림)를 만들고 있었다. 그는 자기도 그걸 만들고 싶었다. 그는 이제 영재 교실에 그만 다니고 자기도 디오라마를 만들면 안 되겠느냐고 어머니에게 물었다. 어머니는 그러라고 했다.

우리는 왜 영재 교육을 하는가? 영재 교육을 받기 위해 왜 그렇게 강력한 로비가 이루어지는가? 내가 그 이유를 말해 주겠다. 그것이 우리의 자존심을 만족시켜 주기 때문이다. 사람들은 이렇게 말할 수가 있다.

"우리 아이가 이번에 영재 프로그램에 들어갔어."

부디 내 말을 오해하지는 마라. 나는 아이들에게 도전의식을 심어주는 것에 대찬성이다. 나는 학생 개개인의 요구에 맞춰주는 것에 대찬성이다. 나는 심화 학습에도 대찬성이다. 단, 모든 아이들에게 그런 기회가 주어진다는 전제하에서 말이다.

일부의 영재 프로그램이 어떤 식으로 진행되고 있는지 내 설명을 들어보라. 어떤 지역에서는 영재아로 판명된 아이들이 한 달에 한 번 혹은 두 번 자신의 원래 교실을 떠나 심화 교육을 받는다. 그 학생들은 보다 도전적이고, 보다 심화된, 보다 수준 높은 것으로 여겨지는 프로젝트를 수행한다. 나는 그들이 가져온 결과물을 본 적이 있다.

"어……, 아주 괜찮은 화분걸이네. 영재 교실에서 네가 매듭을 꼬아 만든 거니?"

"오, 오늘은 영재 교실에서 새장을 만들었어? 예쁘다. 망치질이 그렇게 수준 높은 작업인지는 미처 몰랐는걸."

가끔 영재아들은 현장 학습을 간다. 미술관에 가기도 하고 콘서트를 보거나 보트 여행을 하는 날도 있다. 그럼 교실에 남은 아이들은 어떤가? 영재아가 교실에서 나갈 때 남겨진 아이들의 얼굴을 당신이 보았으면 한다. 그들의 표정은 슬프다. 자신들이 멍청하게 느껴지는 것이다. 선생님들이 일 년 내내 그들이 얼마나 특별하고 똑똑하고 재능 있고 멋진 아이들인지 강조하며 자부심을 키워준 것이 그 순간 모두 엉망이 되어버린다. 남겨진 아이들에게 나는 뭐라고 말해야 하는가?

"미안하구나, 조니. 너는 학교에서 다른 누구보다 높이 뛰고 빨리 뛸 수 있지만 읽기가 좀 서툴러서 너는 영재가 아니란다."

"미안하다, 베키야. 너는 모차르트와 베토벤, 쇼팽의 곡을 아름답게 연주할 수 있지만 큰 수를 읽는 게 좀 안 되어서 영재가 아니란다."

"미안해, 알렉시스. 너는 선생님인 나보다 열 배쯤 그림을 잘 그리고 너는 이제 겨우 여덟 살인데 수많은 문제들 중에 한 문제를 틀려서 너는 영재가 아니란다."

"미안하다, 스티븐. 체스에서는 너를 대적할 상대가 없고 그 누구보다 복잡하고 정교한 레고 모형을 만들 수 있지만 너는 철자법이 약해서 영재가 못된단다."

나는 정치적인 사람이 아니고 지금껏 한 번도 그랬던 적이 없다. 나는 아이들에게 there와 their, they're의 차이를 가르치기에도 너무나 바쁜 사람이다. 하지만 이 문제만 생각하면 속이 뒤집어진다.

내 교실에 인원이 너무 많은 것도 괜찮다. 3년 동안 봉급을 한 푼도 올려주지 않아도 좋다. 한 달에 종이를 두 뭉치만 공급해 주겠다고 해도 넘어가겠다. 예산이 없다는 이유로 미술과 음악과 체육을 내가 다 가르쳐야 된다고 해도 어떻게 해보겠다. 학교에서 양호 선생님과 상담 교사와 사서를 없애고 내 따끈한 점심을 빼앗아 간다고 해도 참을 수 있다. 교실에서 쓰는 연필과 스티커와 아이들에게 주는 상품과 축구공을 내 돈으로 구입하라고 해도 그러마고 하겠다.

하지만 내 아이들을 가지고 장난칠 생각은 하지 마라.

아침의 17분 동안
일어나는 일

　내게는 트로이라는 이름의 좋은 친구가 있다. 그는 교사는 아니다. 트로이는 칸막이가 되어 있는 사무실에서 컴퓨터로 일한다. 그는 방석 부분에 쿠션이 있고 다리에는 바퀴가 달린 성인용 의자를 사용한다. 그에게는 공을 넣어두는 상자는 없다. 그는 레스토랑에서 점심을 먹는다. 그는 가끔 한 번씩 내 직업만큼 수월한 게 있냐고 나를 약 올리길 좋아한다.

　"너는 시간이 넉넉하잖아. 여름방학 두 달 반에 크리스마스 휴가도 2주일이나 되지. 거기다가 봄방학도 있잖아."

　"그래. 그건 맞지. 하지만 교사들에겐 정말 재충전의 시간이 필요하거든."

　"재충전?" 그가 물었다. "무엇 때문에?"

　나는 그를 빤히 쳐다보았다.

"무엇 때문이냐고?" 내가 소리쳤다. "내 말 들어봐. 하루에 네가 하는 일들의 목록을 만들어봐. 아니다. 한 시간으로 하자. 나도 한 시간 동안 내가 하는 일의 목록을 만들어 볼 테니. 그래서 서로 비교해 보자고. 오케이?"

그가 그러자고 했다. 그래서 나는 다음 날 교실에서 한 시간 동안 있었던 모든 일들을 적기 시작했다. 기록은 아이들이 교실로 들어오기 시작하는 8시 30분부터 시작되었다. 여기 그 내용이 있다.

*

리안이 치과 치료 때문에 조퇴를 해야 한다고 말했다. 매튜가 화장실에 가도 되겠느냐고 물었고 나는 출석을 체크하기 시작했다. 어머니가 보내셨다면서 로니가 내게 쪽지를 내밀었다. 아론이 어제 친구와 슬립오버 파티를 했던 이야기를 했고, 마이클은 오늘 점심으로 뭐가 나오느냐고 물었다. 케이티가 지각을 해서 헐레벌떡 뛰어 들어왔고, 케빈은 자기가 그린 스파이더맨 그림을 내게 보여주었다. 피터가 몸이 아프다고 말했고, 아론은 내게 점심 사먹을 돈을 빌려 달라고 했다. 아만다가 octopus(문어)의 스펠링을 물어보았고, 나탈리는 새로 받은 걸스카우트 기념 배지를 보여주었다. 나는 교실 바닥에 떨어져 있는 장갑 한 짝을 주워 올렸다. 케니는 계산기를 거꾸로 돌려놓고 거기다가 〈HELLO〉를 쓰는 방법을 내게 가르쳐 주었다. 나는 멜리사에게 걸스카우트 쿠키 세 박스를 주문했고, 멜라니가 개구리를 한 마리 들고 교실로 뛰어 들어왔다.

아이들이 멜라니에게 우르르 몰려갔다. 토모야가 물을 마셔도 되느냐고 내게 물었고, 나는 피터가 열이 있는지 이마를 짚어보았다. 새로 자른 머리 모양이 이상하다며 지수가 케이티를 계속 놀려댔다. 나는 아이들이 해온 숙제를 걷기 시작했고, 조슈아가 내게 자기 스웨터를 못 보았느냐고 물었다. 나는 아론에게 점심값 하라고 1달러를 주었고, 매튜가 자기 일지를 읽어봐 달라고 했다. 나는 수납장에 케빈이 그린 스파이더괜을 테이프로 붙였다. 머리 모양 때문에 놀림을 받던 케이티가 급기야 울기 시작했다. 나는 아프다는 피터를 양호실로 보냈고, 조슈아는 유실물 센터에 가서 자기 스웨터를 찾아왔다. 또 나는 투명 접착테이프 홀더에 테이프가 다 떨어져서 새로 갈아 끼웠다. 아만다는 엄마가 자동차에 라이트를 켜놓고 내려서 아빠가 엄마한테 엄청 화를 냈다는 얘기를 했고, 나는 못 들은 척하고 계속 매튜의 일지를 읽었다. 지수가 케이티에게 사과했고 나는 매튜에게 일지를 잘 썼다고 칭찬했다. 리안이 치과에 가려면 지금쯤 나가야 한다고 말했다.

*

8시 47분에 나는 기록을 끝냈다.

후에 나는 그 기록을 트로이에게 보여주었다. 트로이도 자신이 적은 것을 내게 보여주었다. 8시 30분에서 45분 사이에 그는 커피 머신에서 카페라테가 나오기를 기다렸다. 그게 전부였다.

나는 지금 불평을 하고 있는 것이 아니다. 정말이다. 나는 개구리를 좋아하고 스파이더맨도 좋아하고 걸스카우트 쿠키도 좋아한다.

하지만 가끔은 나도 아이들의 치과 교정기를 들여다보거나 새로 구멍을 뚫은 귓불을 봐주거나 아이들이 먹고 버린 해바라기씨 껍데기를 주워 올리고 싶지 않은 날이 있다. 서른두 명의 비옷 단추를 끼워주거나, 서른두 켤레의 장갑을 끼우고 방한 부츠를 신기고 모자를 씌워 밖에 내보냈다가 쉬는 시간이 끝나고 아이들이 교실로 돌아오면 십분 만에 다시 그것들을 벗겨주는 일이 나라고 해서 항상 즐겁지만은 않다.

요즘은 내 주치의를 한 번 보러 갈 때가 되었다는 생각이 든다. 의사의 이름은 닥터 그린Green(자연을 상징)이다. 그는 아주 용한 의사다. 하루만 그 선생님을 만나고 오면 나는 원래의 나로 돌아온다. 그리고 쇼 비즈니스에 뛰어들 태세를 갖춘다.

아, 닥터 그린이 여의치 않으면 그의 동료 의사에게 진료 신청을 하기도 한다. 그들의 이름은 닥터 풀Pool과 닥터 비치Beach다.

영어를 한 마디도 못했던 아이

　몇 년 전부터 불어를 좀 배워보고 싶었기에 올해는 마침내 레슨을 받기 시작했다. 내 선생님은 프랑스계 캐나다인인 그레이스라는 분으로 몸집이 조그마한 친절한 부인이었다. 내가 불어 수업을 받기 시작한 것은 지난 9월이었다. 그레이스는 우리 학교 근처에 살았다. 나는 매주 수요일마다 불어를 버우기 위해 방과 후에 차를 몰고 그녀의 집으로 간다. 우리는 우선 숫자를 읽는 방법과 시간을 말하는 방법부터 공부하기 시작했다.

　하지만 기대했던 것보다 진도가 빨리 나가질 않는다. 벌써 3월인데 나는 아직 숫자도 다 못 외웠고 그레이스 선생님이 시간을 물으면 지금도 내 손목시계를 가리킨다.

　불어 공부에 도움이 될까 해서 나는 집 안에 있는 모든 물건에 불어로 이름표를 붙여 놓았다. 단어를 기억하는 데는 확실히 도움이 된다. 교실도 예외가 아니다. 일하는 동안에도 불어를 접하기 위해서다. le papier(종이), le piano(피아노), la table(테이블)에도 이름표가 붙어 있다. 한 번은 쉬는 시간이 끝나고 교실로 들어가니 마이클이 자기 이마에 포스트잇을 붙여 놓고 앉아 있었다. 거기에는 〈le boy(소년)〉이라고 적혀 있었다.

그레이스는 완벽한 몰입 교육을 믿는다. 그녀는 내게 오직 불어로만 얘기한다. 나는 완전히 그녀의 말을 놓치고는 그냥 빤히 쳐다보기만 할 때가 종종 있다. 그리고 사실은 이해하지 못했으면서 이해한 척 고개를 끄덕거리는 데는 아주 일등이다.

수업 중에는 질문 한 가지도 영어로 할 수가 없다. 내가 답답해서 영어를 쓰려고 하면 그레이스가 말한다. "Non, non, en français. En français(아니, 아니, 불어로, 불어로.)"

가끔은 어떤 단어를 영어로 설명해 달라고 그녀에게 애원하면 그렇게 해주기도 한다. 하지만 그런 일은 아주 드물다. 수업은 한 시간 정도 계속된다. 수업이 끝날 때쯤 되면 나는 뇌가 꽉 차서 더 이상 집중이 안 되는 상태가 된다.

이제는 토모야가 어떤 심정일지 조금은 이해가 간다. 토모야는 올해 초 일본에서 이곳으로 이민을 왔다. 처음 우리 교실에 들어왔을 때 그가 할 줄 아는 영어는 단 세 마디였다. 그는 "네, 아니오, 화장실."은 알았다. 토모야는 아주 진지한 아이였다. 그는 별로 웃지도 않았다.

몇 달 동안 토모야는 당혹스런 얼굴로 맨 앞줄에 앉아 있었다.

일주일에 5일, 하루에 여섯 시간을, 그는 이해하기 너무 어려운 영어를 너무 빠르게 말하는 새 선생님의 말을 알아들어 보려고 노력했다. 나와는 달리 토모야는 설사 이해하지 못하는 것이 있어도 선생님한테 일본어로 그 뜻을 설명해 달라고 부탁할 수가 없었다.

나는 불어 수업을 계기로 토모야 같은 아이들을 새롭게 이해하게 되었다. 사실 내가 교사로서 가장 잘한 일 중 하나가 불어를 배우기 시작한 거라고 생각한다.

선생님은 지금 내 대답을 기다리고 있는데 나는 대답은커녕 그 질문이 대체 무슨 뜻인지 이해하 보려고 진땀을 흘리고 앉아 있는 것이 어떤 기분인지 이제 나는 안다.

내가 무슨 말을 했더니 선생님이 방금 내가 한 말을 해독해 보려고 나를 빤히 쳐다볼 때 그 심정이 어떤지도 안다.

어제 배운 단어를 정말 아는데 기억이 안 날 때 그것을 기억해 보려고 애쓰는 그 마음이 어떤지 이해한다.

숙제를 매우 열심히 해서 냈는데 복수 표현이 전부 틀려서 종이가 온통 수정 표시로 뒤덮여 있는 것을 볼 때의 기분을 나는 안다.

어려운 글은 다 빼놓고 읽고, 현재형이 더 쉽기 때문에 모든 동사를 무조건 현재형으로 써넣을 때의 심정도 나는 이해한다.

너무 피곤해서 오늘은 외국어 공부를 하기 싫을 때 그 기분이 어떤지 나는 안다.

아이들이 새로운 언어를 얼마나 빨리 받아들이는지 항상 놀랍다. 당신은 지금 토모야가 어떤지 봐야 한다. 그는 영어로 책을 읽고 글을 쓴다. 제대로 된 문장으로 줄줄 말을 한다.

케이티는 독일어를 한다. 피터는 폴란드 말을 한다. 아만다는 집에서 오로지 스페인 어만 사용하고 카를로스도 마찬가지다. 한 가지 이상의 언어로 말하고 글을 읽고 쓰고 생각할 수 있다는 것이 그들 모두에게 얼마나 대단한 재능인가. 그들은 보다 많은 사람들과 의사소통을 할 수 있는 평생의 능력을 개발하게 되는 것일 뿐 아니라 자국과 타국의 문화를 더 깊이 이해할 수 있는 능력을 키우고 있는 것이다. 그리고 그를 통해 그들의 모국어 구사 능력 또한 향상된다.

지난주에 다운 선생님 반에 학생 한 명이 새로 들어왔다. 그 아이의 이름은 하루나였다. 하루나는 일본인이고 처음 이 학교에 왔을 때의 토모야만큼이나 영어를 거의 모른다. 어느 날 하루나가 교실에서 울기 시작했다. 다운 선생님은 무슨 문제가 있는지 알아내려고 애를 썼지만 그녀를 이해할 수가 없었다. 하루나는 그냥 울기만 했다.

다운이 내게 쪽지를 써서 보냈다.

"지금 빨리 토모야를 좀 보내주세요."

토모야가 다운 선생님 교실로 가서 하루나를 위해 통역을 해주었다. 그녀는 배가 아팠다. 토모야는 하루나와 함께 양호실에 가서 그녀가 양호 선생님에게 하는 말을 통역해 주었다. 그리고 교장실에 가서 비서가 하루나의 어머니께 전화를 걸어 얘기할 수 있도록 도와주었다. 그리고 하루나의 어머니가 학교에 도착할 때까지 그 녀와 함께 있어 주었다.

그날 수업이 끝날 무렵에 캐시 교장이 우리 교실로 왔다.

"토모야와 얘기를 하고 싶어서요."

교장 선생님이 말했다. 토모야는 긴장해서 그 자리에 얼어붙었다.

"토모야, 교장 선생님이 너에게 하실 말씀이 있어서 오셨대."

내가 말했다. 그가 똑바로 앞을 보았다.

"토모야, 네가 오늘 어떤 일을 했는지 얘기 들었다. 네가 하루나를 비롯한 다른 모든 사람들을 어떻게 도와주었는지 말이야. 그래서 고맙다는 말을 하고 싶어서 이렇게 왔단다."

교장이 나를 쳐다보았다.

"던 선생님." 그녀가 말했다. "이제 통역이 필요하면 우리가 어디로 가야 하는지 알았어요."

토모야는 아무 말도 하지 않았다. 그는 고개를 숙이고 자기 책상만 보고 있었다. 교장 선생님은 혹시 그가 자신의 말을 못 알아들은 것은 아닌지 궁금해 하는 얼굴로 나를 쳐다보았다. 하지만 그는 완벽하게 이해했다. 나는 알 수 있었다. 그의 양쪽 입꼬리가 살짝 위로 올라간 것이 보였기 때문이다. 지금 그는 웃지 않으려고 무진 애를 쓰고 있는 중이었다.

학교? 혹은 병원?

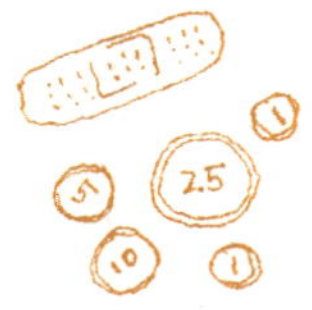

　일전에 나는 학교 정문을 걸어 나와 건물 앞에 붙어 있는 간판을 확인해 보았다. 분명 〈학교〉라고 되어 있었다. 그러니까 내가 있어야 할 곳이 맞긴 맞는 것이었다. 내가 혹시 실수로 학교가 아니라 〈병원〉으로 온 것은 아닐까 생각했었다.

　그러니까 오늘 일과가 끝나기 전까지 두 명이 코피가 났고, 부은 손가락에 아이스크림의 막대기를 대고 붕대로 감아주었고, 가시 박힌 것을 빼주었고, 벌에 쏘인 자리를 봐주었고, 목발 한 쌍을 압수했고, 복통이 난 아이를 집으로 돌려보냈고, 두 명에게 상처 밴드를 붙여주었고, 느슨해진 붕대를 다시 단단히 처매주었고, 깁스에 사인을 해주었고, 속에 뭐가 들었는지 궁금하다고 로니가 가위로 아이스 팩을 쿡쿡 찔러보는 바람에 쏟아져 나온 내용물을 처리했다.

그런데 그게 다가 아니었다. 점심시간이 끝나갈 때쯤 패트릭이 교실에 앉아 있는 게 보였다. 나는 그에게로 걸어가 이마를 짚어 보았다.

"패트릭, 무슨 문제가 있니?"

내가 물었다.

그가 나를 올려다보았다.

"집에 가야겠어요."

"왜?"

"머리에 이가 기어 다녀요."

나는 화장실로 달려갔다.

몇몇 아이들은 정말 사고를 돋고 다닌다. 예를 들어 나는 제임스에게는 페넬로페의 물그릇을 갈아주는 것을 허락하지 않는다. 실은 아예 수돗가 근처에도 가지 못하게 한다. 이유는 모르겠지만 제임스는 수도꼭지에 손가락 넣는 걸 좋아한다. 거의 한 달에 한 번꼴로 관리인에게 전화를 걸어 좀 내려오라고 부탁해서 제임스의 손가락에 기름칠을 해서 빼줘야만 한다.

케빈은 점심 급식비가 선불이다. 사실 그에게는 학교에 그 이상의 돈을 가져오지 못하게 하고 있다. 케빈은 동전을 콧구멍에 넣는 걸 좋아한다. 나는 그의 콧구멍에 박힌 동전을 빼내는 데 거의 도사가 되었다. 1센트짜리 동전과 10센트짜리 동전을 빼내는 건 식은 죽 먹기다. 5센트짜리 동전은 조금 어렵다. 한 번은 어쩔 수 없이 케빈을 데리고 병원에 가야만 했다. 그가 25센트짜리 동전을 어디서 찾은 것이었다.

겨울은 학교가 바쁜 계절이다. 올해 12월에 에밀리가 점심시간에 교실로 뛰어 들어오며 소리쳤다.

"선생님! 선생님!"

"무슨 일이야, 에밀리?"

"저스틴이 붙었어요."

"어디 있니?"

"구름다리요." 에밀리가 말했다. "빨리요!"

나는 교무실로 달려가 뜨거운 물을 조금 가지고 운동장으로 나갔다.

"자, 모두 비켜나."

저스틴이 또 구름다리에 붙어 있었다.

"구름다리에 혀 대지 말라고 도대체 내가 몇 번을 말했니?" 내가 말했다.

"지투가 티켜터혀(지수가 시켜서요)."

"그럼 스티븐이 다리에서 뛰어내리라고 하면 그것도 시키는 대로 할래?"

지난달에는 브라이언이 구름다리에서 놀다가 떨어져 팔을 다쳤다. 그리 심각해 보이지는 않았지만 어쨌든 의사에게 보이는 게 좋겠다고 판단했다. 브라이언의 부모님께 전화를 해보았지만 연락이 되질 않았다. 그래서 나는 캐시 교장 선생님에게 우리 반을 부탁하고는 브라이언을 데리고 차를 몰아 병원으로 갔다. 의사가 그의 팔을 진찰하는 동안 나는 대기실에서 기다렸다. 그런데 갑자기 브라이언이 비명을 지르기 시작했다.

이런, 내가 생각했던 것보다 상태가 안 좋은가보다. 2분 후에 의사가 대기실로 나오자 나는 자리에서 벌떡 일어섰다.

"그렇게 심각한 줄은 몰랐습니다." 내가 의사에게 말했다. "병원에 데려오길 잘했네요."

"아, 괜찮을 겁니다." 의사가 말했다. "부러지진 않았어요."

"부러지지 않았다고요? 하지만 비명소리가 엄청나던데요. 그럼 대체 왜 그렇게 소리를 지른 거죠?"

내가 물었다.

"아, 제가 그 아이의 토미힐피거 셔츠를 조금 잘라야 했거든요."

진상 학부모

대부분의 학부모는 훌륭하다. 학교 현장 학습에 밴을 제공해 주고 심지어 남자아이들까지 떠맡겠다고 자청한다. 그들은 걸스카우트 행사에서 쿠키를 사주고 보이스카우트 행사에서 양초를 사주고 은퇴 교사 협회에서 판매하는 초콜릿 바를 사준다. 그들은 플라스틱 병을 모으고 알루미늄 캔을 씻어서 학교의 새 놀이 기구를 만드는 데 내놓는다. 그들은 연극 공연 하루 전날 밤에 엉클 샘의 조끼와 오즈의 착한 마녀 글린다가 입을 드레스를 만들어준다.

하지만 어쩌다가 가끔 한 번은 진상 학부모를 만날 때도 있다. 다행히도 이런 일은 아주 드물다. 어느 해인가는 내 친구가 정말 힘든 학부모들을 만났다. 상황이 점점 나빠져서 급기야는 그녀가 교실 문에 이런 푯말을 내거는 지경에까지 이르렀다.

"개와 학부모는 출입을 금합니다!"

우리는 교사가 90퍼센트의 학부모를 만족시킬 수 있으면 그가 잘 하고 있다고들 말한다. 다음은 그 나머지 10퍼센트 학부모에게 내가 절대로 보낸 적 없는 편지들이다.

■ 자부심 부인께,

저도 댁의 아드님이 몇몇 다른 아이들처럼 책을 읽지는 못한다는 것을 압니다. 그는 남자아이입니다. 그는 놀고 싶어 합니다. 네, 이웃집 아이가 읽는 것과 똑같은 책을 그는 읽지 못합니다. 하지만 나름대로 책을 읽고 있고 조금씩 발전하고 있습니다. 부탁이니 열을 좀 식히십시오.

■ 도전 부인께,

학교 수업이 너무 쉬워서 아이에게 지적 자극을 못 주는 것 같다고 교실에 와서 말씀하셨지요. 이제 개학한 지 겨우 2주 지났습니다. 이제 저희반 아이들 이름을 익히는 중입니다. 여기 자녀의 수학 시험지를 동봉합니다. 보시다시피 절반은 틀렸습니다. 장래의 뇌외과 의사선생님이 덧셈을 배울 수 있도록 댁에서 좀 도와주시겠습니까? 감사합니다.

■ 자유방임 씨 보세요.

학교에서 아이가 쓰는 말 때문에 충격을 받으셨다고요? 댁의 자녀는 하루 온종일 MTV를 봅니다. 랩이란 랩은 빠짐없이 다 외웁니다. 심지어 R등급(18세 이상 관람가) 영화를 저보다 더 많이 보았더군요. 제발 텔레비전을 끄십시오.

■ 초조 부인께,

네, 현장 학습 버스는 안전합니다. 아니오, 귀댁 아드님이 학교 연극에서 백설공주에게 키스해야 하는 것은 아닙니다. 네, 아이가 땅콩 알레르기가 있다는 것은 저도 알고 있습니다. 땅콩이 든 것은 간식으로 주지 않겠습니다. 물병을 보내주셔서 고맙습니다. 아이가 탈수가 되지 않도록 신경 쓰겠습니다.

■ 관리 부인께,

죄송합니다만, 저는 어머니께서 요청하신 대로 아드님이 복용하는 지효성 약을 10분에 한 번씩 모니터해서 그래프를 그릴 시간은 없습니다.

■ 부담 씨 보십시오.

아드님이 수학에서 B를 받았다는 것을 너무 언짢게 생각하지 마십시오. 그렇다고 그가 스탠포드에 진학할 기회에 흠집이 생기지는 않을 겁니다. 아니오, 아직 그에게 수학 가정교사를 붙이실 필요는 없습니다. 그런데 말이 나왔으니 말인데, 테니스 강습과 피아노 레슨, 수영과 가라테, 바이올린, 폴로 교습이 정말 그에게 필요한가요?

■ 극성 어머니 보세요.

학교 연극에서 귀댁 따님이 주도적인 역할을 못하고 있는 것에 대해 부인께서 제게 보내신 기나긴 이메일은 잘 받아보았습니다. 따님은 모든 아이들이 다 그렇듯이 아주 좋은 역을 맡았고 이번 공연이 멋진 경험이 될 것이라 믿습니다. 죄송합니다만, 부인께서 원하시는 것처럼 3학년 전체 오디션을 다시 할 수는 없습니다.

■ 시시비비 부인께,

저는 수업 시간에 봉급에 대해 토론하는 것이 차별이라고 생각하지 않습니다. 학교 뮤지컬에서 남자 솔로가 여자 솔로보다 한 명 더 많다고 해서 제가 남자아이들을 편애하는 것은 아닙니다. 아시아 학생들이 교실 한쪽에 더 많이 앉게 된 것은 우연일 뿐 제가 인종을 차별해서가 아닙니다. 우리 반에 남학생이 몇 명이고 여학생은 몇 명이며 흑인은 몇 명이고 아시아계나 히스패닉이 몇 명인지 물으신다면 저는 말씀 드릴 수 없습니다. 그들은 그저 아이들일 뿐입니다. 제 눈에 그들은 그저 아이들로 보일 뿐입니다.

■ 완벽주의 님 보십시오.

제발 자녀의 숙제를 대신 해주지 마십시오. 아버지께서 대신 해주시면 제가 그 아이를 도와줄 수가 없습니다. 아이가 더러 실수를 하면 어떻습니까? 실수를 하게 놔두세요. 그리고 제발 그 숙제를 아이가 직접 다 했다고 말씀하시지 마십시오. 저는 다 압니다. 〈박

애〉, 〈근본〉, 〈의미심장한〉은 초등학교 3학년이 글에서 사용하는 단어가 아닙니다.

아드님에게 책임감을 불어넣으려고 그러신다는 거 압니다. 하지만 그 아이는 이제 겨우 여덟 살입니다. 열여덟 살이 아니라 여덟 살이라고요. 물론 그가 스스로 동기 부여가 되고, 야무지고, 한 자리에 진득하게 앉아서 숙제를 하고, 배낭이나 스웨터, 점심값을 잃어버리지 않게 잘 챙긴다면 좋겠지요. 하지만 아직은 그렇지가 못합니다. 이제 겨우 여덟 살이니까요.

전화를 드려서 아드님의 좋지 못한 행동에 대해 말씀 드리게 되어 죄송합니다. 아시고 싶어 할 거라 생각했습니다. 그것이 제 잘못이라고 생각하신다니, 제가 당신의 귀여운 어린 천사를 뭔가 자극했으니 그러지 않았겠느냐고 생각하신다니 유감입니다.

더 이상 수학 시간 중간에 불쑥 교실에 찾아와 당신이 방금 조이로부터 마음의 편지를 받았다며 그 아이와 얘기를 할 필요가 있다고 말하지 마십시오. 우체국은 오늘 문을 닫았습니다.

시험

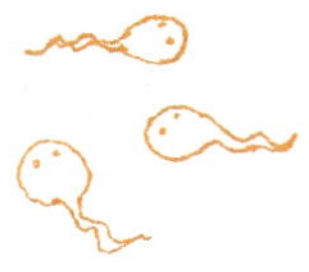

뾰족하게 깎은 2B 연필 서른두 자루와 모의고사 시험지 꾸러미가 방금 내 우편함에 도착했다. 나눗셈. 소수. 시간. 도형.

"엑!"

내가 큰 소리로 외쳤다. 나는 아직 아이들에게 이런 것들을 가르치지 않았다. 우리가 왜 3월까지 이 모든 것들을 가르쳤어야만 했는지 누가 내게 설명해 줄 수 없을까? 내가 틀린 것일까? 학년이 끝나려면 아직 여러 달이 남아 있지 않은가?

나는 한숨을 푹 내쉬고 교실로 들어갔다.

"안녕, 애들아." 내가 말했다. "안 좋은 소식이 있단다. 점심시간 후에 너희들에게 책을 읽어주던 것을 이제 더 이상 할 수가 없게 되었어. 토론도 이제 못할 것 같다. 그리고 너희들의 꿰맨 상처, 모기 물린 자리, 올챙이도 이제 봐줄 시간이 없단다. 우린 앞으로 시험 준비를 해야 되거든!"

나는 계속 말을 이어갔다.

"오늘은 정사각형의 넓이와 직사각형의 둘레, 정육면체의 부피를 구하는 방법과 2차방정식의 근의 공식을 증명하는 법을 배울 거다. 그리고 우리는 분수의 덧셈, 뺄셈, 곱셈, 나눗셈을 배워야 하고 글의 주제와 세부 사항을 찾는 법을 공부해야 한다. 그리고 마침표와 쉼표, 물음표, 따옴표, 세미콜론을 어디다가 어떻게 사용해야 하는지 배울 거야."

"그게 다 뭐예요?" 패트릭이 물었다.

"질문 받을 시간 없어, 패트릭." 내가 말을 계속했다. "오늘 우리는 지도와 사전, 백과사전과 연감을 활용하는 법을 배울 거다. 그리고 너희들의 독해 능력을 향상시켜야 돼. 오늘 오전 쉬는 시간까지 그걸 다 끝내야 된다."

아이들이 전부 신음소리를 냈다.

"시험이 마음에 안 들어?" 내가 물었다. "시험 보기 싫어? 시험 점수가 신문에 나오면 부모님은 물론이고 온 부동산 중개업자들까지 다 보게 된다는 거 모르니? 만일 너희들이 원의 지름을 구하는 방식을 모르면 너희 부모님께서 사시는 집값에도 영향이 있다는 걸 모르겠어?"

"그럼 그리고 싶다고?" 내 말은 계속되었다. "달리기 하고 싶다고? 노래 부르고 싶어? 연극 공연 하고 싶다고? 현장 학습 가면 좋겠어? 송 플루트 불고 싶어? 하! 여기가 어디라고 생각하니? 여긴 학교야!"

나는 의자 위에 올라가 섰다.

"얘들아." 내가 선언하듯 말했다. "너희들은 모든 빈칸을 완벽하게 채우는 법을 배워야 하고, 선생님이 '10초 남았다!' 라고 외치면 최대한 빨리 무슨 답이든 써넣는 법을 배워야 돼. 그리고 OMR 카드가 잘 읽힐 수 있도록 연필로 답을 까맣게 칠하는 법도 배워야 하고, 답을 고치기로 결정했으면 완벽하게 지우는 법도 배워야 한다. 그리고 뭐라고 써야 할지 모를 때 답을 찍는 법도 배워야 하지. 너희는 말하기 능력 50문제, 어휘력 30문제, 독해 45문제, 기초 산술 능력 45문제, 수학 75문제를 15분 안에 푸는 능력도 키워야 한다! 이해하겠니? 좋아. 자, 이제 공부하자, 얘들아!"

왜 우리가 이런 시험을 계속 봐야 하는 것인가? 우리는 왜 이 시험들의 비중을 해마다 높여가고 있는 것인가? 이런 시험이 학생의 지식을 측정하는 절대적인 기준이 될 수 없다는 것을 우리는 안다. 그것은 또한 그 학생이 학교생활을 얼마나 잘 해나가고 있는지 판단하는 기준이 되지도 못한다. 반에서 수학을 제일 잘 하는 아이가 답안지에 답을 하나 잘못 쓰는 바람에 10점 만점의 수학 시험에서 0점을 받는 경우도 있음을 우리는 안다.

조만간 나는 용기를 내보려고 한다. 우편함에 시험지가 도착하면 나는 이런 메모를 적어서 그 시험지들을 되돌려 보낼 생각이다.

"죄송합니다만, 못하겠습니다. 오늘은 우리가 올챙이 관찰을 하는 날이거든요."

2부

가을

"던 선생님, 대체 뭘로 분장하신 거예요?"
"피곤한 교사요."
"작년에도 그거 하셨지 않나요?"
"작년에도 피곤했거든요!"

글쓰기는 언제 배워요?

"애들아." 내가 말했다. "오늘은 글을 쓰는 법을 배울 거야."

저스틴이 끙! 신음소리를 냈다.

"모두 외투를 입고 모자를 써라. 밖으로 나갈 거니까."

"오, 예!"

아이들이 좋아서 소리를 질러댔다.

"하지만 한 가지 규칙이 있다." 내가 말했다. "밖으로 나간 다음에는 한 마디도 말을 해선 안 된다. 알겠니?"

아이들이 웃는 얼굴로 입을 꼭 다물고 고개를 끄덕였다.

우리는 외투를 입고 모자를 쓴 다음 한 줄로 섰다. 그러고는 줄을 맞춰 교실 문을 나서서 학교 바로 옆에 있는 탁 트인 들판으로 나갔다. 아무도 말을 하지 않았다.

우리는 풀밭에 앉아 눈을 감고 먼 운동장에서 아이들이 떠드는 소리에 귀를 기울였다. 그리고 등을 대고 땅에 누워 심호흡을 하면서 촉촉하게 젖은 가을 냄새를 맡아 보려 애썼다.

우리는 노랗게 물든 나뭇잎들이 가지에 작별인사를 고하고 땅으로 살랑살랑 내려오는 모습을 지켜보았다. 그리고 그 나뭇잎이 우리 얼굴에 내려앉도록 가만히 있었다.

보슬비가 내리기 시작했다. 아이들은 내가 이제 교실로 들어가야 할 시간이라고 말하기를 기대하는 듯 나를 쳐다보았다. 하지만 우리는 들어가지 않았다. 아이들은 눈을 동그랗게 뜨고 서로를 쳐다보았다. 그 대신 우리는 모자를 벗고 떨어지는 빗방울을 입으로 받아 보려고 애썼다. 아이들은 말을 하고 싶어 죽을 지경이었지만 아무도 말을 하지는 않았다. 말을 하면 마법이 깨져버릴 것임을 그들도 알기 때문이었다.

"자, 얘들아. 이제 교실로 돌아가자."

우리는 바위를 발로 차고 바스락바스락 낙엽을 밟으면서 학교로 돌아왔다. 때로는 진흙탕에 미끄러지기도 했고 웅덩이에 고인 물을 발로 차서 튀겨보기도 했다. 우리는 차가운 가을의 땅기운이 신발을 뚫고 들어오는 것을 느꼈다.

마침내 우리는 교실로 돌아와 외투를 벗고 발을 닦고 모자를 걸었다. 모두 자리에 앉았다. 아이들이 모두 나를 쳐다보았다. 피터가 손을 들었다. 입술은 굳게 다문 채였다.

"그래, 피터." 내가 말했다. "이제 말을 해도 좋아."

그가 긴 한숨을 내쉬며 팔을 내려놓았다.

"선생님, 글쓰기는 언제 배워요?"

내가 빙그레 웃었다.

"방금 배웠단다. 너희는 방금 그걸 배운 거야."

선생님 학교

하루는 아이들이 일지를 쓰고 있을 때 브라이언이 큰 소리로 내게 질문을 했다.

"어째서 선생님들은 항상 완전한 문장으로 글을 쓰라고 말하는 거예요?"

"선생님 학교에서 그렇게 말하라고 가르치기 때문이야."

내가 대답했다.

"선생님 학교? 그게 뭐예요?"

브라이언이 물었다.

"선생님이 되는 방법을 배우는 곳이야. 부모님 학교와 비슷하지."

브라이언이 나를 빤히 쳐다보았다.

"에이, 설마요."

"아니, 진짜야."

"선생님 학교에서 그럼 또 뭘 배우는데요?"

저스틴이 대화에 끼어들었다.

나는 잠시 생각했다. 그리고 진지한 목소리로 말했다.

"음, 선생님 학교에 들어간 첫해에는 스테이플러 찍는 방법, 줄넘기 할 때 줄을 돌리는 방법, 종이 절단기로 종이를 똑바로 자르는 방법 등을 배우지. 또 호루라기를 부는 법이나 시험지에 별 점수를 주는 법, 칠판에 괘도를 거는 법, 스크린을 단 한 번에 차르륵 말려 올라가게 줄을 당기는 법, 연필깎이를 정말로 빨리 돌리는 법도 이때 배운단다. 아, 연필깎이 통들 비우는 법은 조금 나중에 배워."

"정말이에요?"

"그럼, 정말이지."

내가 말했다.

"그리고 두 번째 학년에는 복사기에 낀 종이를 빼내는 법, 영사기의 전구가 나갔을 때 갈아 끼우는 법을 배워. 필기체로 W자를 쓰는 방법도 잊어버렸다면 이때 다시 배우고 7자를 바르게 쓰는 법도 배우지. 그리고 엄청나게 큰 소리로 '행진!' 이라고 외칠 수 있게 될 때까지 계속 연습도 해야 돼. 내가 그건 정말 잘 했었지."

"그런 걸 배운다는 걸 누가 짐작이나 했겠어요."

브라이언이 말했다.

"그럼 3학년 때는 뭘 배워요?"

저스틴이 물었다.

"3학년은 좀 더 어렵지. 그땐 시험지 나눠주는 법, 칠판에 비뚤비뚤하지 않게 줄 맞춰서 쓰는 법, 늙은 호박 속을 도려내는 법, 어떤 아이가 거짓말을 하고 있는지 아닌지 알아내는 법을 배워."

"그럴 리가요."

저스틴이 말했다.

"정말이야. 내가 그걸 얼마나 열심히 공부했는데. 그래서 이렇게 잘 알게 된 거야."

"우리 엄마도 그런데."

브라이언이 말했다.

"그거 봐라. 선생님 학교가 부모님 학교와 비슷하다고 내가 그랬지."

"그리고 또 뭘 배워요?"

"음, 3학년 때 배우는 게, 커다란 쓰레기 봉투로 할로윈 데이 의상을 만드는 법, 햄스터 우리를 청소하는 법, 어머니가 교실로 생일 케이크를 보내주셨는데 칼이 없을 때 플라스틱 자로 정확히 서른두 조각을 내는 법, 아, 선생님용 농담도 3학년 때 배우는구나."

"선생님용 농담이요?"

브라이언이 물었다.

"그래. 선생님 학교를 졸업하려면 누구나 적어도 세 가지 농담을 배워야 되거든."

"에이, 거짓말이죠?"

저스틴이 물었다.

"아냐, 틀림없는 사실이야."

내가 대답했다.

"그럼 하나 해줘보세요."

브라이언이 말했다.

나는 잠시 말을 멈췄다.

"오케이. 연필pencil들은 다 어디서 나지?"

내가 물었다.

"저 그거 알아요."

저스틴이 대답했다.

"어디서 나는데?"

"펜실베이니아."(Pennsylvania에서 pencil이 나온다는 의미의 농담)

저스틴이 대답했다.

"아주 잘 했어, 저스틴. 넌 선생님이 될 수 있겠구나."

그가 고개를 가로저었다.

"그 다음 해엔 또 뭘 배워요?"

브라이언이 물었다.

"아, 마지막 학년은 정말 힘들지."

"왜요?"

그가 물었다.

"왜냐하면 마지막 해에는 책 읽기 시간에 거꾸로 놓인 책을 읽는 법을 배워야 되거든. 책장을 넘기기 전에 손끝에 침을 묻히는 법도 배워야 하고. 그리고 뒤죽박죽 흐트러진 종이 더미를 모아서 탁자에다 세 번 친 다음 윗부분을 세 번 가볍게 쳐서 가지런해 보이게 만드는 법과 스테이플러로 찍기 좋게끔 모서리를 딱 맞추는 법도 그때 배우게 돼."

"그리고 또 다른 건요?"

저스틴이 물었다.

"마지막 해에는 손가락에 반창고를 붙일 때 양쪽 끝이 들러붙지 않게 잘 다루는 방법, 구두 상자로 발렌타인 데이에 쓸 편지함을 만드는 법도 배우고, 곱셈표를 보지 않고 진짜 빨리 구구단을 외는 법도 배운단다."

"저는 절대 선생님이 되진 않을 거예요."

저스틴이 말했다.

나는 하하 웃었다.

"그리고 4학년들은 이런 수업도 들어야 돼. 책 읽는 시간에 벨크로 테이프 가지고 장난치는 아이를 노려보는 법, 아이들이 가지고 노는 클립과 고무줄을 빼앗는 법, 우유 박스를 좀 더 멋지게 여는 법, 그리고 계속 떠들기만 하려는 남자아이들에게 끝까지 일지를 다 쓰게 하는 법도 배우지."

"선생님!"

브라이언이 소리를 질렀다.

"우리를 놀리는 거죠?"

내가 소리 내어 웃었다.

"그래, 너희 둘. 이제 그만하자. 자, 다시 수업 하자꾸나."

브라이언이 능글맞게 웃었다.

"그렇게 말하는 건 언제 배우셨어요?"

"첫날 배웠다."

내가 눈을 찡긋했다.

"그리고 그 과목은 내가 일등이었고."

윽, 학부모 총회!

학부모 총회가 있기 전날 킴 선생님과 나는 학생 식당을 예쁘게 꾸미고 있었다. 선생님들은 각자 자기 반 학생들의 작품을 걸게 되어 있었다. 우리 반 아이들은 자화상을 그렸는데 케이티는 굳이 곰을 그리겠다고 우겼다. 그래서 나는 서른한 명의 아이들과 한 마리의 코알라를 가르치는 셈이 되었다. 킴 선생님 반의 1학년 아이들은 자기가 학교에 와서 공부하는 동안 부모님은 무얼 하시는지를 완전한 문장으로 써내야 했다.

오스틴은 이렇게 썼다.

"내가 학교에 있는 동안 우리 엄마는 내 여동생을 내려주고 집에 돌아가서 텔레비전을 보신다."

카를로타가 썼다.

"내가 학교에 있는 동안 우리 아빠는 어디론가 가는데 그게 어딘지는 나도 모른다."

데비는 이렇게 썼다.

"내가 학교에 있는 동안 우리 엄마는 슈퍼마켓에 가서 다이어트 콜라를 산다."

이것은 램버트가 쓴 글이다.

"내가 학교에 있는 동안 우리 아빠는 계산표를 만든다." (램버트의 아버지는 은행원이다.)

킴 선생님과 함께 아이들의 작품을 걸고 있자니 이 학교에 부임해서 처음 맞았던 학부모 총회 대 기억이 났다. 학부모 총회가 열렸던 9월의 어느 날 나는 교실로 들어가서 이렇게 말했다.

"여러분, 오늘은 수학을 하지 않을 겁니다."

아이들이 일제히 환호했다.

"너무 속상해하지 말아요."

"그런데 오늘 왜 수학을 안 하는데요?"

사만다가 물었다.

"왜냐하면 우린 오늘 하루 종일 미술을 할 거거든요."

내가 대답했다.

"오늘은 학부모 총회가 있는 날이에요. 자, 모두 저 게시판을 보세요."

"어떤 게시판이오?"

리처드가 물었다.

“이제 내가 하려는 얘기가 바로 그거야. 자, 여기 종이가 있어요. 모두 이 종이에 자기 모습을 그리는 거예요. 저 게시판들을 전부 꽉 채워야 되기 때문에 아주아주 크게 그려야 돼요.”

한 시간 후에 쉬는 시간을 알리는 종이 울렸다. 아이들은 교실 밖으로 나갔다. 나는 복도에 있던 교장 선생님과 마주쳤다.

“교장 선생님, 오늘 저녁에 학부모님과의 대화를 몇 분 정도 해야 하나요?”

“한 시간 정도요.”

“네에?” 내가 소리쳤다. “한 시간 동안이나요! 대체 그렇게 오랫동안 무슨 얘기를 하란 말씀인가요?”

“아, 잘 해내실 수 있을 겁니다. 무슨 얘길 하실지 계획을 세워 보세요.”

그는 이렇게 말하고 가버렸다.

‘계획? 계획을 세우라고요? 그거 좋은 생각이군요.’

그래서 나는 계획을 짜기 시작했다. 먼저 학부모에게 인사를 드릴 것이고(이것이 한 5초쯤 걸릴 것이다.) 그리고 모두 환영한다는 말을 할 것이다(5초). 그 다음 내 소개를 할 것이다(10초). 음, 훌륭하군. 이로써 20초를 채웠다.

나는 거기서 막혀서 더 이상 아무 생각도 떠오르지 않았다. 그래서 마이크 선생님을 만나러 갔다. 마이크 선생님은 오랫동안 교직에 몸담아온 베테랑 교사였다. 그에게는 분명 좋은 아이디어가 있을 것이다.

"안녕하세요, 마이크 선생님. 학부모 총회 때 선생님은 뭘 하실 건가요?"

"게임을 할까 해요."

그가 말했다.

"게임이라고요?" 내가 소리쳤다. "무슨 게임요?"

"아, 그러니까 학부모들이 한데 섞여서 서로에 대한 정보를 알아내야 하는 그런 게임이에요." 그가 설명했다. "어색한 분위기를 깨는 데 딱 좋아요."

"저는 뭘 깨고 말고 할 시간이 없어요. 저희 반 아이들은 미술을 하고 있거든요!"

나는 마이크 선생님의 교실을 나와 리사 선생님 반으로 갔다.

"안녕, 리사. 학부모 총회에서 무얼 할 거예요?"

내가 물었다.

"저는 슬라이드 쇼를 할 거예요."

그녀가 웃는 얼굴로 말했다.

"슬라이드 쇼라고요?"

내가 소리쳤다.

"네, 저는 그게 참 좋더라고요. 그냥 슬라이드를 보여주면서 얘기를 하면 되니까요. 저는 학부모님 얼굴을 쳐다보지 않아도 되고 그분들 역시 슬라이드를 보시느라고 저를 안 쳐다보시고요."

"그거 좋은 생각인데요! 나도 슬라이드 쇼를 할까봐요. 그런데 어떤 슬라이드를 보여드릴 건데요?"

"음, 지난 2주 동안 아이들이 다양한 활동을 하는 모습을 사진에 담아 그걸 슬라이드로 만들었거든요."

"나도 그걸 좀 쓸 수 있을까요?"

내가 물었다.

"전부 저희 반 아이들 사진인데요." 리사가 답했다.

나는 씩 웃었다.

"부모님들이 그걸 알아차릴까요?"

"나가세욧!"

그녀가 문을 가리키며 소리쳤다.

나는 매리언 선생님의 교실로 갔다. 그녀는 쿠키 구이용 팬에 기름을 바르고 있었다.

"안녕, 매리언. 학부모 총회 때 무얼 해야 할지 아이디어가 필요해서요. 선생님은 오늘 밤 뭘 하실 거예요?"

나는 쿠키 팬을 보며 고개를 가로저었다.

"설마."

내가 느릿느릿 말했다.

"설마 뭐요?"

그녀가 물었다.

"그건 아니겠죠."

"뭐가요?"

"쿠키를 만들 거라고 말하지 마세요, 제발."

내가 우는소리를 했다.

"우린 점심시간 지나고 쿠키를 만들어서 지금 쿠키 장식을 하고 있어요. 그리고 아이들이 각자 자신들의 쿠키 시를 썼어요. 보실래요?"

"아뇨! 쿠키 시 따위는 보고 싶지 않아요!" 내가 소리쳤다. "저는 쿠키에 장식을 하고 시를 쓸 시간이 없다고요!"

"걱정 말아요. 선생님은 뭘 하더라도 틀림없이 멋지게 잘 해내실 거예요."

수업종이 울렸다. 나는 터벅터벅 걸어 교실로 돌아왔다. 오는 길에 프랭크 교장을 또 만났다.

"오, 던 선생님." 그가 말했다. "오늘 밤 학부모님들께 한 해 동안 선생님의 목표와 기대에 대해서 말씀하시는 거 잊지 마세요."

"목표요? 무슨 목표요?"

"한 해 동안 선생님이 이룰 목표 말씀입니다."

"한 해 동안의 목표요? 오늘 밤을 어떻게 헤쳐 나가느냐가 제 목표라고요!"

나는 교실로 들어와 수납장을 열었다. "그런데 모노폴리 판은 왜 꺼내시는 거예요?"

사만다가 물었다.

"어색한 분위기를 깨는 데 이게 좋을 것 같아서."

프랭크 교장이 교실 안으로 고개를 빼끔히 디밀었다.

"방과 후에 슈퍼에 갈 건데 혹시 뭐 사다 드릴까요?"

그가 물었다.

"네. 오레오 쿠키 두 상자만 사다 주실래요? 부모님들께 쿠키나 좀 대접하려고요. 아니, 잠깐만요. 그보다는 피그 뉴턴즈가 낫겠어요. 그게 씹는 시간이 더 오래 걸리거든요."

"네, 얼마든지요. 피그 뉴턴즈 곧 대령하겠습니다."

그가 말했다.

3시 30분에 아이들이 수업을 마치고 집으로 돌아가자 나는 교실 청소를 시작했다. 아이들의 작품을 게시판에 걸고 서류철을 말끔히 정리하고 책상에 말라붙은 풀도 떼어내고 내 책상 위에 있던 물건들도 모두 책상 서랍 속으로 쓸어 넣었다. 그리고 토끼장에 깔아놓은 신문지도 갈아주고 교무실 꽃병에 있던 해바라기 두 송이를 빌려다 놓고 지구본에 쌓인 먼지를 닦고 잡동사니 바구니는 안 보이는 곳에 숨겨놓고 커피캔에 해바라기를 꽂고, 내가 그 책들을 가르치고 있다고 학부모들이 생각하도록 책꽂이에서 책 몇 권을 꺼내 놓았다.

7시에 나는 교실 문을 열었다. 신사 한 분이 들어와 나와 악수를 하고 인사를 나누었다. 그는 자기 아이가 누군지 말하지 않았다. 나는 "누구신지?"라고 묻고 싶지 않았다. 그래서 짐작을 할 수밖에 없었다.

"로버트 아버님이시죠?"

내가 조금 망설이듯 물었다.

"네."

그가 빙긋 웃었다.

전에 한 번도 만난 적이 없음에도 불구하고 학부모 총회에 오는 부모님들은 왜 자신들이 누구 부모인지 내가 정확하게 알 거라고 생각하는 것일까? 그저 나는 이 〈부모 알아맞히기 게임〉을 즐길 뿐이다.

두 번째로 어머니 한 분이 들어와 나와 악수를 했다.

"칩이 자기 반을 얼마나 좋아하는지 돌라요."

나는 환한 웃음으로 답했다.

'칩이 누구지?'

나는 속으로 생각했다.

"학교 갔다 오면 매일 그날 있었던 일을 얘기한답니다."

나는 계속 미소를 머금은 얼굴로 그녀의 손을 잡고 있었다.

'도대체 칩이 누구야?'

"반에서는 어떤가요?"

그녀가 물었다.

"어, 그러니까……, 그 아이는……."

어쩌면 그녀가 교실을 잘못 찾아왔을지도 모르겠다고 나는 생각했다.

그때 번뜩 생각이 났다.

"오, 찰스!" 내가 소리쳤다. "아, 네. 그래요, 찰스! 찰스 어머니시군요. 찰스는 아주 잘 하고 있습니다. 그러니까, 칩 말씀이에요. 칩은 아주 잘 하고 있습니다. 썩 훌륭해요."

나는 안도의 한숨을 내쉬었다. 〈자녀 알아맞히기 게임〉도 꽤나 재미있다. 뒤이어 나머지 다른 부모님들이 물밀듯이 교실로 들어왔다. 그들은 교실 뒤쪽을 돌면서 게시판을 구경하고 책꽂이의 책들도 살펴보았다. 이윽고 나는 그들에게 자리에 앉아 주십사고 말하고 내 소개를 시작했다.

"안녕하십니까? 학부모 총회에 이렇게 와주신 여러분 모두를 환영합니다. 저는 미스터 던이라고 합니다. 여러 부모님들을 만나 뵙게 되어 매우 기쁩니다."

나는 손목시계를 내려다보았다. 앞으로 59분 40초가 남았다. 나는 고개를 들었다.

"어……, 혹시 쿠키 좀 드실 분 계세요?"

5센트에 주시죠

그래, 인정한다. 나는 쩨쩨한 사람이다. 호텔을 나서기 전에 나는 비누들을 전부 가방에 담아온다. 구둣주걱과 샤워 캡도 물론이다. 나는 향수를 살 필요성을 느끼지 못하는데 그것은 향수 판매대에서 인덱스카드에 붙어 있는 조그만 샘플을 얻어온 것만도 수백 개는 되기 때문이다. 내 친구들은 내가 내미는 쿠폰북이 창피해서 더 이상 나하고는 저녁을 먹으러 가지 않으려고 한다. 마트에 가면 나는 냉동식품 진열대 끝에 있는 피자 시식 코너를 결코 그냥 지나치는 법이 없다. 그리고 내가 지금까지 받아본 선물 중 최고였던 것은 내 동생 스티브가 준 것으로, 중고물품을 파는 구세군 매장의 상품권이었다.

그리고 내가 비행기 안에 비치된 구토용 봉지(그 봉투가 점심 도시락을 싸가지고 다니기에 안성맞춤이다.)를 좀 가져온다고 해서 그게 뭐 어떻단 말인가? 절약만이 내가 살 길이다. 모든 교사들이 그럴 것이다. 그러지 않고는 학교에서 필요한 물품들을 어떻게 다 구입한단 말인가?

아닌 게 아니라 요 몇 년 동안 나는 벼룩시장에서 쓸 만한 물건을 건지는 데 뛰어난 재능을 갖게 되었고 차고 세일의 매력에 푹 빠져버렸다. 매주 금요일마다 나는 지역 신문을 샅샅이 훑으며 주말에 열릴 벼룩시장 정보를 수집한다. 그리고 그럴 듯해 보이는 정보에 동그라미를 쳐놓고 지도를 보며 위치를 확인한다. 토요일에는 새벽 5시에 일어나 커다란 여행용 머그잔에 커피를 가득 담아 가지고 길을 떠난다.

만일 차고 세일을 한다는 푯말이 눈에 띄면 잔디밭에 자전거가 있는지, 차고 위쪽 벽에 농구 골대가 매달려 있는지 혹은 한쪽 길 모퉁이에 레모네이드 가판대가 있는지 빠르게 살핀다.

자전거와 농구 골대, 그리고 레모네이드 가판대가 있다는 것은 그 집에 아이들이 있다는 뜻이다(차고 세일을 할 때 아이들은 자기가 만든 레모네이드 등의 음료를 집 밖의 가판대에 가지고 나와 지나가는 사람들에게 귀엽게 호객 행위를 하며 판매한다). 아이들이 있는 집에는 아이들 물건이 있다. 그리고 거기엔 책들과 체커 세트, 그리고 비 오는 날 쉬는 시간에 하기 좋은 퍼즐도 포함된다.

어느 날 나는 길을 따라 차를 몰고 가다가 한 아주머니가 차고 세일을 하려고 차고 문을 막 열고 있는 것을 발견했다. 현관에 놓인 롤러스케이트와 축구공, 그리고 현관 수납장 안에 있는 훌라후프가 번뜩 눈에 띄었다. (아이들 장난감을 찾아내는 나의 감각은 고도로 발달되어 있다.) 나는 차를 세우고 차고를 향해 걸어갔다.

친절해 보이는 아주머니가 아이들 물건을 산더미처럼 쌓아놓고 팔고 있었다. 아이들이 이미 자라서 타지에 있는 대학에 진학했거나 아니면 그녀가 아이들에게 몹시 화가 나서 물건들을 죄다 팔아치우고 있는 것일지도 모른다는 생각이 들었다.

나는 여러 개의 상자들 중 하나로 다가가서는 커피 머그잔을 내려놓고 안을 들여다보았다. 상자 안에는 『매들라인즈』, 『바바스』, 『백과사전 브라운』, 『낸시 드루스』 등의 책들이 가득했고 게다가 책의 상태도 완벽했다! 이건 정말 대박이었다! 하지만 나는 좋아서 펄쩍펄쩍 뛰지는 않았다. 가격표가 없는 아동 도서 상자를 발견했을 때는 항상 끝까지 침착함을 잃지 않는 것이 최선이다.

그때 몸집이 뚱뚱한 어떤 부인이 다른 상자에 들어 있던 책들을 움켜잡으려 했다. 그녀 역시 엄청나게 큰 머그잔을 들고 있었다. 그녀가 커다란 천 가방을 벌려 책들을 쓸어 담았다. 그녀가 입은 헐렁한 윗옷에는 서른 개의 이름이 쓰여 있고 그 이름들은 반짝이 풀로 쓴 것이었다.

그 순간 나는 깨달았다. 저 사람도 교사로구나.

나는 동물 봉제 인형들이 가득 든 상자를 뒤집어엎은 뒤 그 상자에 책들을 담기 시작했다. 가방을 가진 그녀가 나를 힐끗 보더니 손놀림이 더 빨라지기 시작했다. 그녀가 저것들 중에 뭐 하나라도 가져가도록 놔둘 수는 없었다. 그래서 나는 벌떡 일어서서 그녀 쪽으로 걸어갔다. 그녀는 나를 기분 나쁘게 쳐다보면서 천 가방에 담은 책들을 가능하면 내게 안 보이게 덮으려고 애썼다.

그때 내가 팔을 뻗어 『아멜리아 비델리아』를 꺼냈다. 가격이 겨우 10센트였다! 그녀가 내 손에서 그 책을 낚아챘다.

"이거 봐요!" 내가 소리쳤다. "그거 이리 줘요!"

"내가 먼저 집었어요."

못된 교사가 소리를 꽥 질렀다.

"먼저 집기는 뭘!"

내가 소리쳤다.

"맞아요. 내가 먼저 고른 거라고요."

그 못된 교사가 다시 소리쳤다.

"이건 내 거예요!"

내가 되받아쳤다.

"천만에!" 그녀가 고함을 쳤다. "내가 먼저 왔어요. 당신이 뒤지던 상자는 저거잖아요."

그녀는 끝까지 책을 놓지 않았다.

바로 그때 사람 좋아 보이는 그 집 주인아주머니가 다가와 말했다.

"아이들 물건에 관심이 있으시면 여기 또 있답니다."

그녀가 피크닉 테이블 아래에 놓인 세 개의 커다란 상자를 가리켰다. 우리는 동시에 그 테이블로 달려갔다.

유레카! 그 상자 안에는 지구본과 화학 실험 도구 세트, 보석추출기(돌이나 광물을 매끈하고 빛나는 원석으로 가공해 주는 초등학교 고학년용 장난감), 레고 블록, 주니어 스크래블(크로스 워드 퍼즐 게임을 통해 알파벳과 단어 공부를 할 수 있도록 만든 보드 게임 교구)이 들어 있었다. 그리고 어린이용 사전들, 학습용 구구단 플래시 카드, 줄넘기, 어린이 백과사전 전집, 트위스터(비슷하거나 발음하기 힘든 음운을 조합하여 만든 영어 발음 훈련 프로그램), 전투함, 미끄럼틀과 사다리(보드 게임의 일종), 그리고 시계 보는 법을 배울 수 있는 커다란 플라스틱 시계도 있었다.

"내가 전부 다 사겠어요."

못된 교사가 조용히 말했다.

"이보세요! 저도 이걸 원한다고요!"

"오, 이런." 그 친절한 집주인이 난처한 듯 웃었다. "아무래도 먼저 구입 의사를 밝힌 이 부인한테 팔아야 할 것 같네요."

"뭐라고요? 그건 불공평해요."

그 못된 교사가 회심의 미소를 지었다.

"얼마죠?"

"음……, 5달러면 너무 비싼가요?"

사람 좋은 집주인이 물었다.

"5달러요?"

내가 소리쳤다. 구역질이 나오려고 했다.

그 다음에 무슨 일이 벌어졌는지 당신은 아마 믿지 못할 것이다.

못된 교사가 말했다.

"4달러에 주시면 안 될까요?"

나는 가슴을 부여잡았다.

"음……, 그러세요."

친절한 부인이 말했다.

나는 그 자리에서 기절해 버렸다.

저걸 모두 4달러에 가져가다니! 이건 강도다! 저 못된 선생은 못된 정도가 아니라 〈도둑〉이었던 것이다. 이미 거저 가져가는 것이나 마찬가진데 그걸 또 깎아 달라고 한단 말인가!

그것도 모자라서 그 못된 선생은 친절한 주인에게 그 물건들을 자기 차에 싣는 걸 도와 달라고까지 했다. 이건 정말 해도 너무했다. 낙담한 나는 네 발로 기어 그곳을 나왔다. 그들이 물건을 차에 싣고 있을 때 피크닉 의자 위에 놓여 있던 『아멜리아 비델리아』가 내 눈에 번쩍 띄었다. 그 못된 선생이 이걸 깜빡 잊고 빼놓은 모양이었다. 하! 나는 그 책을 움켜잡았다.

그녀가 차를 몰고 떠난 후 나는 그 책을 주인아주머니에게 내밀었다. 그리고 씩 웃었다.

"5센트에 주시죠?"

교사가 되기 위한 첫 면접

얼마 전에는 문득, 내가 맨 처음 교직에 발을 들여놓으려고 면접을 보던 때가 생각이 났다. 그것이 벌써 20년 전의 일이라는 것이 믿어지지가 않는다. 그때 받았던 질문들을 나는 지금도 생생하게 기억한다. 그 질문들은 다음과 같다.

"당신의 교육 철학은 무엇입니까? 당신의 교실 운영 시스템은 어떤 것인가요? 어떻게 학생들을 훈육할지 계획을 갖고 계십니까?"

내가 그걸 알면 좋게.

그것이 나의 첫 면접이었다. 그런데 당시 내가 대체 어떻게 교육 철학을 갖고 있을 수 있겠는가? 그때 난 그 의미조차 알지 못했다.

그래도 마치 내가 뭘 좀 아는 양 그럴듯하게 대답을 지어냈다. 아마도 면접관들을 꽤 감쪽같이 속여 넘겼나보다. 어쨌거나 나는 취직을 했고 아직 해고당하지 않고 학교에 잘 다니고 있다.

　나는 당시에 받았던 질문들뿐 아니라 그때 내가 했던 대답들도 모두 기억하고 있다. 지금 만약에 똑같은 질문을 받는다면 내 대답은 그때와는 다를 것이다. 지금이라면 아마 이렇게 대답했을 것 같다.

*

질문 1: 내가 당신의 교실에 들어가면 무엇이 보일까요?

첫 면접 때의 대답: 아이들이 조화롭고 평화로운 가운데 서로를 칭찬하고 사이좋게 학습 교구를 공유하면서 협동 작업을 하는 모습이 보이실 겁니다. 학급 친구들을 도와주고 서로 격려하고 창의적으로 사고하는 그들을 보실 수 있을 거예요.

현재의 대답: 브라이언이 다리 사이에 축구공을 감추고 있고, 피터는 마커펜을 전부 연결해서 아주 길게 늘어놓고 있고, 저는 커피를 마시려고 머그잔이 어디로 갔는지 찾고 있을 겁니다.

질문 2: 당신의 장점은 무엇인가요?

첫 면접 때의 대답: 저는 에너지가 넘치고 열정적이고 아주 근면 성실합니다.

현재의 대답: 상처에 붙이는 밴드를 아프지 않게 뗄 수 있습니다.

질문 3: 당신의 약점은 무엇입니까?

첫 면접 때의 대답: 밤늦게까지 혹은 주말에도 그리고 모든 휴일을

반납하고 일만 하는 습관을 고쳐야 합니다.

현재의 대답: 배가 고플 때는 학생 식당의 식판에 있는 사과를 훔쳐옵니다.

질문 4: 당신의 교육 철학은 무엇입니까?

첫 면접 때의 대답: 하루 온종일 아이들을 칭찬해 주고 격려하면서 동시에 그들이 자존감을 키울 수 있도록 노력하는 것입니다.

현재의 대답: 쉬는 시간을 빼앗는 거죠.

질문 5: 괴팍한 학부모는 어떻게 상대하실 건가요?

첫 면접 때의 대답: 전화를 해서 그분이 하는 얘기를 경청하겠습니다. 부모와 교사는 아이를 성공적으로 교육하기 위해 함께 노력해야 하는 한 팀이므로 긴밀하게 협력하겠습니다.

현재의 대답: "정신 좀 차려요. 인생 제대로 사세요!"라고 말해줄 겁니다.

질문 6: 아이가 교실 한쪽에서 당신을 향해 의자를 던졌다면 어떻게 하실 건가요?

첫 면접 때의 대답: 우선 다른 아이들이 다치지 않았는지 확인하겠습니다. 그런 다음 그 학생을 진정시키려고 노력하겠어요. 그리고 그 아이와 대화를 해서 무엇이 그 아이를 괴롭히고 있는지 알아보고 그가 자신의 감정을 들여다보도록 도와주겠습니다. 우리는 함

께 행동 교정 계약서를 만들고 그것을 통해 그 아이가 스스로 목표를 세우고 보상을 선택할 수 있도록 해주겠습니다.

현재의 대답: 그 의자를 도로 던지겠습니다.

질문 7: 교사가 갖춰야 할 가장 중요한 수단은 무엇인가요?

첫 면접 때의 대답: 사랑입니다.

현재의 대답: 사탕이죠.

질문 8: 체육 수업은 어떤 식으로 진행하실 건가요?

첫 면접 때의 대답: 개인 운동을 통해서, 그리고 비경쟁적인 분위기 속에서 훌륭한 스포츠맨십이 강조되는 팀 스포츠를 통해 다양한 기능을 발달시킬 기회를 아이들에게 제공하겠습니다.

현재의 대답: 헤드업 세븐업 게임이나 하죠, 뭐.

질문 9: 학생들의 다양한 개성을 어떻게 충족시켜 주시겠습니까?

첫 면접 때의 대답: 학생들에게 다양한 선택의 기회를 제공하겠습니다. 예를 들어 아이들이 단어 쓰기 공부를 할 때 시각적 능력이 남보다 발달한 학생은 여러 가지 색깔의 펜으로 그 단어를 색칠하게 해주고 운동신경이 발달한 학생은 모래로 혹은 푸딩이나 케첩, 면도 크림으로 단어를 쓰게 해주는 겁니다.

현재의 대답: 저는 학생들에게 다양한 선택의 기회를 제공할 것입니다. 단어 쓰기를 지금 할지 아니면 점심시간에 할지 자유롭게 선

택할 수 있게 해주겠습니다.

질문 10: 구성주의적 학습 이론에 대한 당신의 견해는 무엇입니까?

첫 면접 때의 대답: 훌륭하다고 성각합니다. 멋진 이론이라고 생각합니다. 그리고 온전히 믿습니다. 가르치는 데 있어서 그것 외에 다른 방법이 있나요?

현재의 대답: 그게 도대체 뭐죠?

질문 11: 5년 후에 당신은 어디에 있을 것 같나요?

첫 면접 때의 대답: 여전히 이 학교에서 학생들을 가르치면서 교육학 석사 학위를 받기 위해 노력하고 있을 것이고, 리더십 트레이닝과 교육 과정 연구에도 참여하고 학교 기금 마련 행사를 계획하고 악단을 위해 포장지 판매를 하고 있을 겄입니다.

현재의 대답: 헤븐리 가든에 있는 참나무 아래 누워 있을 겁니다.

질문 12: 우리가 당신을 고용해야 하는 이유를 얘기해 보세요.

첫 면접 때의 대답: 저는 아이들이 좋습니다.

현재의 대답: 저는 아이들이 좋습니다.

나는 대리교사를 위한 수업 계획서를 쓰는 것을 끔찍이 싫어한다. 그 계획서를 쓸 시간이면 그냥 내가 학교에 남아서 직접 수업을 하는 편이 차라리 낫다. 어디에 뭐가 있고, 누구는 약을 먹여야 되고, 누가 무슨 식품에 알레르기를 일으키고, 누구와 누구는 나란히 앉히면 안 되고, 그리고 ESL(English as a Second language, 영어를 모국어로 쓰지 않는 아이들을 위한 프로그램, 즉 영어가 제2 언어인 아이들을 위한 수업), 학습 자료실, 말하기 수업, 방과 후 수업에 보내줘야 하는 아이를 일일이 일러주고 "스티븐이 화장실에 가겠다고 하면 얼른 보내주세요!"라는 얘기까지 시시콜콜 적으려면 최소 몇 시간은 걸린다.

하루 휴가를 내고 돌아와서 대리교사에게서 그날 있었던 일을 적은 메모를 받으면 나는 항상 신경이 곤두선다. 지난번에 휴가를

122

냈을 때는 앤터니와 카를로스가 서로 이름표를 바꿔 달았고, 저스틴은 신발에 묻은 진흙을 털고 오겠다고 나가더니 끝끝내 돌아오지 않았고, 피터는 오직 폴란드 어밖에 못하는 척했고, (카를로스인 척하고 있는) 앤터니는 안경이 깨져서(앤터니는 안경을 쓰지 않는다.) 칠판에 있는 수학 문제가 안 보인다고 했고, 에밀리는 서류철에 끼운 종이에 자기가 알레르기가 있다고 말했다.

중학교 교사인 내 친구가 출산 휴가를 갔을 때의 일이다. 아이들이 얼마나 고약하게 굴었던지 대리교사가 두 손 두 발 다 들고 학교에는 아무런 말도 없이 그날로 달아나버렸다. 그런데 이 녀석들이 보통 맹랑한 악동들이 아니었다. 그들은 교실을 난장판으로 만들면 누군가가 바로 알아챌 거라고 생각했다. 그래서 매일 수학 책에 있는 문제를 복사해 와서 풀고, 일지를 쓰고, 조용히 책을 읽었다. 교장 선생님이 잠깐 들여다보시면 선생님이 방금 화장실에 갔다고 말했다. 그들의 앙큼한 형각은 무려 사흘이 지난 후에야 교장 선생님에게 발각되었다.

나는 대리교사가 작성한 메모를 해독하는 데 일가견이 있다.

"반 아이들이 아주 열정적이던데요." 이건 그들이 시끄럽게 떠들었다는 뜻이다.

"아이들이 매우 사교적이었어요." 이건 한시도 입을 다물지 않더라는 뜻이다.

"자기주장이 아주 확실하던데요." 이건 하루 종일 징징거렸다는 뜻이고.

"배고파하는 것 같았어요." 이건 선생님으로 하여금 간식이 든 서랍을 열게 하려고 녀석들이 수를 쓴 것이다.

"스티븐이 약을 복용하는 중인가요?" 이것은 대리교사가 다시는 우리 교실로 돌아오지 않겠다는 뜻이다.

교실을 비운다는 것은 쉽지 않은 일이다. 대리교사에게 아이들을 맡기고 나오면 나는 집에 앉아서 하루 종일 시계만 쳐다본다.

"8시 반이네." 나는 혼자 중얼거린다. "아이들이 이제 막 교실로 들어오겠군."

"8시 45분. 숙제를 내고 있을 시간이네."

"10시군. 저스틴은 숙제를 하느라 쉬는 시간인데도 교실에 남아 있겠지."

요즘은 외출할 일이 생기면 아이들을 매수한다.

"얘들아, 내일 선생님이 없는 동안 정말 정말 착하게 굴면 운동장에서 특별 체육을 할 거다."

그리고 대리교사를 위해 세세하게 수업 계획을 짜주기도 한다.

"자, 우리 반에 오신 걸 환영합니다! 쉬는 시간은 오전 9시가 아니라 10시에 시작입니다. 그리고 60분이 아니라 20분간입니다. 수학 시간에 아이들이 해바라기씨를 먹게 놔두어선 안 됩니다. 정글짐에 올라가서 단어 받아쓰기 연습을 하지는 않습니다. 조용히 책 읽는 시간에 게임기를 하도록 허락해서는 안 됩니다. 아무리 조용히 하겠다고 약속해도 그건 안 됩니다. 오늘은 숙제를 내주는 날입니다! 우리는 스타워즈 영화제 한복판에 나와 있는 것이 아닙니다. 그리고 브라이언이 휴대전화로 피자를 주문하지 못하게 해야 합니다."

그런데 가끔은 나를 걱정시키는 것이 아이들이 아닐 때도 있다. 대리교사가 오히려 걱정되는 경우도 있다. 하루 휴가를 쓰고 돌아왔는데 아이들이 평생 동안 그날이 최고였다고 말하면 나는 간담이 서늘해진다.

지난번에 하루 동안 교실을 비웠던 나는 돌아와서 아이들에게 물었다.

"어제 어땠니?"

"짱이었어요!"

피터가 대답했다.

"블랙 선생님이 대리교사로 오시니까 좋았어?"

내가 물었다.

"완전 좋았어요!"

멜라니의 대답이었다.

"네. 정말 친절하셨어요."

에밀리가 대답했다.

"뭐가 그렇게 좋았는데?"

내가 초조한 목소리로 물었다

"피구를 하게 해주셨어요."

저스틴이 말했다.

"피구라고!" 내가 소리쳤다. '피구를 해도 된다고 쓴 적 없는데.

그게 무슨 시간이었니?"

"쉬는 시간이 끝난 후에요."

"그 시간은 수학 시간이잖아!" 내가 소리쳤다. "그럼 나눗셈은 안 했어?"

"네, 안 했어요."

패트릭이 대답했다.

"그래 피구를 얼마나 했는데?"

"점심시간 전까지요."

아만다가 대답했다.

"두 시간이나 했단 말이야?" 내가 또 소리쳤다. "그럼 블랙 선생님이 어제 명사, 동사, 형용사 복습 안 해주셨어?"

"명사가 뭐예요?"

나탈리가 물었다.

"점심을 먹고는 뭘 했니?"

"선생님이 우쿨렐레(하와이 원주민들이 사용하는 기타와 비슷한 4현 악기)를 연주하셨어요."

제니가 대답했다.

"뭘 연주했다고?"

내가 소리쳤다.

"그리고 킬라우에아 산(미국 하와이 섬 남동부에 있는 세계에서 가장 큰 활화산)에 관한 슬라이드를 보여주셨어요."

"우리 특별 체육 할 수 있어요?"

피터가 물었다.

"농담하니? 블랙 선생님이랑 하면 되겠구나!"

"하지만 약속하셨잖아요!"

아론이 말했다.

"어림없어. 그리고 너희가 말을 잘 들었는지 아닌지 어떻게 알고?"

"블랙 선생님이 좋은 점수를 주신다고 하셨어요."

"그래. 하루 종일 하와이 갔다 왔는데 좋은 점수를 못 받으면 그게 이상한 거지."

피터가 손을 번쩍 들었다.

"그래, 뭐지? 피터."

"선생님, 괜찮으세요?"

"왜, 뭐가 잘못됐니?"

"별로 안색이 안 좋아 보이셔서요. 아무래도 하루 더 쉬셔야 할 것 같은데요."

"맞아요."

멜라니가 끼어들었다.

"아파 보이세요. 휴가 내고 내일 하루 더 쉬고 오세요."

"그래, 그거 좋은 생각이구나. 너희들 말이 옳다. 몸이 썩 좋질 않네."

내가 콜록콜록 기침을 했다.

"실은 나도 내일 하루 더 쉴 생각이다." 내가 다시 기침을 하며 말했다. "그리고 내일은 톰슨 선생님이 나 대신 들어오실 거다."

"안 돼요!!!"

아이들이 일제히 소리를 질렀다.

"우린 블랙 선생님을 원해요."

피터가 말했다.

"아, 내가 말 안 했던가? 미안하네. 깜빡 잊은 모양이다. 블랙 선생님은 올해는 바빠서 더 이상 대리수업을 못 해주신다는구나. 선생님은 킬라우에아 산에서 무무(하와이 원주민 여성들이 입는 헐겁고 화려한 드레스)를 입고 우쿨렐레 연주회를 하실 거라서 말이지. 너희들이 말한 대로 선생님은 하루 쉬는 게 좋겠어. 내일은 톰슨 선생님이 오실 거다."

"톰슨 선생님만은 제발요!" 저스틴이 애원을 했다. "톰슨 선생님은 우리한테 수학만 시킬 거예요."

멜라니가 나섰다.

"그런데 선생님, 그거 아세요? 아까보다 안색이 훨씬 좋아지셨어요."

"네, 맞아요."

에밀리가 말했다.

"아주 건강해 보이세요, 선생님." 피터가 말했다. "그렇지, 애들아?"

아이들이 일제히 소리쳤다.

"맞아 맞아!"

피터가 계속했다.

"사실 우리가 제일 좋아하는 선생님은 바로 던 선생님이에요. 이 세상 천지에 선생님처럼 좋은 선생님은 없을 거예요."

피터가 잠시 말을 끊었다가 다시 물었다.

"우리 특별 체육 해요?"

내가 빙긋 웃으며 교실을 둘러보았다. 그러고는 조금 뜸을 들이다가 말했다.

"좋아."

모두들 환호성을 질렀다.

그래, 인정하는데 나는 아첨에 약하다.

참, 그건 그렇고, 그들은 블랙 선생님으로부터 정말로 좋은 점수를 받았다.

아이들은 왜 "1, 2, 3, 4, 5, 6, 7, 8, 9, 10. 넌 나한테 콜라 사줘야 돼."라는 말을 하는 데는 0.05초도 안 걸리면서 〈7 곱하기 8〉의 답을 말하는 데는 한 시간이나 걸리는 걸까? 도대체 아이들은 왜 쉬는 시간이 언제냐고 내게 열 번도 더 물어보면서 막상 쉬는 시간이 되면 밖에 나가지도 않고 마커펜들을 죄다 정리하고 화이트보드 스프레이를 너무 많이 뿌려대면서 화이트보드를 지우느라 시간을 다 보내는 것일까?

아이들은 왜 박물관 로비에 있는 검볼 머신(동전을 넣고 손잡이를 돌리면 알록달록한 사탕이나 껌이 빠져나오는 기계)이 메트로폴리탄 박물관에서 임대해온 반 고흐의 작품보다 더 흥미로울까?

아이들은 왜 글을 쓸 때 들여쓰기를 하는 것은 항상 잊어버리면서 내가 3학년 때 키웠던 기니피그의 이름과 내가 여덟 살 때 우리

아버지가 비누로 내 입을 씻겨주었던 이유는 잘도 기억하는 것일까?

아이들은 왜 〈끝〉이라는 글자를 그렇게 대문짝만하게 쓰는 걸까?

아이들은 자기 생일이 오려면 앞으로 몇 날, 몇 시간, 몇 분이 남았는지 정확히 알면서 왜 언제나 점심시간이 오려면 얼마나 남았느냐고 묻는 것일까?

아이들은 왜 체육 시간에 달리기를 하라고 하면 있는 대로 투덜거리면서 할로윈 데이 밤에 냉장고 박스를 몸에 두르고 동네를 돌 때는 쉬지도 않고 내리 세 시간을 뛸 수 있는 것일까?

왜 우리 반 말썽꾸러기들은 마치 자석처럼 항상 서로에게 끌리는 것일까?

아이들은 왜 오늘 아침에 내 귀에 면도 크림이 묻은 것은 기막히게 발견하면서 자기들 책상을 마구 밟고 돌아다닌 흙 발자국은 못 보는 것일까?

아이들이 자신들이 연주할 악기를 선택할 때는 어쩌면 그렇게 자기 성격과 딱 맞는 것을 고를까?

아이들은 어떻게 고리 세 개짜리 서류철에 숙제를 끼우는 방법은 모르겠다고 하면서 우리 반에 있는 VCR이 작동되지 않을 때 그걸 고칠 수 있는 것일까?

아이들은 왜 현장 학습 보고서를 제출하는 것은 툭하면 깜빡 잊으면서 만우절에 뿡뿡이 방석(앉으면 방귀소리가 나는 쿠션)과 플라스틱 개똥, 플라스틱 생쥐를 학교에 가져오는 것은 절대로 잊어버리는 법이 없을까?

아이들은 어째서 자기가 쓴 네 페이지짜리 글에 마침표를 빠뜨리고 대문자도 쓰지 않은 것은 못 보면서 오늘 아침에 내가 양말을 짝짝이로 신고 온 것은 귀신같이 알아채는 것일까?

왜 동물원의 동물들은 모두 우리가 방문하기를 기다렸다는 듯이 하필이면 그때 짝짓기를 하는 것일까?

도서관에 책이 2만 권이나 있는데 아이들은 왜 하나같이 『나는 스파이』만 고집하는 것일까?

아이들은 어떻게 〈12 빼기 9〉의 답은 얼른 말하지 못하면서 내가 몇 년도에 태어났다고 말해 주면 2초도 안 되어 내 나이를 계산해 낼 수 있는 것일까?

아이들은 왜 슈퍼마켓에서 나와 마주치면 그냥 빤히 보기만 하고 아무 말도 못하는 것일까?

아이들은 왜 내가 다섯 번씩이나 반복해서 말해 준 지시사항은 잘 못 들으면서 오늘 아침에 내가 왜 머리가 아픈지 방금 도서관 사서에게 작은 목소리로 속삭인 것은 한 마디도 빼놓지 않고 귀신같이 잘도 듣는 것일까?

내가 교사가 되길 잘했다고 느끼는 순간들

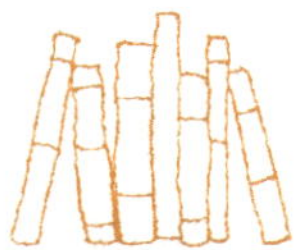

내가 교사가 되길 잘했다고 느끼게 되는 어떤 순간들이 있다. 그 특별한 순간에는 모든 것이 너무나 가치 있게 느껴진다. 무척이나 소중한 그 순간은 그리 자주 오지는 않으며 오더라도 예기치 않게 찾아온다. 그리고 아주 세심하게 귀를 기울이지 않으면 그 순간을 놓칠 수도 있다.

수업이 끝난 후에 카메론이 어머니 손을 이끌고 교실로 들어와서는 『모자 쓴 고양이』라는 책을 집어 들고 이렇게 소리쳤다.

"이거 봐, 엄마. 나 이제 읽을 수 있어!"

그럴 때 나는 교사가 되길 잘했다고 느낀다.

내가 『보물섬』의 책장을 덮으면 아이들이 일제히 소리를 지른다.

"더 해주세요!"

그럴 때도 나는 교사가 되길 잘했다고 느낀다.

내가 한 해 동안 세 번이나 정학 처분을 내려야 했던 잭이 학년 마지막 날 나를 꼭 안고 놓아주지 않으려 할 때, 그럴 때 나는 교사가 되길 잘했다고 느낀다.

일 년 전까지만 해도 영어를 한 마디도 못했던 소피아가 전교생 앞에 서서 「눈 내리는 저녁 숲가에 서서」라는 로버트 프로스트의 시를 암송할 때, 대학에 진학한 빅토르가 내게 보낸 편지에 나를 꼭 닮은 선생님이 되고 싶다고 썼을 때, 『샬롯의 거미줄』이 진짜 실화냐고 제임스가 내게 물을 때도 바로 그런 순간이다.

안타깝게도 그 순간이 올 때 대개는 근처에 펜이 없어서 나중에 기록해 놓아야지 생각하다가 잊어버리고 말거나 혹은 세심하게 주의를 기울이지 않아 그 느낌을 완전히 흘려버리기도 한다.

하지만 얼마 전에 나는, 그리 오래 지나지 않은 일인데 그 순간을 놓치지 않았다. 그때 나는 교실 한구석에 아이들과 함께 앉아 있었다.

"애들아."

내가 말했다.

"책을 쓰는 사람을 뭐라고 부르는지 아니?"

"작가요."

에밀리가 대답했다.

"그래, 잘했다, 에밀리. 그럼 책을 펴내는 사람을 뭐라고 부르는지 누구 아는 사람?"

"북 메이커?"

"비슷하다, 피터. 책을 만드는 사람은 출판업자라고 부른단다."

나는 찰스 슐츠(스누피와 찰리 브라운을 탄생시킨 미국의 만화가)의 『행복이란』 책을 높이 들었다.

"이 책을 보렴."

내가 말했다.

"이 책은 출판업자가 만든 거야. 다른 말로 하면 펴낸 거지. 찰스 슐츠는 이 책을 쓰고 만화를 그린 다음 출판업자에게 보냈어. 출판업자는 자료들을 다 모아서 실제 책으로 만들어내는 사람이야."

나는 말을 계속했다.

"하지만 서점에서 너희들이 원하는 책을 전부 다 찾을 수 있는 건 아니야. 어떤 때는 출판업자가 더 이상 책을 펴내지 않기로 하거든. 그럴 때 우리는 그 책이 절판되었다고 말한단다."

앤드류가 손을 들었다.

"그래, 앤드류. 말해보렴."

그가 걱정스러운 얼굴로 말했다.

"하지만 선생님, 그럼 그 책을 필기체로 써서 가질 수 있잖아요?"

이번만큼은 내가 그 순간을 놓치지 않고 기록으로 남겨 놓았다.

부모님 면담일이라고 긴장할 건 없단다

어제는 교사와 학부모의 면담일이었다. 교장 선생님인 캐시는 모든 교사들의 우편함에 생존을 위한 도구들을 넣어 놓았다. 그 중에는 목이 아플 때 녹여 먹는 알약, 두통약, 원기를 회복시켜 주고 용기를 갖게 해주는 초콜릿, 그리고 공작용 종이를 잘라 만든 퍼플 하트(미국에서 전투 중 부상을 입은 군인에게 주는 훈장)도 있었다.

올해도 아버지들의 승리였다. 해마다 나는 아이들이 아버지와 어머니 중에 어느 쪽을 더 많이 닮는지를 유심히 관찰 조사해 왔는데 3년 내리 아버지 쪽이 우세했다. 제니와 그 아버지는 귀가 똑같았다. 앤터니의 배는 그의 아버지의 배와 다를 게 없었고, 나중에 피터가 머리카락이 없어지면 어떤 모습일지 정확히 알 것 같았다. 니콜의 어머니는 이건 불공평하다고 말한다. 엄마들이 온갖 집안일은 다 하는데 아이는 아버지를 닮아서 나온다는 게 불공평하다는 얘기다.

우리 반 아이들을 보면 "콩 심은 데 콩 나고 팥 심은 데 팥 난다."는 옛말이 하나도 틀리지 않음을 깨닫는다. 케빈의 어머니는 아들처럼 자기도 수학이 젬병이라고 했다. 사라의 아버지는 역시 읽기가 서툴렀고, 매튜의 어머니는 매튜가 철자에 약한 것이 자신을 닮아서라고 했다.

나는 조슈아가 집중력이 좀 떨어지는 것 같다고 설명하려 애썼지만 조슈아의 아버지가 내 말을 제대로 들었는지 의문이다. 그는 계속 교실 안을 이리저리 두리번거리느라 도무지 얘기에 집중하질 못했다. 그리고 지수의 어머니에게 지수가 스트레스를 많이 받는 것 같다고 했더니 그 어머니가 그렇잖아도 그 걱정 때문에 자기가 밤에 잠을 못 잔다고 했다.

그리고 피터의 어머니에게 피터가 교실에서 말이 좀 많다는 말을 하고 싶었는데 도무지 내가 달 한 마디 끼어들 틈이 없었다. 그리고 카를로스가 결석이 너무 잦은 것에 대해 부모님과 얘기를 좀 해보려고 했는데 그들은 끝까지 나타나지 않았다.

어렸을 때 나는 학부모 면담일이 다가오면 괜스레 초조해졌다. 그때가 되면 "귀댁 자녀의 면담일은 몇 월 며칠입니다."라고 적힌 가정통신문이 집으로 왔던 기억이 난다. 진한 노란색에, A4 반장 크기의 그 통신문을 받으면 부모님 사인을 받아서 바로 다음 날 학교에 가져가야 했고 그러지 않으면 선생님이 화를 내셨다. 아무도 선생님의 심기를 건드리는 것을 원치 않았는데, 그랬다가는 선생님이 부모님과의 면담 시간에 우리에 대해 좋은 얘기를 하지 않을 게 뻔하기 때문이었다.

나는 면담일이 끼어 있는 주에는 항상 글씨를 더 예쁘게 썼는데, 그것은 혹시 선생님이 엄마에게 공책을 보여줄 경우를 대비해서였다. 그리고 면담일 당일에는 교실 옆의 창문에 귀를 바싹 대고 선생님이 하는 얘기를 들어보려 애썼던 기억이 난다.

어머니가 면담을 마치고 교실 밖으로 나오면 나는 선생님이 뭐라고 했는지 말해 달라고 어머니를 졸라댔다. 하지만 어머니는 언제나 별 말씀이 없으셨다. 그리고 엄마는 냉장고 문에 성적통지표를 붙여놓지도 않으셨다.

지금 내가 맡고 있는 대부분의 아이들도 그때의 나와 똑같다. 가끔은 부모님이 교실로 들어오면 얼굴이 사색이 되어서는 복도에서 초조하게 부모님을 기다리기도 한다.

"아만다, 진정해!" 나는 말한다.

"브라이언, 웃어! 세상이 끝난 것처럼 왜 그래. 걱정 마."

"케이티, 그렇게 겁먹은 얼굴 할 거 없어. 그 동안 네 사물함이나 정리하지 그러니?"

내가 꼭 그랬듯이 그들은 부모님이 교실로 들어와서 선생님과 무슨 얘기를 나누었는지 알고 싶어서 죽겠다는 얼굴이다. 그래서 내가 말해 주려고 한다.

"네 어머니가 교실로 들어오셔서 초조한 얼굴로 자리에 앉는 모습이 보인단다. 어머니는 네가 우리 반에서 아주 훌륭하게 잘 하고 있다는 말을 듣고는 안도의 한숨을 내쉬시더구나."

"영어가 얼마나 많이 늘었는지 모른다는 얘기를 들으면서 네 아버지의 입가가 올라가는 모습이 보인단다. 그리고 더하기 시험에서 100점을 맞은 네 시험지를 브여드렸더니 네 아버지의 가슴이 하늘 높이 부풀어 오른단다."

"점심시간에 네가 아무도 시키지 않았는데도 새로 전학 온 아이의 옆에 앉더라는 얘기를 들을 때 네 어머니의 입가에 미소가 떠오르는 것을 선생님은 지켜본단다. 그리고 네가 얼마나 열심히 공부하는지 모른다는 내 얘기에 네 어머니가 아버지의 무릎에 살며시 손을 올려놓는 모습이 보이는구나."

"선생님이 의자를 움직여 뒤로 물러나 앉으면 부모님이 몸을 앞으로 기울여 네가 쓴 글을 읽는단다. 그리고 너의 선생님이 커피잔의 공격을 받는 대목에 이르러서는 동시에 웃음을 터뜨리기도 하신단다.

그러다가 네 책상 서랍 속을 들여다브고 네 부모님들이 고개를 설레설레 흔들면 나는 그분들이 내 책상 서랍 속을 못 본 게 다행이라고 생각한단다.

그리고 자리에서 일어서는 그분들의 얼굴에, 네가 우리 반에서 썩 잘 하고 있는 데 대한 자랑스러움과, 자신들이 네 부모라는 사실에 대한 자부심으로 환하게 빛나는 것을 선생님은 본단다."

　미국에서 선생님들이 아이들한테 가장 자주 받는 질문이 무엇인지 아는가? 힌트를 하나 주겠다. 아이들은 대략 새 학기가 시작되는 첫 주부터 이 질문을 해대기 시작해서 10월 말까지 계속해서 지치지도 않고 물어본다. 짐작이 가는가? 내가 말해주겠다. 선생님들이 가장 흔히 받는 질문은 바로 이것이다.

　"선생님은 할로윈 데이에 뭘로 꾸미실 거예요?"

　올해만도 벌써 이 질문을 일흔다섯 번 받았다. 내가 세어 보았다. 그 중에 오십 번은 조이가 한 것이었다. 내 대답은 언제나 똑같다.

　"그건 깜짝 비밀이야."

　그리고 빙긋 웃어준다.

　하지만 이 말을 할 때 물론 나는 거짓말을 하고 있는 것이다. 실은 무엇으로 꾸밀 것인지 막연하게나마 생각해둔 것이 없다. 솔직히 말해 할로윈 전날 밤까지도 대체 무슨 분장을 해야 할지 모르겠는 때가 많다. 옷장 속에 있는 것들을 몽땅 꺼내서 침대 위에 늘어놓고 셔츠와 목욕 가운과 넥타이를 이리저리 조합해 보려고 애쓰면서도 무슨 생각이 있어서 그러는 것은 아니다.

올해 할로윈 데이에는 마이클이 일등으로 교실로 들어섰다.

"선생님, 우리 할로윈 의상 언제 입을 수 있어요?"

"점심시간 지나서."

"그게 언제인데요?"

"지금부터 세 시간 후."

"지금 입으면 안 돼요?"

"안 돼, 마이클. 기다려야 돼."

"언제까지요?"

"점심시간 끝날 때까지."

"그때는 입어도 돼요?"

"그래."

"점심시간이 언제예요?"

"지금부터 세 시간 후."

"하지만 어떤 애들은 벌써 입었는데요?"

"그럴지도 모르지. 하지만 우리는 기다리자."

"언제까지요?"

"점심시간 끝날 때까지."

"그땐 입을 수 있어요?"

"그래."

"점심시간이 언제예요?"

이번 할로윈 데이에 나는 화장실 담당이 되었다. 조그맣고 네모난 화장실에 서서, 전교의 3학년 남학생들이 몽땅 그곳에 들어와 머리에 초록색 스프레이를 뿌리거나 뺨에 드라큘라 피를 칠하거나 닌자 복장을 하거나 죽음의 신 가면을 쓸 때 전등을 꺼버리는 사람이 없는지 감시하는 것이 내가 하는 일이었다.

모두 아스팔트 위에 서서 행렬이 시작되기를 기다리는 동안, 나는 칼싸움을 뜯어말리고, 창을 압수하고, 그 모든 닌자들과 죽음의 신 가면 아래 과연 누가 있을지 알아맞히기 게임을 했다.

마침내 「몬스터 매시」라는 노래가 확성기를 통해 흘러나오기 시작하고 거기에 맞춰 행진이 시작되었다. 나는 저스틴과 나란히 서서 걸었다. 그리고 나를 손가락으로 가리키며 깔깔거리고 웃으면서 그 와중에 새로 산 디지털 카메라 사용법을 몰라 헤매고 있는 모든 어머니들을 향해 손을 흔들었다.

"던 선생님, 대체 뭘로 분장하신 거예요?"

비디오카메라를 들고 군중의 가장자리에 서서 에리카의 어머니가 소리쳤다.

"피곤한 교사요."

내가 대답했다.

"작년에도 그거 하셨지 않나요?"

"작년에도 피곤했거든요."

행진이 끝나고 큰 파티가 열렸다. 스티븐과 브라이언은 드라큘라 이빨을 끼운 채로 컵케이크를 먹었다. 이사벨과 멜라니는 선생님을 휴지로 둘둘 감아 미라를 만드는 시합에서 이기기 위해 두루마리 화장지를 무려 열일곱 개나 썼다.

그러고는 우리 반 학부모인 스튜어트 부인과 터너 부인이 프랑켄슈타인 분장 대회를 위해 학급 전체 인원을 네 팀으로 나누었고, 나는 그들이 가장 그럴싸한 프랑켄슈타인을 창조하기 위해 땅콩버터와 마요네즈, 케첩, 치약, 면도 크림 젤리 등을 서로의 얼굴에 마구 바르는 모습을 지켜보았다. 그러느라고 교실 바닥에 깔아놓은 카펫까지 점점 프랑켄슈타인을 닮아갔다.

솔직히 말해서 할로윈 축제를 한 번 하는 대신 크리스마스 파티 세 번에 부활절 파티 네 번을 하겠느냐고 묻는다면 나는 언제라도 환영이다. 누구라도 수백만 명의 아이들에게 사탕을 잔뜩 채워주고, 온갖 희한한 복장을 입게 하고, 하루 온종일 그들의 손에 창을 쥐어주는 일을 같은 날에 다 하는 걸 좋은 생각이라고 하겠는가?

할로윈 데이에 아파서 학교에 못 나가겠다고 전화하는 게 가능할까? 프랑켄슈타인 분장을 대리교사에게 맡긴다면 잘못일까? 선생님도 10월에 감기에 걸릴 수 있다. 그렇지 않은가?

수업을 중단해야 할 때

올해 9월에 우리 반에 교생 선생님이 왔다. 그녀의 이름은 에이미였고 나이는 스물두 살이었다. 며칠 전 에이미는 우리 반 아이들 앞에서 첫 수업을 했다. 모든 것이 순조롭게 진행되다가 갑자기 케이티의 책상 위로 거미가 한 마리 기어갔다. 케이티가 의자 위로 펄쩍 뛰어올라 비명을 질러대기 시작했다. 아이들이 모두 거미를 보겠다고 케이티의 책상으로 달려갔다. 거미(몸 길이가 고작 3밀리미터였다.)를 본 아이들은 꽥꽥 소리를 지르면서 각자 의자와 책상 위로 올라가 야단법석을 떨었다.

에이미는 하던 수업을 멈추고 이 일을 어떻게 했으면 좋겠느냐는 눈길로 나를 쳐다보았다. 나는 분명 그녀가 선생님 학교에서 이걸 배우는 수업을 놓쳤음에 틀림없다고 생각했다. 아니면 이제 더 이상 그런 것을 가르치지 않는지도 모르겠다. 그래서 에이미를 위해, 그리고 누구든 이런 지침을 필요로 하는 사람을 위해 내가 직접 목록을 만들어 보기로 결심했다.

다음은 교사가 더 이상 수업을 계속하기 어려운 상황들이다. 수업을 진행하다가 갑자기 이런 상황에 맞닥뜨리게 되면 아래의 지침에 따라라. 만일 당신이 교생이라면 이 페이지를 복사해도 좋다.

■ 거미

한 아이가 "거미다!" 하고 소리치면 곧장 컵이 있는 곳으로 가라. 수업은 중단하라. 즉각 컵을 가지러 가라. 아이들이 의자에서 펄쩍 뛰어 일어나 거미를 보러 달려가고 마구 소리를 질러대더라도 그냥 지켜보아라. 그리고 컵을 거꾸로 들어라. 컵으로 거미를 잡아라. 거미를 바깥으로 내보내라. 아이들에게 앉으라고 말하라. 다시 한 번 아이들에게 앉으라고 말하라. 앉아서 가만히 있으라고 말하라. 그리고 20분 동안 아이들이 거미에 대해 얘기하는 것을 들어줘라.

■ 화재 경보

화재 경보가 울리면 아이들을 자리에서 일어나게 하라. 말을 하지 말고 조용히 움직이라고 말하라. 한 줄로 서서 밖으로 나가게 하라. 입을 다물라고 하라. 줄을 맞춰 박에 세워두어라. 아이들에게 떠들지 말라고 말하라. "진짜 불난 거예요?"라는 질문에 오백 번 대답해 주어라.

■ 벌

벌 한 마리가 창문으로 날아들었을 때는, 아이들이 "벌이다!"라고 아우성치는 소리를 들으면서 벌이 교실 안을 날아다니는 것을 지켜보아라. 아이들도 함께 이리저리 날아다니는 것을 지켜보아라. 저스틴이 벌을 잡겠다고 팔을 휘두르기 시작한다. "그만둬!"하고 소리쳐라. 이제 벌이 조금 전보다 더 빠른 속도로 교실 안을 빙빙 돈다. 이번에는 컵을 가지러 가지 말라. 벌은 컵을 좋아하지 않는다. 서류철을 집어 들어라. 서류철을 이용해 벌을 창밖으로 내보내도록 해보라. 벌을 쫓는 당신의 동작을 보고 아이들이 웃음을 터뜨린다. 마침내 벌이 밖으로 나갔으면 당신이 벌에 쏘였던 이야기들을 20분간 들려주어라.

■ 괘도

칠판에 걸어놓은 괘도를 내리다가 그것이 당신 머리 위로 떨어지면 수업을 중단하라. 아이들이 깔깔대며 웃는 소리를 들어라. 괘도를 다시 제자리에 걸어 보라. 한 번에 성공하지 못하면 아이들이 더 크게 깔깔대며 웃을 것이다. 만일 한 번에 괘도를 제자리에 걸었다면 아이들이 좀 더 괘도를 내리라고 할 것이다. 아이들 말을 듣지 마라. 속지 마라. 아이들은 괘도가 다시 당신의 머리 위로 떨어지기를 바란다.

■ 눈

첫눈이 오면 아이들이 "눈이다! 저거 봐!" 하면서 환호성을 지를 것이다. 아이들이 밖으로 나가자고 할 것이다. 안 된다고 말하라. 아이들이 계속 졸라댈 것이다. 거듭 안 된다고 하라. 주의할 점은 이때 절대로 문 쪽으로 걸어가거나 외투가 있는 곳으로 다가가서는 안 된다는 것이다. 아이들은 당신이 밖으로 나가려는 거라고 생각하고 펄쩍펄쩍 뛰며 좋아서 난리법석을 칠 것이다.

■ 번개

번개가 번쩍 하면 아이들이 수런거리기 시작한다. "조용히 해."라고 말하지 마라. 아무 소용없다. 번개를 보고 아무 말도 하지 않는 아이는 없다. 곧이어 천둥소리가 들릴 것이다. 번개와 천둥 사이에 어떻게든 수학 문제를 풀려고 애쓰지 마라. 그 역시 아무런 효과가 없다.

■ 정전

전등이 나가면 즉각 수업을 중단하라. 플래시를 찾아라. 플래시가 없거든 촛불을 밝혀라. 촛불 때문에 화재 경보가 울리면 밖으로 나가라. 밖으로 나갔는데 눈보라가 몰아치면 다시 안으로 들어와라. 여전히 전기가 들어오지 않은 상태이고 벌은 교실 안으로 들어오지 않지만 거미가 한 아이의 책상에 기어가고 있다면, 그런데 컵을 찾을 수가 없다면 괘도를 내리고 거미를 쫓아라.

오늘 우리가
뭘 먹을 거냐 하면 말이지

해마다 11월에 윌슨 선생님은 자기 학급에서 성대한 추수감사절 축제를 연다. 11월이 시작되면 그녀의 반 아이들은 누런 종이 봉투를 잘라 조끼를 만들고, 마카로니에 실을 꿰어 목걸이를 만들고, 솔방울과 팝콘(첫 추수감사절에 팝콘을 먹었다.)에 깃털을 꽂으면서 무려 3주 동안이나 「강을 넘고 숲을 지나」라는 노래를 부른다. 그날 윌슨 선생님은 항상 칠면조 고기를 가져온다.

물론 우리 반도 항상 추수감사절 축제를 한다. 우리 반 축제에 내가 내놓는 것은 도리토스(멕시코풍 콘칩) 한 봉지와 서른두 개의 플라스틱 컵이다. 그리고 아이들과 함께 「포카혼타스」를 시청한다.

하지만 올해 나는 추수감사절 축제를 윌슨 선생님처럼 해보기로 마음먹었다. 아이들은 각자 뭔가를 가져오기로 약속했다. 나는

148

칠면조 요리를 해보겠다고 나섰다.

그런데 나는 평생 칠면조 요리를 해본 적이 없었다. 요리는커녕 내 손으로 칠면조를 사본 적도 없었다. 내가 어렸을 때는 어머니가 항상 추수감사절 새벽에 일어나셨기 때문에 내가 아침에 일어났을 때는 칠면조가 이미 오븐에 들어가 있는 상태였다. 내가 기억하기로 어머니는 오븐 문을 아주 자주 열어보면서 물총 같은 걸로 계속 칠면조에 물을 뿌려주곤 하셨다. 나로서는 그렇게 하는 이유를 알 수가 없지만 분명 칠면조 요리를 하는 데 그 과정이 필요했음에 틀림없다.

그래서 성대한 축제가 열리기 전날, 나는 세이프웨이 슈퍼마켓으로 차를 몰고 가서 거기 있는 것 중에서 가장 큰 칠면조를 샀다. 무게가 11킬로그램이었다. 그리고 커다란 알루미늄 팬과 어머니가 쓰셨던 것과 같은 물 분사기를 사가지고 집으로 와서 일단 칠면조를 냉장고에 넣었다.

다음 날 새벽 5시에 일어난 나는 우선 그 새를 냉장고에서 꺼냈다. 아직 꽁꽁 얼어 있었다. 나는 라벨에 붙은 설명서를 읽었다.

"300도에서 조리할 것, 11킬토그램의 칠면조를 조리하는 데 여섯 시간 걸림."

여섯 시간이라고! 적어도 두 시간 후에는 학교에 출근을 해야 하는데.

그렇다면 온도를 더 올려야겠다고 생각했다. 그래서 오븐 온도를 400도로 맞추고 칠면조를 팬에 던져 넣고는 팬을 오븐에 밀어 넣었다. 그러고는 물총을 준비해 놓고 샤워를 하러 갔다.

30분 후에 주방으로 돌아온 나는 다시 오븐 문을 열어보았다.

칠면조는 아직도 얼어 있었다.

나는 물총에 물을 넣어 칠면조에 칙칙 뿌려주고는 오븐의 다이얼을 500도로 올리고 옷을 입으러 갔다.

30분 만에 돌아와서 다시 오븐 문을 열어 포크로 찔러보니 칠면조는 여전히 얼음 덩어리였다.

"망할!" 내가 말했다.

15분 있으면 출근을 해야 하는데 칠면조는 아직 녹을 생각조차 하지 않았다. 아마 내가 펭귄을 산 모양이었다.

나는 재빨리 오븐을 꺼버리고 그 새를 도로 냉동실에 넣고는 세이프웨이 슈퍼마켓으로 차를 몰았다. 회전식 구이장치에 작은 통닭 두 마리가 아직 남아 있었다.

나는 통닭을 쳐다보았다.

흠. 나는 잠시 생각했다. 저 정도 크기면 아기 칠면조라고 하면 될 것 같았다.

안 돼. 사라가 분명 울고불고 난리를 피울 것이다. 나무에서 떨어진 새알을 발견하고도 울었던 적이 있는 아이였다. 그런데 아기 칠면조라고 하면 사라가 그냥 넘어갈 리가 없다. 나는 벨을 눌러 정육 코너 판매원을 불렀다.

"안녕하세요. 추수감사절 축제에 쓸 칠면조가 필요한데요. 혹시 한 마리 조리해서 학교로 갖다 주실 수 있을까요?"

"언제 필요하신 건데요?"

"오늘 정오쯤이오."

그가 껄껄 웃었다.

"안 됩니다, 선생님. 시간이 부족해요."

"이런."

나는 냉장식품 통로 쪽으로 걸어갔다. 남자 직원 하나가 진열대에 상품을 채우고 있었다.

"저기요. 혹시 칠면조 고기 있나요?"

"죄송합니다. 다 팔렸어요."

"제기랄. 칠면조 핫도그는요?"

"없습니다. 그것도 떨어졌네요. 한 시간 전에 다 팔렸어요."

"한 시간 전이라고요?"

내가 소리쳤다.

"네. 그런데 혹시 선생님이세요?"

"네. 어떻게 아세요?"

"오늘 아침에 손님이 세 번째시거든요."

한 시간 후 우리는 파티를 준비하기 시작했다. 우리 반 수업 도우미 어머니들이 캐럿 스틱과 사과 슬라이스, 옥수수 빵, 호박 파이를 담은 접시의 알루미늄 호일과 랩을 벗겨 테이블에 올려놓았다. 그렇게 차려놓으니 푸짐했다.

"어, 선생님, 칠면조는 어디 있어요?"

마이클이 물었다.

"네. 칠면조 어디 있어요?"

나는 잠시 가만히 있었다. 모두의 시선이 내게 집중되었다.

"저, 애들아……."

내가 소심하게 말을 꺼냈다.

내가 한숨을 쉬고 고개를 아래로 떨어뜨리고는 책상 밑에서 비닐봉지를 하나 꺼냈다. 그러고는 심호흡을 한 번 했다.

"추수감사절에는 모두들 칠면조를 먹잖아. 그건 좀 지루하지 않니? 그래서 말이야, 우리는 오늘 파티를 정말 고급스럽게 해보자고 생각했어. 오늘 우리가 뭘 먹을 거냐 하면 말이지……."

나는 비닐봉지 안에 든 것을 꺼냈다.

"바로 핫도그야!"

"핫도그요?"

아이들이 한꺼번에 소리를 질렀다.

"그럼!" 내가 미소를 지었다. "너희들은 스콴토*가 팝콘과 함께 뭘 먹었을 것 같니?"

■ 메이플라워 호를 타고 아메리카 대륙으로 온 청교도들을 위해 통역을 해주고 옥수수 재배법과 물고기 잡는 법 등을 가르쳐주며 정착을 도운 인디언 청년으로, 청교도들이 아메리카에 정착한 지 1년째 되는 날 그와 함께 감사의 기도를 올리고 칠면조를 먹은 데서 추수감사절이 유래했다. 그 후로 미국 교회에서 스콴토를 기억하자는 운동이 일어났다.

불균형에 관하여

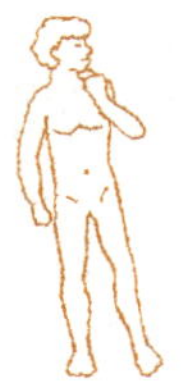

추수감사절 휴가 때 나는 마이크, 리사와 함께 로마에 갔다. 나는 아버지가 차곡차곡 쌓아놓으신 마일리지 덕분에 공짜로 항공권을 끊었다. 내 친구들은 시스틴 성당과 콜로세움, 스페인 계단 등을 무척 좋아했다. 불행히도 나는 그것들을 보지 못했다. 기념품 쇼핑을 하느라 너무 바빴기 때문이다. 그게 좋은 게 아니라는 건 나도 안다. 마이크와 리사는 내게 문제가 있다고 했다. 나는 어딜 가도 기념품 가게에서 시간을 다 보낸다. 도대체 그곳을 벗어날 수가 없다. 하지만 당신은 시스틴 성당과 콜로세움과 스페인 계단이 유리 돔 안에 들어 있는 내 스노 글로브(동그란 유리구슬 안에 여러 가지 눈이 내리게끔 되어 있는 장식물)를 봐야 한다. 정말 아름답다.

그것들을 구입하는 것이 물론 나를 위해서는 아니다. 학교에서 쓰려고 사는 것이다. 로마 교황의 식탁 매트와 성 베드로 대성전에 관한 2백 장짜리 슬라이드가 언제 필요할지는 아무도 모르는 것이다. 그렇지 않은가?

여행에서 돌아오면 나는 아이들을 카펫에 빙 둘러앉혀놓고 이런저런 여행 이야기를 들려준다.

"선생님이 휴가 때 어딜 갔다 왔는지 맞춰볼래?" 내가 말했다. "힌트를 하나 주지. 이탈리아에 있는 도시야."

"로마요?"

니콜이 대답했다.

"맞았어." 내가 말했다.

나는 세계지도 괘도를 내리고 (아주 조심조심) 이탈리아를 손가락으로 가리켰다.

"자, 이곳에 살았던 예술가 중에서 가장 유명한 사람이 미켈란젤로란다. 누구 이름 들어본 사람?"

에밀리가 손을 들었다.

"좋아, 에밀리. 로마에는 미켈란젤로의 많은 작품들이 있고 그 중에 몇몇은 선생님이 직접 가서 봤거든. 그리고 너희들 보여주려고 몇 가지 가져왔단다."

"이게 시스틴 성당의 천장이다." 내가 말했다.

"멋져요." 케니가 말했다.

"미켈란젤로가 이 천장을 직접 그린 거란다."

나는 천장 벽화에 얽힌 이야기를 간단히 들려주고 벽판 하나하나의 그림이 어떤 의미를 담고 있는지 설명해 주었다.

"그런데, 얘들아. 내가 로마에 있을 때 미켈란젤로의 작품에 대한 흥미로운 사실을 알게 되었어. 그의 작품을 보면 전부 비례가 딱딱 맞지는 않다는 것을 알 수 있을 거야. 무언가가 〈불균형〉이라고 할 때 그 말이 무슨 뜻인지 아니?"

아무도 대답이 없었다.

"그러니까 어떤 부분이 균형이 맞지 않는다는 것은 다른 부분들에 비해 그 부분이 너무 작거나 너무 크다는 의미란다. 예를 들어, 어떤 동상을 보았는데 발이 유난히 크게 보일 때 우리는 몸의 나머지 부분과 발이 불균형이라고 말하지."

"아, 알겠어요."

피터가 말했다.

"그런데 미켈란젤로가 가끔은 균형이 맞지 않게 그림을 그리거나 조각을 할 때가 있었어."

나는 「다비드」 반신상 엽서를 꺼냈다.

"이게 미켈란젤로의 「다비드」다." 내가 설명했다. "어딘가 이상한 점을 못 느끼겠니?"

"손이 너무 커요."

"그래. 맞았어, 이사벨."

"오 예." 조슈아가 말했다.

"보다시피 다비드의 손이 비례에 맞지 않는다."

나는 다음으로 미켈란젤로의 축소형 「피에타」 상을 꺼내며 말했다.

“이것이 미켈란젤로의 「피에타」야. 미켈란젤로가 아주 젊었을 때 조각한 거란다. 자, 마리아의 몸을 봐라. 아주 크지. 만약에 서 있는 동상이었다면 키가 굉장히 컸을 거야. 그런데 그녀의 머리를 한 번 봐.”

“너무 작아요.”

니콜이 말했다.

“아주 잘했다, 니콜. 마리아의 몸에 비해 머리가 너무 작아. 그러니까 머리가 비례에 맞지 않는 거지. 모두 이해하겠니?”

“네.” 아이들이 대답했다.

피터가 손을 들었다.

“그래, 피터?”

“미켈란젤로의 작품에 균형이 맞지 않는 부분이 또 하나 있는데요.”

“그래?” 내가 놀라 물었다. “어딘데?”

“시스틴 성당에요.”

피터가 대답했다.

“성당 어디에?”

그가 머뭇거렸다.

“어……, 그러니까…… 제가 일부러 짓궂은 소리를 하려는 건 아닌데요.”

피터가 천천히 말했다.

“저게 비례에 안 맞지 않나요?”

그러고는 그가 정확히 아담의 다리 사이를 손으로 가리켰다.

나는 엽서의 그림을 자세히 들여다보았다. 피터의 말대로 그 부분이 불균형이었다.

그때 저스틴이 소리쳤다.

"너무 작아요!"

"네, 너무 작아요." 매튜가 말했다. "우리 아빠 거는……."

"고맙다, 매튜." 내가 얼른 그의 말을 자르며 말했다. "하지만 그건 우리가 알 필요가 없는 일이고."

"선생님 얼굴이 빨개졌어요."

니콜이 말했다.

"교실이 더워서 그래." 넥타이를 느슨하게 풀며 내가 말했다. "창문 좀 열어라."

"저는 안 더운데요."

에밀리가 말했다.

나는 심호흡을 한 번 했다.

"그래, 애들아. 오늘 역사 공부는 이 정도로 충분하다고 생각한다. 이제 각자 자리로 돌아가렴."

나는 아이들에게 그냥 스노 글로브를 보여줄걸 그랬다고 생각했다.

비행기와
교실의 공통점

로마에서 집으로 돌아오는 비행기 안에서 나는 마치 내가 학교에 있는 것 같다는 재미있는 생각이 들었다. 그것은 모든 것이 일시에 밝아지는 깨달음의 순간이었다. 비행기를 타고 있는 것은 교실에 있는 것과 똑같다.

첫째, 승객들이 가방을 들고 걸어 들어온다. 그들은 한 줄로 걸어온다. 그들이 들어오면 승무원들이 입구에 서서 이렇게 말한다.

"안녕하세요."

승무원들은 하나같이 미소를 띠고 있다.

승객들이 사물함에 가방을 넣는다. 그리고 줄을 맞춰 제자리에 앉는다. 그 중에 일부는 자기 옆에 앉은 사람이 썩 마음에 들지 않는다. 몇몇은 다리가 길어서 책상 밑에 무릎이 꽉 낀다.

승무원들이 통로를 걸어와 읽을거리들과 종이를 나눠준다. 그들은 당신이 의자에 제대로 앉아 있는지 일일이 다니며 점검한다. 그들은 같은 질문을 수도 없이 되풀이하고 똑같은 일을 계속 반복한다. 그들이 안전 교육을 실시할 때는 다무도 귀를 기울이지 않는다.

기내를 둘러보면 일부 승객들은 책을 읽고 있고 일부는 자고 있고 몇몇은 얘기를 하고 있다. 그리고 창밖을 내다보는 사람도 있다. 제발 아무도 토하는 사람이 없기를 바란다.

교실에서는 누구보다 주의를 기울일 필요가 있는 학생을 선생님 옆자리에 앉힌다. 비행기에서는 누구보다 주의를 기울일 필요가 있는 승객이 항상 내 옆자리에 앉는다. 내 자리가 어디든 상관없다. 그들은 용케도 나를 찾아낸다. 아마 내가 자리를 잡고 앉은 다음에 승무원이 내 좌석의 위쪽에 이런 쪽지를 붙여 놓는 것 같다.

"이 사람은 가위 바위 보 놀이를 해줄 수 있는 사람임."

비행 중 식사를 할 때는 자리에 앉아서 먹어야 한다. 휴대전화는 사용할 수 없다. 식사는 식판에 나온다. 화장실 변기에 무언가를 넣고 물을 내리면 안 된다. 그리고 비행 중에 밖에 나가면 큰일 난다.

비행이 끝나면 모두 가능한 한 빨리 그곳에서 벗어나고 싶어 한다. 하지만 승무원이 나가도 좋다고 할 대까지는 자리에 앉아 있어야 한다. 나가도 좋다는 허락이 떨어지면 몇몇 승객들은 남보다 먼저 나가려고 떼밀고 밀어제친다. 외투를 두고 나가는 사람도 있다.

승무원들은 다시 출입문에 서서 이렇게 말한다.

"안녕히 가세요. 좋은 하루 되세요!"

그들이 얼굴에 미소를 띠고 있는 까닭은 모든 승객들이 집으로 돌아가게 되어서 기쁘기 때문이다. 그들은 내일도 똑같은 일을 반복할 것이다.

우리 반 애완동물

우리 반에는 토끼가 한 마리 있다. 녀석의 이름은 페넬로페 프레셔스 버터컵 3세다. 내가 지은 이름이 아니라 아이들이 투표로 정했다.

전에 내가 페넬로페의 물병에 물을 채워주고 있을 때였다. 토끼를 한 마리 키우자고 애원하면서 자기들이 다 보살펴주겠다고 약속했던 토끼당번들이 물병이 빈 걸 못 보았기 때문이었다.

어쨌거나 내가 페넬로페의 집에 물병을 매달면서 보니까 녀석이 먹이를 먹지 않고 있었다. 나는 문을 열고 토끼를 들어올려, 왜 이 건강해 보이는 녀석이 먹이를 먹지 않는지 살펴보기 시작했다. 나는 토끼를 쿡쿡 찌르고 이리저리 자극해 보다가 손으로 입을 벌려 보았다.

"악!"

내가 소리를 질렀다. 페넬로페의 이빨이 거의 2.5센티미터는 되어 보였고 게다가 곡선으로 휘어 있었다. 페넬로페는 그 긴 이빨 때문에 입을 다물 수조차 없었다. 학교가 끝난 후 나는 페넬로페를 데리고 동물병원으로 갔다.

"무슨 일로 오셨죠?"

수의사가 물었다.

"이 토끼에게 뭔가 문제가 생긴 것 같습니다." 내가 말했다. "도무지 먹지를 않으려고 해요. 제 생각인데 이빨이 잘못됐나 봐요."

"어디 봅시다."

그가 말했다.

그가 페넬로페의 입을 벌려서 이를 살펴보았다.

"부정교합이네요."

그가 사무적인 어조로 말했다.

"뭐라고요?"

"부정교합이라고요."

그가 되풀이해서 말했다.

"그게 대체 뭔데요?"

"뻐드렁니가 되었다고요."

수의사가 말했다.

"그럼 어떻게 해야 되나요? 교정 전문 치과에 데려가서 토끼용 교정기라도 끼워줘야 되나요?"

"아뇨, 잘라주면 됩니다."

“잘라요?”

내가 소리를 질렀다.

“네, 쉬워요.”

그가 말했다.

“어떻게 하는데요?”

“와이어 커터로 그냥 적당한 길이로 잘라주기만 하면 됩니다.”

“농담하지 마세요.”

“농담 아닙니다.”

“그러니까 선생님 말씀은, 제가 와이어 커터를 들고 얘 입을 벌린 다음 긴 이빨을 또각또각 잘라주기만 하면 된다 그겁니까. 맞아요?”

내가 물었다.

“네, 맞습니다.”

그 순간 영화 「원초적 본능」의 한 장면이 떠올랐다.

“전 못하겠어요. 부탁인데 저 대신 좀 해주시면 안 될까요?”

그래서 수의사가 토끼의 이빨을 잘라주었고 15분 후에 페넬로페는 다시 먹이를 먹을 수 있게 되었다.

아, 반에서 키울 애완동물을 사길 참 잘했네. 친구들 말을 듣고 귀여운 토끼를 사기를 얼마나 잘 했는지.

“토끼 키우기가 얼마나 쉬운데.”

그들은 이구동성으로 내게 말했었다.

“일거리가 전혀 없어. 거저먹기야. 아이들도 좋아할 거야.”

하! 성가실 일이 없다고? 식은 죽 먹기라고? 암, 그렇겠지! 이 봐, 깜빡 잊고 너희들이 내게 말 안 해준 게 있는데, 토끼를 한 달에 한 번 수의사에게 데려가서 이빨을 갈아줘야 된다는 얘기는 왜 안 한 거야? 이 토끼 녀석이 당근을 씹어 먹게 하려면 한 달에 꼬 박꼬박 75달러가 들 거라는 말도 빼먹고 안 했더군. 그게 키우기 쉬운 건가? 그런데 이번엔 우리 반 아이들이 또 뭘 키우자고 하는 지 알아? 글쎄 뱀을 키우자고 한다네. 절대 안 된다고 했지. 혹시 그 녀석도 한 달에 한 번씩 이빨을 잘라줘야 될지 누가 알겠어!!

3부

겨울

"네 번째 표정은 〈입술 꾹 다물기〉예요.
이 표정을 짓기 위해서는 입술을 굳게 다물고 문제의 학생을 쏘아보면 돼요.
눈썹을 최대한 말아 올리고,
학생에게 들리도록 한숨을 깊이 들이쉬는 거예요.
그런 다음 그 숨을 바로 내쉬지 말고 2, 3초 정도 그대로 참고 있어요.
그럼 아이들한테서 반응이 오거든요."

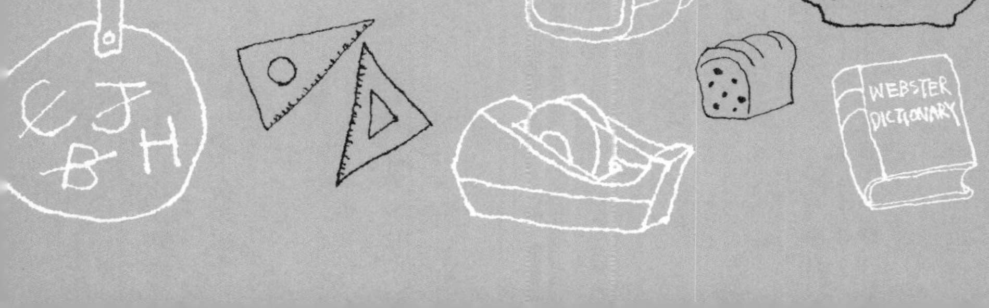

선생님이 꼭 갖춰야 할 다섯 가지 표정

어느 날, 우리 반 교생인 에이미가 책상에 엎드려 있었다.

"무슨 일 있어요?"

내가 물었다.

"저는 이 일이 적성에 맞지 않는 것 같아요."

그녀가 고개를 들며 울 듯이 말했다.

"저스틴이 끊임없이 자리를 이탈해요. 피터는 리모컨을 들고 저를 끄려고 하고 사라는 또 울고 있어요. 브라이언은 온몸에 빨간 점을 그려놓고는 자기가 수두에 걸렸다고 하더군요. 그리고 수학 시간에 카를로스가 제게 뭐라고 물어봤는지 아세요?"

"뭐라고 했는데요?"

"악어도 궁둥이가 있어요?"

나는 입술을 깨물었다.

"그 정도면 보통이네요, 뭐."

"전 아무래도 선생님이 못될 것 같아요."

그녀가 한숨을 내쉬었다.

"아니오, 그렇지 않아요." 내가 말했다. "아주 훌륭하게 잘 하고 있는걸요. 내 말 들어봐요. 가르친다는 것은 90퍼센트는 타고나는 것이고 10퍼센트가 후천적으로 배우는 거예요. 그러니까 선생님은 몇 가지 수단만 배우면 돼요. 그럼 되는 거예요."

"하지만 어떻게 해야 되는지 모르겠어요." 그녀가 말했다. "이 것저것 시도해 보는데 아이들이 제 말을 듣지를 않아요."

"선생님이 아직 눈 내리깔기 수법을 몰라서 그래요."

"무슨 수법이요?"

"교사들에게는 누구나 표정들의 집합체가 있어요. 당신도 그걸 가져야 해요. 그게 없이는 살아남을 수가 없거든요."

"그게 무슨 말씀이에요?"

그녀가 물었다.

"내 설명을 들어봐요. 기본적으로 교사들에겐 다섯 가지 표정이 있어요. 첫 번째 표정은 〈눈썹 치켜올리기〉예요."

"네?"

"눈썹 치켜올리기요." 내가 반복해서 말했다. "쉬워요. 양쪽 눈썹을 가능한 한 높이 치켜올리기만 하면 돼요. 말은 하지 마시고요. 머리도 절대로 움직이지 말고 가만히 있어야 돼요. 그러고는 문제의 아이를 5초에서 10초 정도 응시하세요."

"눈썹 치켜올리기 표정을 언제 하는데요?"

에이미가 물었다.

"저스틴이 책상에 낙서를 하거나 스티븐이 고무줄 가지고 장난을 칠 때요."

에이미가 펜을 집어 내가 말하는 것을 적기 시작했다. 나는 말을 계속했다.

"두 번째 표정은 〈턱 치켜들기〉예요. 이 표정은 방금 전 것보다 익히기가 조금 더 어려워요. 이 표정을 지으려면 천천히 턱을 들어야 됩니다. 그리고 턱을 들고 있는 동안은 눈썹도 같이 치켜올려요."

내가 시범을 보였다.

"아시겠어요?"

"네."

에이미가 대답했다. 그러고는 그 내용을 적었다.

"이 표정은 언제 사용하나요?"

"연필깎이가 있는 곳으로 가는 길에 로니가 종이 클립으로 브라이언을 찌를 때, 또는 카를로스가 사라에게 손가락을 스테이플러 속에 넣어보라고 말할 때요."

"알겠어요."

에이미가 말했다.

"턱 치켜들기와 턱 내리기를 혼동해서는 안 돼요." 내가 말했다. "〈턱 내리기〉는 아이가 숙제를 안 해왔을 때나 탁자 위에 종이도

깔지 않고 연필깎이 통을 비웠을 때 사용하는 거예요. 턱을 내릴 때는 고개를 숙여서 턱이 가슴에 닿게 하면 돼요. 턱을 내리면 자연히 입을 다물게 돼요. 눈썹을 올리고 턱을 왼쪽으로 살짝 기울이세요. 그리고 3초에서 5초 정도 학생을 쳐다보는 겁니다. 효과를 극대화하기 위해서는 안경 너머로 보는 게 좋아요. 이렇게……."

나는 안경을 내려쓰고 턱을 낮추고 눈썹을 올리고는 잠시 가만히 있었다.

"이해해요?"

"알았어요." 에이미가 고개를 끄덕였다. 그리고 다시 필기를 했다.

나는 하던 얘기를 계속했다.

"네 번째 표정은 〈입술 꾹 다물기〉예요. 이 표정을 짓기 위해서는 입술을 굳게 다물고 문제의 학생을 쏘아보면 됩니다. 눈썹을 최대한 말아 올리고 학생에게 들리도록 한숨을 깊이 들이쉬는 거예요. 그런 다음 그 숨을 바로 내쉬지 말고 2, 3초 정도 그대로 참고 있어요."

"입술 꾹 다물기는 언제 하나요?"

에이미가 물었다.

"브라이언이 화재 경보기를 울리거나 조이가 도서실 창문에 대고 공을 튀길 때 하면 됩니다."

내가 대답했다.

"마지막은 뭔데요?"

에이미가 물었다.

"〈입 딱 벌리기〉예요. 이건 쉬워요. 그냥 입을 벌리고 충격 받은 얼굴로 3초에서 5초간 꼼짝 않고 있으면 돼요. 지난주에 이 표정을 두 번 사용했어요. 한 번은 조슈아가 나탈리를 밀어서 남자 화장실에 들여보냈을 때고, 또 한 번은 멜라니가 우리 반 토끼 페넬로페를 허락도 없이 밖에 데리고 나갔다가 혼자만 돌아와서는 페넬로페가 어디 있는지 못 찾겠다고 했을 때예요."

나는 계속해서 말을 이어갔다.

"물론 다섯 가지 표정마다 여러 가지로 변화를 줄 수 있어요. 입술 꾹 다물기는 책상이나 화이트보드, 혹은 학생의 어깨를 톡톡 두드리면서 하면 더 효과가 좋아요. 눈썹 치켜올리기는 동시에 그 학생의 이름을 큰 소리로 부르면 대단히 효과적이에요. 그리고 입 딱 벌리기는 두 손으로 머리를 감싸 쥘 때 더 성공적입니다. 이렇게요."

내가 그 동작을 보여주었다.

"네, 네. 알겠어요. 그거 좋네요."

"〈입 딱 벌리기〉가 내가 제일 자신 있는 표정이에요."

"하지만 제가 그 표정들을 다 익혀서 사용할 수 있을지 모르겠어요."

에이미가 펜을 내려놓으며 징징거리듯 말했다.

"할 수 있어요. 물론 한 번에 되지는 않을 거예요. 아주 자연스럽게 되기까지는 몇 년이 걸릴 수도 있어요. 당장 내일부터 몇 가지 해보지 그래요?"

내가 제의했다.

"알았어요. 해볼게요."

다음 날 아침 9시 15분에 스티븐이 고무줄을 꺼냈다. 에이미가 내 얼굴을 쳐다보았다. 나는 그녀에게 눈을 찡긋하며 엄지손가락 두 개를 들어보였다. 에이미는 곧장 스티븐에게로 걸어가 눈썹을 치켜올렸다. 나는 시계를 보았다. 그녀는 7초 동안 눈썹을 올린 채로 있었다. 마치 지금 막 강력한 주름 제거 시술을 받고 나온 사람 같았다. 하지만 그 표정을 7초 동안 유지했다는 것은 초보치곤 아주 훌륭한 편이었다.

그녀가 눈썹을 제자리로 내리자 스티븐이 말했다.

"해왔어요."

"뭘?"

에이미가 물었다.

"숙제요."

"나는 숙제 내라는 말 안 했는데."

"그럼 왜 그런 표정으로 저를 쳐다보셨어요?"

스티븐이 물었다.

"고무줄 치우라는 뜻이었어."

스티븐이 고무줄을 넣었다. 에이미가 다시 나를 쳐다보았다. 낙담한 얼굴이었다.

나는 의자에서 일어나 그녀에게 걸어갔다.

"걱정 말아요. 곧 익숙해질 거예요. 내가 그랬잖아요. 몇 년이 걸릴 수도 있다고요."

고뇌의 시간, 생활기록부 작성하기

대부분의 선생님들은 생활기록부를 작성하는 시기를 일 년 중 가장 싫어한다. 나로 말하면, 한 달 동안 유치원생들의 방한복 지퍼를 대신 올려주는 것이 생활기록부를 쓰는 일보다 나을 거라고 생각하는 사람이다.

아, 전체적으로 다 어렵다는 것은 아니다. 선생님들이 쓰기 어려워하는 것은 그 내용이 미묘한 경우다. 그리고 어떤 때는 정말로 무슨 말을 써야 할지를 모르겠다. 일례로 브라이언의 생활기록부를 보자. 브라이언이 한시도 가만히 앉아 있지를 못한다는 말을 그의 부모님에게 어떤 식으로 전하면 좋겠는가?

"존경하는 월터스 씨, 학교로 글루건을 좀 보내주십시오."

그리고 피터에 대해서는 뭐라고 쓸 것인가?

"혹시 제가 아드님의 입에 테이프를 붙여도 되겠습니까?"

이렇게 쓸 수는 없지 않겠는가.

몇 년 전에 내가 캐시 교장 선생님에게 우리 반 생활기록부를 좀 검토해봐 달라고 부탁했더니 그녀가 그걸 도로 다 가져왔다.

"왜요, 교장 선생님?"

"표현을 조금 바꾸는 게 어떨까요?"

그녀가 말했다.

"왜요?"

"너무 직설적이에요."

"무슨 뜻이죠?"

내가 물었다.

"자, 예를 들어, 이걸 보세요."

그녀가 신디의 생활기록부를 꺼냈다.

"네. 뭐가 잘못됐나요?"

"'신디는 수다스럽습니다.' 라고 쓰실 수는 없죠."

"하지만 사실 수다스러운걸요.'

"저도 압니다만, 그래도 그렇게 쓰실 순 없어요."

캐시 교장이 설명했다.

"왜 안 되죠?"

"좀 더 부드럽게 쓰셔야 돼요. 그리고 이것도 보세요."

그녀가 로렌의 생활기록부를 내밀었다.

"무슨 문제가 있습니까?"

"'로렌은 덩치 큰 갓난아이 같습니다.' 라고 쓰시면 안 돼요."

"하지만 사실인걸요."

교장 선생님은 생활기록부 무더기를 내게 내밀었다.

"다시 써주세요."

"알겠습니다."

내가 마지못해 말했다.

그렇게 해서 곧 신디는 "보다 조용히 대화하는 습관을 들일 필요가 있습니다."로 바뀌었고, 로렌은 "관계를 맺음에 있어 성숙함이 부족해 보입니다."로 바뀌었다.

그때부터는 생활기록부를 작성하는 데 별 문제가 없었다. 그러니까 적어도 올해까지는 그랬다. 어제 캐시 교장이 수업 시작 전에 우리 반에 잠시 들렀다. 그녀의 손에는 내가 쓴 생활기록부 한 장이 들려 있었다.

"오, 이런. 무슨 뜻인지 알겠네요."

그녀가 미소를 지었다.

"딱 한 개뿐이에요."

그녀가 소심하게 미소 지었다.

"좋아요. 누구 거죠?"

"저스틴 거예요."

"저스틴요? 왜요?"

"음, 저스틴은 항상 입을 벌리고 음식을 씹는다고 쓰셨잖아요. 조금 더…… 〈친절하게〉 쓰실 수 없을까요?"

"친절하게 쓴 건데요. 혹시 저스틴이 음식을 먹는 걸 본 적 있으세요?”

“조금 더 듣기 좋게 말하는 방법이 있을 겁니다.”

그녀가 말했다.

“어떻게 쓰길 바라시는데요?”

“저도 모르겠어요. ‘저스틴은 사교적인 예의를 키울 필요가 있습니다.’ 정도면 어떨까요?”

내가 고개를 가로저었다.

“너무 모호해요.”

“그럼 ‘점심시간에 좀 더 나은 식탁 예절을 보여줬으면 좋겠습니다.’ 라고 쓰는 건 어때요?”

“‘저스틴은 음식을 먹을 때 거울을 들고 자신의 입 모양이 어떤지 봐야 합니다.’ 는 어때요?”

내가 웃으며 말했다.

“아, 왜 그래요, 필.”

그녀가 신음소리를 냈다.

“좋아요, 좋아. 이리 주세요. 다시 쓸게요.”

내가 이렇게 말하자 그녀가 교실을 나갔다.

그날 오후에 나는 교장실로 가서 저스틴의 생활기록부를 그녀에게 내밀며 말했다.

“이게 제가 할 수 있는 최선입니다.”

교장 선생님이 그것을 소리 내어 읽었다.

“식사 시간에 저스틴은 결코 누구와도 마주보고 앉아서는 안 됩니다."

내가 씩 웃었다.

"어떻게 생각하세요?"

그녀가 두 손을 번쩍 들었다.

"정말 못 말리겠네요. 포기예요! 그냥 처음에 썼던 표현으로 하
세요. 하지만 만약에 저스틴의 부모님한테 전화가 오면 당신에게
로 돌릴 테니 그리 아세요!"

우리 엄마하고라도 결혼하세요

내가 아이들을 가르치게 된 첫해에 디구엘이 교실에 카메라를 가져왔다.

"선생님, 제가 선생님 사진 한 장 찍어도 왜요?"

"그러렴." 내가 말했다. "그런데 왜?"

"이모한테 보내주려고요. 이모에게 남편이 필요하거든요."

독신 교사는 누구든 학생들이 자신을 결혼시키지 못해 안달이라는 말을 할 것이다. 해마다 우리 반 아이들은 아무나 학교 안의 여자를 한 명 골라잡아 그녀가 나 아내가 되어야 한다고 자기들 마음대로 결정해 버린다.

"선생님은 샌더스 선생님과 결혼하셔야 돼요."

사라가 말했다.

"그분은 이미 결혼하셨어!"

내가 말했다.

하지만 그것은 문제가 되지 않았다. 중요한 게 있다면 오로지 내가 결혼을 하지 않았다는 것뿐이었다.

"선생님, 그럼 카터 선생님하고 결혼하시면 되잖아요." 저스틴이 말했다. "그 선생님은 이혼했으니까요."

카터 선생님이 이혼한 것은 50년 전이다.

내가 학교에서 여자와 서서 얘기만 하면 아이들은 내가 그녀와 결혼할 건가보다고 생각한다. 비서든, 양호 선생님이든, 학교 건널목 교통 정리원이든, 식당 아주머니든, 학교 놀이터 감독 교사든, 교장 선생님이든 상관이 없다. 심지어 자신의 엄마들까지 후보에 올려놓는다.

교사가 결혼식을 올리면 그것은 학교에서 엄청난 사건이 된다. 올해는 내 친구 리사 선생님이 약혼 사실을 알렸는데 그랬더니 온 학교가 와글와글거렸다. 캐시 교장 선생님은 교무실에서 선생님들이 신부에게 저마다 결혼 선물을 주는 축하 파티를 열어주었다. 학급에서 교사를 보조하는 도우미 어머니들은 식당에서 리사 선생님에게 선물을 주면서 그 반 아이들을 다 불렀다. 아이들은 학생 식당에 온갖 장식을 해놓고 리사 선생님에게 책을 만들어 선물했다. 책 제목은 『당신이 결혼할 때』였다. 그 책에는 아이들이 주는 온갖 조언과 충고들이 담겨 있었다.

"결혼한 후에는 반지를 잃어 버리지 않도록 목욕하기 전에 꼭 빼놓는 걸 잊지 마세요."

"결혼한 후에도 잊지 말고 학교에 돌아오셔야 해요."

"결혼을 하면 꼭 식탁을 차려주세요."

그리고 "결혼하시면 남편을 꼭 '여보, 당신' 혹은 '허니' 라고 부르세요."

리사는 학교의 전 직원을 결혼식에 초대했고 그녀의 반 아이들도 모두 초대했다. 대부분의 아이들은 부모와 함께 앞쪽에 앉았다. 하지만 결혼식에 꼬마손님들을 그렇게 많이 초대하는 것이 좋은 생각인지 나는 모르겠다.

그들은 마치 피구를 하는 것처럼 새 모이를 던졌다.* 손님들을 맞이하는 리셉션 룸의 촛불들은 하객들이 도착하기도 전에 이미 아이들이 불어서 꺼버렸고, 웨딩케이크를 자르기도 전에 설탕으로 만든 장식 꽃들은 이미 떨어져 나가고 없었다. 〈Just Married〉라는 푯말은 스펠링이 틀려 있었다. 그리고 리사의 반 사내아이 다섯 명이 선생님의 양말대님을 잡겠다고 한 덩어리가 되어 바닥에 뒹굴었다.

하지만 아이들은 막상 결혼식이 시작되고부터는 얌전하게 행동한 편이었다. 적어도 결혼식이 끝날 무렵까지는 그랬다. 그리고 신랑이 신부의 면사포를 들어 올리고 그녀에게 입맞춤을 하자 앞줄에 앉았던 녀석들이 일제히 소리를 질렀다.

"우웩!"

---

* 서양에는 결혼식이 끝나면 잘 살라는 의미로 쌀을 던지는 풍습이 있는데 새들이 떨어진 쌀을 먹고 배탈이 날 수 있다는 이유로 새 모이를 던지기도 한다.

뻥쟁이, 쪼물락, 바버라 월터스, 드라마 퀸

이번 주에 우리는 겨울방학에 즈음한 교직원 파티를 열었다. 우리 반 교생 에이미도 참석했다. 언제나 그렇듯이 선생님들은 수업과 학생들에 대해 얘기했다. 에이미가 놀라며 물었다.

"선생님들은 학교 밖에서도 아이들 얘기만 하세요?"

"그럼요." 내가 대답했다.

그건 사실이다. 교사들은 학생들 얘기를 아주 많이 한다. 파티에서, 집에서, 차 안에서, 심지어 휴가 때도. 맙소사. 그리고 가끔은 아이들을 별명으로 부르기도 한다.

〈쿵푸〉를 예로 들어보자. 나는 그 아이의 진짜 이름이 뭐였는지 잊어버렸다. 쿵푸는 책상에 앉아 하루 종일 가라테 당수 연습만 한다. 책상 앞이 아닌 다른 곳에 있을 때는 발차기 연습을 하고 그때를 빼고는 당수 연습을 계속한다.

만일 뭔가가 필요하면 나는 항상 시몬에게 간다. 시몬은 뭐든 빌려가서는 가져오는 법이 없다. 단 한 번도. 어느 날인가는 그에게 책상 서랍을 정리하게 했다. 그랬더니 자 일곱 개, 수정 잉크 네 병, 각도기 세 개, 연필깎이 아홉 개, 거스름돈으로 받은 잔돈 6달러, 사전 두 권, 연필 열일곱 자루가 나왔다. 나는 그에게 〈월마트〉라는 별명을 지어주었다.

〈뻥쟁이〉는 수족관에 가서 범고래를 타봤고, 낙하산 없이 스카이다이빙을 했고, 자기 방에 엘리베이터가 있고, 짐바브웨를 여행했고, 『해리 포터 5권』을 한 시간 만에 다 읽었고, 자기 집에 애완 코뿔소가 있고, 자기가 세 번이나 입양이 되었었다고 말한다.

승조는 "줄을 서!"라는 말이 "잡기 놀이 하자!"라는 의미라고 생각했고 "자, 이리 와!"라는 말은 "더 빨리 뛰어!"라는 의미라고 생각했다. 이따금 나는 그 애를 숨바꼭질이라고 부를 때도 있지만 대부분은 〈날 잡아 봐라〉라고 불렀다.

「초원의 집」에서 잉걸스 자매를 괴롭혔던 넬리를 기억하는가? 우리 반에도 똑같은 아이가 있다. 그 아이의 원래 이름은 패티지만 넬리가 거의 본명처럼 굳어졌다. 〈넬리〉는 수학이 싫다고 수학을 아예 하지 않았다. 숙제가 싫으면 숙제도 안 해왔다. 넬리는 늘 투덜거리고 징징대고 입을 삐죽거렸다. 나는 창가 자리에는 그 아이를 앉히지 않는다. 어느 날 내가 그 애를 창밖으로 집어던질까봐 두려웠기 때문이다.

올해 우리 반 아이들에게도 이미 별명이 생겼다.

나는 앤터니를 〈쪼물락〉이라고 부른다. 그는 클립만 보면 쪼물락쪼물락 만져서 구부러진 것을 쫙 펴놓고, 자만 봤다 하면 탁탁 쳐서 소리를 내고, 지우개만 들었다 하면 번번이 연필로 쑤셔서 구멍을 잔뜩 뚫어 놓기 때문이다.

스티븐의 별명은 〈파괴 전문가〉다. 그는 벌써 세 개의 계산기를 분해했고, 긴 잣대를 두 개 부러뜨렸고, 의자에 날카로운 것으로 자기 이름을 새겨놓았고, 연필을 여섯 자루 씹어 먹었다. 새들이 창문으로 날아들지 못하게 유리에 붙여 놓는 새 모양의 스티커를 아는가? 스티븐이 학교의 여닫이 유리문을 향해 돌진하지 못하도록 어쩌면 우리도 그 문에 스티븐의 증명사진을 붙여 놓아야 할 것 같다.

케이티는 주스가 들어 있던 빈 종이팩을 엄청나게 많이 모아 놓았다. 아마 3학년치고는 최고일 것이다. 그녀는 홀 펀치에서 나오는 조그만 동그라미들도 수집한다. 나는 그 아이를 〈스미스〉라고 부른다. 스미소니언 박물관의 준말이다. 그녀는 휴지통을 뒤져 뭔가를 꺼내는 일에 하루의 절반 정도를 보낸다. 그녀가 가장 좋아하는 말은 이것이다.

"저 이거 가져도 돼요?"

나는 학교에서 아이들이 나를 위해 만들어준 것은 무엇이든 함부로 버리지 못한다. 필시 케이티가 휴지통을 뒤지다가 그걸 발견할 것이고, 놀란 표정으로 그걸 내게 들고 오면 난 청소하시는 아주머니들이 실수로 버렸나보다고 거짓말을 해야 되기 때문이다.

에밀리는 〈바버라 월터스〉(미국의 유명 앵커우먼)다. 그녀는 반에서 일어나는 모든 사건과 모든 아이들의 행동을 매 15분마다 업데이트해서 나에게 들려준다.

"선생님, 조이가 공부 안 해요. 선생님, 케빈이 책 안 읽고 있어요. 선생님, 손이 레고 블록을 씹어 먹고 있어요. 선생님, 겨드랑이에 또 땀나요."

리안은 귓불을 귓속으로 집어넣을 수 있고, 윗입술과 코 사이에 펜을 올려놓을 수 있고, 몸을 뒤로 기울여 의자 다리 두 개로만 중심을 잡으면서도 넘어지지 않을 수 있고, 마스킹 테이프(페인트칠을 할 때 칠하지 않을 곳을 가리는 데 쓰는 접착테이프) 두 개를 양쪽 귀에 걸고 훌라후프처럼 돌릴 수 있다. 그리고 물론 이 다섯 가지 재주 모두를 동시에 보여줄 수도 있다. 단일 당신이 그걸 원한다면 말이다. 나는 그를 〈후디니〉(탁월한 탈출 곡예사)라고 부른다.

로니의 이름은 〈트럼프〉다. 나는 그가 적어도 열두 살엔 엄청난 갑부가 되어 있을 거라고 장담한다. 나는 로니가 방과 후에 교실 문을 나서기 전에 혹시 수업 시간에 만든 자기 작품이나 그림을 교실 밖으로 가지고 나가지 않는지 말 그대로 몸수색을 해야 한다. 지난달에 그는 1학년 아이들에게 자기가 그린 그림을 팔아서 27달러를 벌었다. 그는 언젠가는 자기가 유명해질 것이며 반 고흐처럼 될 거라고 말한다.

한 번은 내가 자동차 열쇠를 어디 두었는지 찾을 수가 없어서 누구든 그걸 찾아주는 사람한테 25센트를 상으로 주겠다고 했다. 물론 열쇠를 찾아낸 사람은 로니였다. 그런데 그때부터 거의 일주일에 한 번꼴로 자동차 열쇠가 없어졌고 내가 답례를 제시할 때마다 누가 번번이 그걸 찾아주었는지 맞춰보시라. (내가 마침내 사태를 파악할 때까지 그는 내게서 3달러를 받아갔다.)

추수감사절 한 주 전에 로니는 자기 어머니 한슨 부인이 만든 호박 파이를 집집마다 다니면서 한 조각에 12.99달러에 팔았고 그런 다음 집에 가서 어머니에게 파이 열일곱 조각을 더 만들어 달라고 주문했다. 한슨 부인은 로니로 하여금 그 돈을 모두 돌려주게 했다.

하지만 지금까지 내가 가르친 아이들 중에서 가장 기억에 남는 아이는 교사가 된 첫해에 맡았던 아이였다. 그 아이의 이름은 샐리 카펜터였고 나이는 여덟 살이었다. 그녀는 〈드라마 퀸〉이었다.

한 번은 체육 시간이 끝나고 모두 교실로 걸어 들어왔을 때였다. 그날 우리는 운동장에서 발야구를 했다.

"샐리는 어디 있니?"

나는 반 아이들에게 물었다.

"운동장에요."

그 중 한 명이 대답했다.

"뭐라고?"

밖으로 나가보니 아닌 게 아니라 샐리가 운동장에 꼼짝도 않고 누워 있었다.

"샐리!"

내가 소리쳤다. 대답이 없었다.

나는 다시 소리를 질렀다. "샐리!"

이번에도 아무 대답이 없었다.

나는 그녀에게로 다가갔다.

눈이 감겨져 있었다. 그녀는 숨을 참고 있었다.

"샐리 카펜터." 내가 단호하게 말했다. "안 죽은 거 다 알아. 당장 일어나!"

그래도 그녀는 꼼짝하지 않았다.

나는 숫자를 세기 시작했다.

"하나아아아아. 두우우우우울……."

시체가 움직이기 시작했다. 설리는 천천히 일어섰다. 눈은 여전히 감은 채였다.

"어떻게 된 거야?"

"일사병에 걸렸어요."

손으로 이마를 짚으며 그녀가 말했다.

"날이 이렇게 흐렸는데 일사병은 무슨. 교실로 들어가."

대략 일주일에 한 번, 쉬는 시간이 끝나면 운동장 당번 선생님이 우리 교실 문에 머리를 쓱 디밀고 이렇게 말했다.

"그 애가 또 죽었는데요."

그러거나 말거나 그냥 수업을 계속하고 있으면 아주 천천히 문이 열리면서 〈일사병 샐리〉(그 외에도 몇 가지 별명이 더 있었다.)가 비틀거리며 교실로 들어와 자기 책상에 털썩 주저앉곤 했다.

하루는 새 책을 읽기에 앞서 내가 아이들에게 몇 가지 어휘를 가르치는 중이었다.

"desperate(필사적)가 무슨 뜻인지 아는 사람?"

내가 물었다.

샐리가 손을 들었다. 나는 깜짝 놀랐다. 대개는 그 단어를 아는 아이가 없기 때문이었다.

"샐리, 네가 desperate의 뜻을 안다고?"

내가 물었다.

"네."

샐리가 으스대며 대답했다.

"문장 속에서 그 단어를 사용할 수 있겠니?"

"물론이죠."

그러더니 의자 끝에 살짝 걸터앉아서는 턱을 치켜들고 이렇게 말했다.

"클레오파트라는 마크 앤터니에게 너무 필사적이었기에 실오라기 하나 남기지 않고 옷을 모두 벗었다."

나는 그 애를 빤히 쳐다보았다.

"어…… 고맙구나, 샐리."

예전에 우리 학교에서는 〈어린이도 글을 쓸 수 있어요〉라는 이름의 행사를 주최한 적이 있었다. 이 지역의 모든 3, 4, 5, 6학년 학생들이 글을 써서 제출하면 일단의 교사들이 한자리에 만나서 점수를 매기는 방식이었다.

아이들이 낸 글을 마구 뒤섞어놓기 때문에 몇 학년이 쓴 글인지 교사들은 알 수가 없었다. 뿐만 아니라 우리는 학생의 이름도 볼 수 없게 되어 있었다. 교사들은 각각의 글에 1에서부터 5점까지 줄 수 있었다. 5점이 최고점이었다. 그날 우리 교사들은 하루 종일 아이들이 쓴 글을 읽고 거기에 대해 얘기했다. 그런데 모든 교사들을 눈물짓게 만든 글이 하나 있었다. 제목은 「보보」였다. 나는 결코 그 글을 잊지 못할 것이다. 그것은 남아메리카 야생 밀림에 사는 표범 한 마리가 사냥꾼에게 잡히지 않고 살아남으려고 분투하는 얘기였다. 손에 땀을 쥐게 할 정도로 이야기가 흥미진진했다. 분명 그날의 최고작이었고 5점을 받은 몇 안 되는 작품 중에 하나였다. 그 글을 누가 썼는지 아무도 몰랐다.

하지만 나는 알았다. 그 글씨는 못 알아보기가 오히려 어려웠다. 글씨가 크고 잔뜩 멋이 들어가고 드라마틱했다. 게다가 약간 일사병에 걸려 있었다.

가끔 나는 〈드라마 퀸〉이 지금쯤 어떻게 되었을까 궁금해진다. 그녀가 오스카상이나 에미상 시상식에 모습을 드러낼 날이 과연 올 것인지 기다려진다. 그리고 그녀가 쓴 「보보」는 물론 지금도 잘 간직하고 있다. 언젠가 샐리가 유명해지면 내가 그 글을 《피플》지에 팔 수 있을 것이기 때문이다.

선생님들의 입술은, 쓰라리다

　어떤 날은 등이 시큰거린다. 연필 잡는 방법을 고쳐주기 위해서 혹은 필기체 G자를 제대로 써 보이기 위해 아이들의 낮은 책상에 자꾸만 허리를 굽히게 되기 때문이다. 어떤 날은 팔이 욱신거리는데, 그것은 발야구를 할 때 내가 투수를 하게 되었거나 점심시간에 줄넘기를 7백만 번 돌려주었기 때문이다. 발이 쑤시는 날도 있는데, 그것은 구두를 신고 베이스 러닝을 한 탓이다. 그런데 어느 날은 입술까지 쓰라리다.

　한 번은 에밀리가 쉬는 시간에 교실로 뛰어 들어왔다.

　"무슨 일이니, 에밀리?"

　"카를로스가 S-H 말(sh로 시작되는 욕설, shit를 뜻함)을 했어요."

　그녀가 소리쳤다.

190

"그랬어?"

내가 물었다.

"네네."

여전히 숨이 턱에 차서 에밀리가 대답했다.

"그래, 카를로스가 뭐라고 했는데?"

"저는 말 못해요. 엄마가 그런 갈 하지 말랬어요."

"그럼 철자로 말해줘. 철자만 말하는 건 괜찮아."

내가 말했다.

에밀리가 그 단어의 철자를 천천히 말했다.

"S-H-U-T."

나는 몸을 앞으로 기울였다.

"그 철자가 틀림없니?"

내가 물었다.

"네, 맞아요."

"i 자가 안 들어가는 게 확실해?"

"확실해요."

"그 단어를 말해봐, 에밀리. 선생님이 한 번만 허락해줄게."

에밀리가 침을 꼴깍 삼키고는 조그만 소리로 속삭였다.

"Shut up(입 다물어!)."

나는 그 애를 빤히 쳐다보았다.

"카를로스가 'Shut up'이라고 그랬어?"

내가 물었다.

“네!”

에밀리가 엄숙하게 고개를 끄덕였다.

“말해줘서 고맙다, 에밀리. 내가 처리할게. 넌 나가봐도 좋아.”

내가 웃음을 참느라 입술을 깨무는 것을 그 아이는 보지 못했다.

어느 월요일 아침에 나는 제임스에게 지난 주말에 뭘 했느냐고 물었다.

“동물원에 갔었어요.”

그가 대답했다.

“멋지구나.” 내가 말했다. “어떤 동물이 가장 좋았니?”

“크리스마스트리가 나오는 닭이요.”

제임스가 대답했다.

“응?”

“크리스마스트리가 있는 닭이요.”

그가 다시 한 번 말했다.

나는 그 아이가 대체 무슨 소리를 하는 건지 죽어도 알 수가 없었다.

“그게 그러니까요.” 제임스가 이렇게 말하며 무릎으로 서서는 두 팔을 부채처럼 넓게 벌렸다.

“아.” 나는 웃음이 났다. “공작 말이구나.”

나는 손으로 입을 가렸다. 내가 입술을 지그시 깨무는 것을 그 역시 보지 못했다.

입술이 아픈 사람이 나 하나뿐은 아니다. 내 동료들도 같은 증상이 있다.

어느 날 나는 수업이 끝난 후 킴 선생님, 다운 선생님과 함께 우리 교실에 앉아 있었다.

"두 분 모두 우리 반 꼬맹이 아담 아시죠?"

킴 선생님이 물었다.

"네."

다운과 내가 동시에 대답했다.

"글쎄, 제가 어제 아이들한테 크리스마스에 뭘 갖고 싶으냐고 물었거든요. 그랬더니 아담이 엄마 아빠한테 새 침대를 사주고 싶다는 거예요."

"침대요?"

다운 선생님이 물었다.

"네, 침대요. 그래서 제가 물었어요. '아담, 왜 엄마 아빠께 새 침대를 사드리고 싶은 거야?' 그랬더니 뭐라고 그랬는지 아세요?"

그녀가 잠시 말을 끊었다.

"글쎄 이러는 거 있죠. '매일 밤마다 엄마 아빠 침대에서 너무 시끄러운 소리가 나요. 틀림없이 침대가 고장 났을 거예요.'"

킴 선생님은 어찌나 입술을 세게 깨물었는지 아직도 아프다고 했다.

크리스마스 콘서트

　인정하겠다. 나는 크리스마스 콘서트를 보면 왠지 목이 멘다. 그러니까 내 말은 홀리데이 콘서트(한 학기를 마무리하고 크리스마스 시즌을 축하하는 콘서트), 겨울 콘서트, 동지축제 말이다. 요즘은 그런 것을 뭐라고 부르는지 모르겠다.

　내 아이들이 부쩍 작아져 버린 정장과, 새로 장만한 파티 드레스, 커프스와 넥타이핀, 새하얀 타이즈, 녹색 터틀넥과 앙증맞은 빨간 조끼를 입은 모습은 항상 나를 흥분하게 만든다. 12월에 수백 명의 아이들이 말쑥하게 정장을 차려입고 무대에 서서 자신의 엄마를 눈으로 찾으면서 객석을 가득 메운 관객에게 크리스마스 캐럴을 들려주는 모습을 보는 것은 정말로 매혹적이다.

　우리 학교 홀리데이 콘서트는 항상 엄마들과 유모차, 아빠들, 그리고 비디오카메라로 완전히 꽉 찬다. 계속해서 터져대는 카메

194

라 플래시가 물결을 이룬다. 그리고 해마다 맨 첫 순서를 여는 밴드는 「징글벨」을 연주하면서 박자가 점점 빨라져 도망을 가고, 피셔 선생님은 그런 그들을 붙잡으려고 애쓰지만 매번 밴드가 승리한다.

올해 우리 반 아이들의 노래가 끝나던 내가 할 일은 저스틴이 콘서트 마지막 순서에 "호! 호! 흐!"라고 말하며 무대로 올라갈 수 있도록 유모차와 삼각대를 한쪽으로 정리하고 엄마를 따라온 어린 동생들을 통로에서 비켜서게 하는 것이었다. 저스틴이 등장하기 전에 나는 세 건의 릴레이 경주를 두산시켰고, 종이비행기 두 대를 압수했고, 무대에 뛰어 올라가 자기도 합창에 합류하려는 두 살짜리 아이를 직전에 막았다.

바로 내 옆의 남자아이는 엄마 무릎 위에 서서 콘서트 내내 떠들었다. 나는 몇 번이나 그 아이 쪽을 쳐다보았고 그 엄마가 아이를 밖으로 데리고 나가주기를 바랐다. 하지만 그녀는 그러지 않았다. 결국 나는 자리에서 일어나 객석 뒤쪽에 가서 섰다. 시대가 달라졌고 세상이 변했다고 나는 생각했다 만일 내가 그렇게 시끄럽게 굴었다면 우리 어머니는 당장에 나를 밖으로 데리고 나갔을 것이다. 그래서 어머니는 예배 시간 중에 울거나 떠드는 아이를 데리고 바깥으로 나가야 했기 때문에 예배를 귀로 듣는 것으로 만족해야 했던 일요일이 숱하게 많았다.

그때 리 부인이 눈에 들어왔다. 니콜을 보러 오신 것이었다. 리 부인은 어린 두 아들과 함께였다. 케빈은 초등학교 1학년이고 메이슨은 유치원에 다녔다. 니콜의 두 동생은 엄마 양쪽 옆에 얌전히 앉아 있었다. 둘 중에 누구도 의자 위에 올라서지 않았고 소리를 지르거나 말을 하거나 울거나 통로를 뛰어 다니거나 종이비행기를 날리지도 않았다. 기쁘다 구주 오셨네! 나는 헨델의 「할렐루야 코러스」를 허밍으로 부르기 시작했다. 그러자 내 옆에 앉은 숙녀가 내 어깨를 톡톡 두드리더니 나를 향해 〈눈썹 치켜올리기〉 표정을 지어 보였다.

선생님 말씀 479번

교사라면 누구나 한 해 동안 관례적으로 하게 되는 표준적인 발언이 있다. 그래서 내가 늘 하게 되는 말들에 대해 작년부터 리스트를 작성하기 시작했다.

가끔은 내 자신이 고장 난 레코드 같다는 생각이 든다. 때마다 똑같은 말을 하는 대신 그 발언에 붙여진 번호만 외쳐도 된다면 훨씬 편할 것 같다. 예를 들어 만일 내가 "47번!"이라고 소리친다면 그것은 곧 물을 마셔도 된다는 뜻이라그 아이들이 알아듣는 식이다. 내가 "56번!" 하고 소리치면 아이들이 도서관으로 가고, 내가 "373번!"이라고 외치면 비가 올 때는 토끼를 밖에 데리고 나가서는 안 된다는 말이라고 아이들이 알아들었으면 좋겠다. 그렇게 되면 시간이 정말 많이 절약될 것 같다.

다음은 한 해 동안 내가 꽤 자주 하게 되는 말들이다.

237번: 현장 학습

"오늘은 현장 학습을 갈 거야. 여러분 하나하나가 우리 학교의 얼굴이다. 그러니 바르게 행동하길 바란다. 버스 창밖으로 손을 내밀어 하늘을 나는 시늉을 하지 마라. 그런 행동으로 우리 버스 옆을 지나가는 트럭마다 경적을 울리게 만들지 마라. 여러분이 타고 가는 차를 운전하고 있는 사람이 있다는 걸 잊지 마라. 차 안의 소음이 5백 데시벨 이하여야 운전기사가 운전에 집중할 수 있다는 것을 잊지 마라."

28번: 손대지 마라

"박물관 안에 있는 물건에 손을 대지 마라. 내 말 안 들리는 사람이 누구니? 자, 다 같이 따라해 보자. '우리는 박물관 안에 있는 어떤 것에도 손대지 않는다.' 잘했어."

29번: 이리 와서 선생님 옆에 서 있어

"박물관 안에 있는 물건에 아무것도 손대지 말랬지! 이리 와서 선생님 옆에 딱 붙어 서 있어."

45번: 얘기 좀 그만해

"저 미안한데, 내가 보기에 지금 네 책상에는 찻주전자도 없고 오이 샌드위치도, 스콘(차와 함께 먹는 조그만 빵)도 없거든. 그러니까 티파티는 아니지. 제발 그만 떠들고 공부 좀 하자."

38번: 단지 남이 하라고 했다는 이유로 그것을 하지는 마라

"만일 그 아이가 너더러 금문교에서 뛰어내리라고 하면 너는 그대
로 할 거니?"

16번: 성적통지표

"성적은 중요하지 않아. 나는 너희들이 전 과목 F를 맞아도 괜찮
다. 정말 중요한 것은 너희들이 최선의 느력을 다하는 거란다."

17번: 최선을 다해라

"이것이 네가 최선을 다한 결과니? 아니, 아닐 거야. 성적통지표에
좋지 않은 점수를 받길 원하니?"

178번: 숙제

"너희들이 일생 동안 하지 않으면 안 도는 것이 딱 세 가지 있다.
첫째 세금을 내는 것, 둘째 죽는 것, 셋째 숙제를 하는 것이다. 알
아들었니?"

479번: 실수

"실수를 했을 때 미안하다고 말하지 마타. 실수했을 때 절대로 '미
안해' 라고 말하지 마라. 나는 너희들이 실수를 하기를 바란다. 너
희들이 실수를 해야 내가 가르칠 것이 있기 때문이지. 그리고 내가
너희들에게 가르칠 것이 있어야 선생님이란 직업을 계속 가질 수

있지 않겠니? 직업이 있어야 새 넥타이도 살 수 있고 말이지."

65번: 끝마무리를 해라

"점수 기록장에 0점이 있다. 그게 무엇을 의미하는지 아니? 만일 네가 독후감을 끝마치지 못해서 제 날짜에 제출하지 않으면 너는 0점을 받을 수밖에 없고 그럼 전체 점수가 내려갈 수밖에 없어. 낮은 점수들이 모이면 너는 4학년에 올라갈 수가 없고 4학년에 올라가지 못하면 5학년이 될 수도 없고 5학년을 끝마치지 못하면 대학에서 너를 받아주지 않을 것이고 취직을 할 수가 없다. 직업이 없으면 너는 강아지 사료를 살 수가 없단다. 언젠가 먼 훗날 강아지를 기르고 싶다면 독후감 숙제를 끝마쳐라!"

258번: 교실 뒤 의자에 앉아 있어라

"내가 너에게 욕을 하면 기분이 어떻겠니? 네가 나쁜 말을 하는 게 다시는 내 귀에 들리지 않기를 바란다. 자, 친구한테 미안하다고 말하렴. 그런 다음 내가 일어나도 좋다고 말할 때까지 교실 뒤 의자에 가서 앉아 있어라."

259번: 웁스!

"이런, 미안해. 네가 교실 뒤에 앉아 있다는 걸 깜빡 잊었구나. 자, 다시 수업을 해도 좋아."

책 읽어주는 시간

내가 하루 중에 제일 좋아하는 시간이 책 읽어주는 시간이다. 나는 매일 점심을 먹고 나서 아이들을 카펫 위에 빙 둘러앉게 하고는 책을 읽어준다.

어느 날인가 나는, 언제 읽어도 항상 좋은 책 중에 하나인 『지킬 박사와 하이드』를 읽어주기 시작했다. 지금까지 한 열두 번은 읽은 책이어서 거의 모든 문장을 외울 지경이다. 자화자찬일지 모르겠지만, 에드워드 하이드 역할은 내가 꽤 잘 하는 편이다.

아이들이 모두 내 주위에 빙 둘러앉자 나는 천천히 책을 펴고 나지막한 소리로 읽어나가기 시작했다. 아이들은 조용히 앉아 있었다. 사라의 눈빛은 내게 고정되어 있었고 운동화 끈을 만지작거리던 케니의 손길도 멈췄다. 스니커즈의 벨크로를 떼었다 붙였다 하며 장난하던 제임스도 얌전해졌고 니콜의 머리카락을 땋던 나탈리도 손을 내려놓았다.

이야기가 전개되는 동안 나는 계속해서 낮고 음산한 목소리로 책을 읽으면서 최고의 극적 효과를 위해 조금씩 목소리에 힘을 실어갔다. 우타 하겐(Uta Hagen, 미국에서 활동한 독일 태생의 유명 여배우이자 연기 지도자)이 와서 들었어도 자랑스러워했을 것이다.

에밀리가 아만다의 팔을 꽉 잡았다. 저스틴은 자기가 내 신발을 붙잡고 있다는 것도 몰랐다. 분위기는 최고였고 그들은 내 연기에 완전히 몰입해 있었다.

이야기는 바야흐로 내가 가장 좋아하는 부분을 향해 치닫고 있었다. 에드워드 하이드가 자신을 헨리 지킬로 바꾸어줄 마법의 약을 한 모금 마시려는 대목이었다. 내가 마법의 가루 세 스푼을 컵에 넣는 시늉을 하자 아이들은 내 손의 움직임 하나하나를 그대로 쫓아왔다.

내가 쉿소리 나는 음성으로 속삭였다.

"그러자 모든 것이 완료되었다."

저스틴이 몸을 부르르 떨었다.

나는 아이들을 내려다보며 사악한 웃음을 흘렸다. 나는 보리스 카를로프(「프랑켄슈타인」 등의 공포 영화 주인공으로 알려진 전설적인 배우)였다.

"자." 내가 묵직한 목소리로 말했다. "난 이 마법의 약을 마셔야만 돼."

나는 천천히 의자에서 일어나 악마처럼 웃었다. 아이들이 몸을 뒤로 뺐다. 나는 연기가 피어오르는 새빨간 액체를 머리 위로 들어 올렸고 아이들은 내 손 안에 든 가상의 컵을 뚫어지게 쳐다보았다. 나는 마지막으로 아이들을 한 번 내려다보았다. 그 순간 나는 존 배리모어(무성, 유성 영화를 넘나든 배우로, 셰익스피어 극의 일인자이며 드류 배리모어의 할아버지로도 유명)였다.

나는 천천히 컵을 입으로 가져갔다.

그때 갑자기 카펫 한가운데서 뿡! 하고 아주 커다란 소리가 났다. 교실 안에 폭소가 터졌다. 피터가 사라를 손짓으로 가리켰다. 저스틴이 코를 틀어막았다.

"여자애가 방귀를 뀌다니!"

저스틴이 소리쳤다.

나는 다시 의자에 앉았다. 더 계속할 수는 없었다. 나의 가장 극적인 순간을 방귀가 망쳐놓고 말았다.

그날 이후로 나는 책 읽어주는 시간을 점심시간 전으로 바꿨다.

로니, 로니!

얼마 전에 나는 점심을 먹은 후 로니가 책을 읽는 소리를 듣고 있었다. 언제나 그렇듯이 로니가 책을 읽고 싶어 하는 것은 아니었다. 오늘은 둘이 함께 새 책을 읽기 시작하는 날이었다. 반쯤 읽었을 무렵 로니가 나를 올려다보며 물었다.

"던 선생님, 선생님이 가장 좋아하시는 단어는 뭐예요?"

나는 그를 빤히 쳐다보았다.

"저 말이다, 로니. 지금까지 아무도 내게 그런 걸 물어본 사람이 없거든. 그래서 한 번도 생각해본 적이 없는데."

로니는 책으로 다시 눈을 내렸다. 그가 책을 읽는 동안 나는 그의 질문에 대해 생각해 보았다.

내가 좋아하는 레스토랑이 있고 아이스크림이 있고 영화도 있고 책도 있다. 그런데 좋아하는 〈단어〉가 없으란 법이 있을까?

말은 내 삶이다. 나는 하루 온종일 〈설명하다〉와 〈소리치다〉와 〈속삭이다〉가 흔해빠지고 지루한 〈말하다〉보다 낫고, 〈와인색, 진홍색, 석류색〉이 평범하고 낡아빠진 〈빨간색〉보다 낫다고 역설한다. 생각하면 할수록 좋아하는 단어 하나쯤 골라볼 필요가 있겠다는 생각이 들었다. 사실 선생님이라면 그런 게 있어야만 한다.

하지만 그 많은 단어들 중에 어떻게 딱 하나를 고른단 말인가? 피자, 역사, 여행, 혹은 거슈윈처럼 내가 사랑하는 것을 고르는 것만큼이나 간단한 일일까? 좋아하는 단어라면 그냥 듣기 좋으면 되겠지. 〈은퇴〉처럼 말이다.

나는 로니에게 도움을 청했다.

"로니, 너는 어떤 단어가 제일 마음에 드니?"

"Whatchamacallity.▲"

그가 대답했다.

내가 빙그레 웃었다.

"아주 기막힌 단어로구나." 내가 말했다. "나도 마음에 드는걸."

"그걸로 하실 수는 없어요." 로니가 말했다. "그건 제 단어예요. 선생님 자신이 좋아하는 단어를 고르셔야 해요."

이거 쉽지 않겠다고 나는 생각했다.

▲ 허쉬 초콜릿에서 나오는 사탕 이름이기도 하고, 풀어 쓰면 what · cha · ma · call · it, 즉 사람 혹은 사물의 이름이 퍼뜩 생각나지 않거나 모르거나 혹은 중요하지 않다고 생각될 때 그것을 대충 지칭하는 말로, 우리말의 〈아무개〉나 〈거시기〉와 비슷한 의미이다.

뭐, 적어도 어떤 단어들은 아닐 거라는 생각은 있다. 트레드밀이나 다이어트 같은 단어는 아마 아닐 것이다. 어쩌면 크루즈, 여름, 안식일 수도 있겠지. 나는 로니에게 두 개를 고르면 안 되겠느냐고 물었다. 그가 괜찮다고 했다.

버스 당번은 절대 아니다. 운동장 당번도 마찬가지고. 으깬 감자 요리도 괜찮겠고, 잠들다라는 말도 좋은 것 같다. 청소부와 비프 스트로가노프(러시아식 쇠고기 덮밥), 그리고 〈저스틴 결석〉도 어감이 좋다. 아, 정말 고르기가 너무 어렵다.

몇 분 후 로니가 책 읽기를 끝내고 책장을 덮고는 나를 올려다보았다.

"던 선생님?"

그가 말했다.

"왜, 로니?"

그가 미소를 지었다.

"이제 책 읽기가 좋아졌어요."

나는 몸을 앞으로 기울였다.

"로니, 좋아하는 단어가 네 개라도 괜찮니?"

"그럼요."

"방금 네가 말한 네 개의 단어가 난 제일 듣기 좋구나."

왜 하필 방학 첫날에

오랫동안 아이들을 가르치다 보니 누가 언제쯤 아플 것인지 희한하게 알 수 있게 되었다. 알다시피 세균은 순차적으로 이동한다. 그것들은 옆으로 옆으로 옮겨 다닌다. 뒤에 앉은 학생으로 건너뛴다거나 앞으로 이동하는 경우는 좀처럼 드물다. 줄을 건너뛰는 경우도 보기 힘들다.

올해 로니는 사라 옆에 앉았고 사라는 앤터니 옆자리에 앉았다. 로니가 아프면 하루나 이틀 후에 사라가 아플 것이다. 사라가 결석을 하면 머잖아 앤터니가 집에서 만화책을 보면서 아이스캔디를 먹을 것임을 나는 안다.

어느 날 카를로스가 내게 물었다.

"선생님, 지금 뭐 하세요?"

"네가 내일 할 숙제를 준비하는 중이야."

“그걸 왜 지금 하세요?”

그가 물었다.

“왜냐하면 너는 내일 집에 있을 거거든.”

내가 대답했다.

그가 재미있다는 표정으로 나를 보았다.

“정말요?”

그가 물었다.

“자, 여기.”

나는 그에게 숙제철을 건네주었다.

아니나 다를까 다음 날 카를로스는 결석이었다.

방학을 2주 앞두고 꽤 고약한 병원균이 세 번째 줄을 휩쓸고 지나갔다. 아이들이 며칠씩 학교에 나오지 못했다. 나는 염려 없을 줄 알았다. 내 자리는 그 아이들에게서 두 줄이나 떨어져 있었고 가능한 예방조치는 다 취했기 때문이었다. 하지만 이번에는 줄을 건너뛰어 옮겨 다니는 맹랑한 녀석이었는지 내가 딱 걸렸다. 그것도 하필 겨울방학 시작에 맞춰서.

방학 첫날인 토요일 아침, 나는 침대에서 일어나지도 못했다. 숨을 쉴 수도, 침을 삼킬 수도 없었다. 누군가가 방금 날카로운 것으로 내 머리를 깎아낸 것만 같았다. 나는 침대에 누워 생각했다.

“내게 이런 일은 있을 수 없어!”

오늘은 바지를 세탁소에 갖다 주면서 말라붙은 초강력 접착제를 지울 수 있을지 알아보려던 날이었고, 그 동안 차에 쌓아둔 커피 머그잔들을 죄다 꺼내서 닦으려고 했었다. 또 선물로 받은 머그잔과 넥타이들, 올드 스파이스(남성용 화장품 브랜드명)에 대한 감사의 카드를 마저 쓰려던 날이었다. 그런 다음 머그잔과 넥타이와 올드 스파이스를 도로 무르러 갈 생각이었다.

지난 3주 동안 합주단 리허설교 장난감 기부 행사, 겨울 바자회, 기금 마련을 위한 포장지 판매 등으로 너무 바빠서 전화 한 통 못한 친구들에게 오늘은 전화를 걸어 내가 아직 살아 있다고 말하려고 했었다.

아, 나는 앓아누워서는 안 된다. 적어도 올해는. 올해만은 이럴 수 없다. 대체 왜 12월만 되면 어김없이 이런 일이 일어나는 것일까?

사실 올해도 이렇게 될까봐 엄청 조심했었다. 아이들이 교실로 들어오면 우선 휴지부터 건넸다. 그리고 매시간 그들의 이마를 짚어보았다. 비타민 C를 손에 쥐어주면서 최근에 새로 나온 초콜릿이라고 먹게 했다. 그리고 코를 훌쩍이는 낌새가 조금이라도 보이면 제꺼덕 양호실로 보냈다.

양호 선생님이 내게 화를 냈다. 그녀가 내게 쪽지를 보냈다.

"던 선생님, 양호실에 선생님 반 아이들만 일곱 명이에요. 어떻게 된 거예요?"

내가 답장을 보냈다.

"열이 있어서요."

그녀가 다시 쪽지를 보내왔다.

"그러니까 교실 안에서는 외투와 모자, 장갑을 벗게 해주셔야
죠!"

그러고는 그 아이들을 모두 교실로 돌려보냈다.

"어!" 내가 소리쳤다. "이 녀석들 왜 다 돌아왔어? 너희들은 아
프다고! 어서 여기서 나가!"

"양호 선생님이 저희 괜찮댔어요."

케니가 대답했다.

"우리가 아니라 선생님이 어디 아프신 거 아니냐고 하던데요."

아만다가 말했다.

나는 몇 주 동안 그야말로 노래를 불렀다. "비누로 손을 씻어
라.", "외투 단추를 꼭꼭 채워라.", "장갑 껴라.", "기침할 때는 손
으로 입을 가리고 하는 거야.", "선생님 얼굴에 대고 재채기하지
말라고!"

아이들이 기침을 할 땐 얼른 뒤로 물러섰고 재채기를 시작하면
저만큼 달아났다. 아이들이 쥐었던 연필은 소독을 했다. 점심을 먹
고 나면 전부 리스테린으로 가글을 시켰다. 나는 아이들에게 다음
과 같은 훈련을 시켰다.

"자, 애들아. 입을 막아! 자, 이제 기침해! 좋아. 자, 다시 한 번
해보자."

아, 왜 아이들은 말을 안 들을까?

"로버트슨 부인, 나탈리가 크리스마스 파티에 꼭 오고 싶어 했
다는 건 압니다만, 그 아이는 열이 39도라고요!"

"조슈아, 넌 지금 패혈성 인두염에 걸렸단 말이다! 엄마가 머리하러 미장원에 가야 하는데 너를 돌봐줄 베이비시터를 못 구해서 네가 할 수 없이 학교에 왔다는 게 대체 말이 되니?"

지금 내가 코가 막힌 환자를 위한 흡입기를 내 콧구멍에 쑤셔 넣고 앉아 있는 동안 아마도 스티브은 최고의 컨디션으로 어디선가 신나게 썰매를 타고 있을 것이다. 그리고 내가 이렇게 침대에 누워 장례식 때 무슨 꽃을 받는 게 좋을지 생각하고 있는 동안 마이클은 컴퓨터 게임을 하느라 정신없을 것이다.

그래도 아이들이 마침 다 나아서 목 빼고 기다렸던 방학을 신나게 즐길 수 있게 되어 너무너무 다행이다. 그리고 내가 아이들 얼굴에 대고 기침을 하거나 재채기를 해서 그들이 충분히 누릴 자격이 있는 방학을 방해하지 않게 된 것도 얼마나 잘된 일인가.

내년에는 결코 이런 일이 일어나지 않을 것이다. 내년에는 누구든 코를 훌쩍거리는 소리가 들릴라치면 의사의 소견서 없이는 교실 문에 발도 못 들여놓게 할 것이다. 내년에는 꼭 마스크를 하고 수업을 할 것이다. 내년에는 가위와 연필, 자를 모두 살균 소독할 것이다. 아, 그리고 아이들이 도와 달라고 손을 들 때는 꼭 장갑을 끼게 해야겠다!

로알드 달에게 보내는 편지

존경하는 로알드 달● 선생님,

　저는 당신의 책들을 우리 아이들에게 읽어주는 일이 무척 즐겁습니다. 당신의 책들은 우리 반에 행복한 시간을 선사합니다. 정말 고맙습니다. 이렇게 편지를 드리게 된 것은 선생님께 작은 부탁이 하나 있어서예요. 혹시 만에 하나 가능하다면, 죄송하지만 『찰리와 초콜릿 공장』에서 단어 하나를 좀 바꿔주실 수 있을는지요?
　저는 해마다 아이들에게 『찰리와 초콜릿 공장』을 읽어준답니다. 제가 큰 소리로 읽으면 아이들은 각자가 가지고 있는 책을 눈으로 따라 읽습니다. 아이들은 그 책을 무척 사랑합니다. 저도 그렇고

● 1916-1990, 영국 출신의 전 세계적으로 유명한 동화 작가로, 『찰리와 초콜릿 공장』, 『마틸다』, 『제임스와 거대한 복숭아』 등을 지었다.

212

요. 아니, 20년이나 그 책을 읽어왔는데도 여전히 그 책이 좋네요. 네, 달 선생님, 모든 것이 너무나 멋집니다. 적어도 7장에 다다르기 전까지는 그렇습니다.

그런데 6장 끝 부분부터 저는 식은땀이 나기 시작합니다. 그 부분이 가까워오고 있음을 알기에 제 목소리는 떨리기 시작합니다. 마침내 그 단어가 눈에 들어옵니다. 그 동안 수차례 책 읽기 시간을 망쳐버린 그 단어가 보입니다. 저는 가능한 한 후다닥 읽고 지나가려고 애씁니다. 그러면서 손으로는 아무도 알아채지 않기를 기도합니다. 하지만 아이들은 절대로 그냥 넘어가는 법이 없습니다. 20년 동안 그걸 알아차리지 못한 아이는 단 한 명도 없었습니다. 제가 여쭤보고 싶은 것은요, 달 선생님, 〈ass〉(엉덩이, 항문, 얼간이 등의 뜻이 있음)라는 단어를 정말로 꼭 쓰셔야만 했습니까?

그 단어를 읽으면 초등학교 3학년 아이들로 꽉 찬 교실에 어떤 일이 일어나는지 아십니까? 네? 제가 설명해 드리지요.

먼저 마이클이 자기 자리에서 펄쩍 뛰어 일어나 제게 달려와서 그 단어를 보여줍니다. 그러면 나머지 아이들이 전부 의자에서 껑충 뛰어 일어납니다. 그러고는 그 단어를 손으로 가리키고 깔깔대고 웃으면서 교실을 마구 뛰어다닙니다.

그런 다음 앤터니가 그 단어를 계속 반복합니다. 제가 소리를 지르죠.

"그 단어 쓰지 마!"

그러면 어떤 얄미운 녀석이 기어코 제 입에서 그 단어가 나오게 하려고 묻습니다.

"어떤 단어요?"

"그거 하지 말라고!"

그럼 이번에는 어떤 시건방진 녀석이 말합니다.

"하지만 책에 있는데요!"

이런 상황이 약 10분 동안 이어집니다.

그러고 나면 이젠 떼쓰기 시작입니다. 녀석들은 제게 그 챕터를 한 번만 더 읽어 달라고 졸라대기 시작합니다. 자리에서 벌떡 일어나서 그 단어를 손으로 가리키고 깔깔대면서 교실을 마구 뛰어다니는 아수라장이 조금 더 이어지기를 바라는 거죠.

올해는 그 어느 때보다 심했습니다. 멜라니가 자기 어머니에게 가서 제가 교실에서 욕을 했다고 말하겠다고 하더군요. 그리고 저스틴이 어땠는지 아십니까? 우리는 저스틴을 급히 양호실로 데려가 산소 가스를 마시게 해줘야만 했습니다. 아주 솔직히 말씀 드리면, 달 선생님, 저는 책 읽기 시간을 좋은 시간으로 만들어 보려고 애쓰는데 당신이 망치고 있습니다.

그럼 이만 줄입니다.

안녕히 계세요.

던 드림.

　어렸을 때 나는 딱 두 가지만 먹겠다고 고집했었다. 하나는 크래프트 사의 마카로니 치즈, 그리고 다른 하나는 돼지고기와 콩 통조림이다. 그래서 우리 어머니의 찬장에는 언제나 그 두 가지가 가득했다. 이것들은 우리 집의 기본 식량이었다.

　선생님들에게도 역시 기본 식량이 있다. 당신이 언제라도 꺼내 들 수 있고, 돼지고기와 콩 통조림처럼 아이들이 언제라도 환영할 것임을 확신하는, 검증된 활동들이 바로 선생님들의 기본 식량이다.

　내 기본 식량 중에 하나는 종이로 눈송이를 만드는 것이다. 내가 무슨 말을 하는지 당신은 알 것이다. 흰 종이를 한 장 꺼내서 그 것을 접어 모양대로 오려 다시 펼치면 나오는 눈송이 말이다. 최근 10만 명의 교사를 대상으로 한 조사는 이 눈송이 만들기가 모든 초등학교 교사들이 공통적으로 하는 활동임을 보여주었다.

어느 날 나는 흰 종이와 가위를 꺼냈다.

아이들이 종이로 눈송이를 만들기 시작했을 때 내가 말했다.

"얘들아, 오늘은 먹을 수 있는 눈송이를 만들 거다!"

"오 예!"

아이들은 환호했다.

먹을 수 있는 눈송이는 종이 눈송이와 비슷하지만 종이 대신 토르티야를 사용한다. 토르티야를 종이처럼 접어서 모양대로 오린 다음 펼치면, 짜잔! 토르티야 눈송이가 탄생하는 것이다. 그것을 프라이팬에 버터를 조금 두르고 지져서 가루 설탕을 뿌리면 아주 맛있다.

아이들은 그것을 참 좋아한다.

그들이 토르티야를 오리는 동안 나는 프라이팬에 버터를 조금 올리고 나탈리가 만든 토르티야를 넣은 다음 과학실에서 빌려온 버너에 프라이팬을 올려놓았다.

그러고는 앤터니가 토르티야를 오리는 것을 도와주러 그쪽으로 갔다.

갑자기 나탈리가 소리를 꽥 질렀다.

"선생님! 저기 보세요!"

나는 몸을 홱 돌렸다. 나탈리의 눈송이에서 연기가 나고 있었다. 나는 버너로 달려가 얼른 프라이팬을 들고 창가로 달려갔다. 창문을 여는 순간 화재 경보가 울렸다.

나는 손으로 머리를 감싸 쥐고 속으로 욕설을 했다.

"선생님, 화재 경보예요!"

멜리사가 소리쳤다.

"선생님, 화재 경보예요!"

조이가 외쳤다.

"선생님, 화재 경보예요!"

숀이 고함을 쳤다.

"그래, 애들아, 밖으로 나가자."

에밀리는 외투를 잡아챘고 밀라니는 페넬로페를 챙겼다. 우리는 줄을 맞춰 밖으로 나갔다. 복도에서 우리는 마이크 선생님 반 아이들을 만났다.

"대체 어느 멍청이가 화재 경보를 울린 거예요?"

"식당 쪽에서 들린 것 같은데요."

내가 말했다.

"어, 던 선생님이……."

나는 재빨리 피터의 입을 막았다. 그가 연기를 마시지 않게 하기 위해서였다.

우리는 건물 밖 주차장에 전교생 650명과 다른 선생님들과 함께 줄을 맞춰 서 있었다.

캐시 교장이 내게 달려왔다.

"무슨 일입니까?"

그녀가 물었다.

나는 교생 에이미가 있는지 주위를 둘러보았다. 그녀는 보이지
않았다.

"어……, 그러니까 그게 에이미가 교실에서 요리 수업을 하고
있었는데 연기 감지기가 작동을 한 모양입니다. 불쌍한 에이미, 많
이 당황했을 겁니다."

마침내 종이 울리고 우리는 모두 안으로 들어갔다. 교실로 돌아
와서 나는 아이들을 식당으로 보냈다. 그리고 컴퓨터 전원을 켰다.

주의: 방금 화재 경보를 울리게 해서 650명의 학생과 그들의 선
생님을 비가 오는데 밖으로 나가게 한 직후에는 절대로 이메일 체
크를 하지 말 것.

매리언이 보낸 메일이다. "우리 반 아이들이 선생님께 고마워해
요. 오늘 받아쓰기 시험을 안 보게 되었거든요."

킴이 보낸 메시지다. "제 것도 바삭바삭하게 구워 주세요. 부탁
해요."

다운 선생님의 메일도 있었다. "클럽에 가입하세요."

이메일이 무려 15통도 넘게 와 있었지만 나는 그것들을 열어보
지 않기로 했다. 대신에 컴퓨터를 끄고 어머니에게 전화를 걸었다.

"안녕, 엄마! 저 오늘, 저녁 먹으러 가도 될까요?"

"그럼. 뭐 특별히 먹고 싶은 거 있니?"

"네. 마카로니 치즈요."

발렌타인 예술

어느 발렌타인 데이에 나는 여섯 장의 커다란 흰 종이에 엄청나게 커다란 글씨로 〈LOVE〉라고 썼다.

"좋아, 애들아." 내가 말했다. "오늘은 글씨 장식을 할 거야. 어떤 식으로든 너희들이 좋을 대로 글자들을 꾸미면 되는 거야."

나는 글씨들을 교실 바닥에 펼쳐놓고 크레용과 마커펜, 색연필을 내어주었다. 아이들은 커다란 글자의 주위에 빙 둘러앉아 색칠을 해나가기 시작했다.

10분쯤 지났을까. 교육감인 앤더슨 씨가 정장에 넥타이를 맨 대여섯 명의 사람들과 함께 우리 교실로 들어왔다. 내 생각에 그들은 타 학교 교장 선생님들인 것 같았다. 그들은 아주 중요한 사람들처럼 보였다. 앤더슨 씨는 그들에게 학교 시찰을 시켜주는 중이었다.

그들은 아이들 주위에 둘러서서 아이들이 색칠을 하는 모습을 지켜보았다. 토모야는 L자를 무지개 색으로 칠하고 있었다. 제임스는 O자 안에 웃는 얼굴을 그리는 중이었다. 제니는 V자 안에 빨간색으로 물방울 무늬를 그려 넣고 있었고 에리카는 아예 바닥에 배를 깔고 엎드려서 E자 안에다가 심장에 화살이 박힌 모양을 그리느라 여념이 없었다.

앤더슨 씨가 에리카 옆에 무릎을 꿇고 앉았다.

"지금 뭘 하고 있는 거니, 아가?"

앤더슨 씨가 물었다.

열심히 그림을 그리던 에리카가 고개를 들고는 〈보면 알지 그걸 몰라서 묻느냐〉는 표정으로 한숨을 내쉬었다.

"making love(LOVE라는 글자를 꾸미고 있다는 뜻으로 한 말이지만 사랑을 나눈다는 의미가 있음) 하고 있는 게 안 보이세요?"

앤더슨 씨의 얼굴이 새빨개졌다. 다른 사람들은 짐짓 고개를 다른 데로 돌렸다. 에리카는 다시 그림 그리기에 집중했다.

어젯밤 꿈

월요일 아침, 아이들이 교실에 들어와 앉는다.

"얘들아, 안녕? 좋은 아침이다." 내가 말했다. "모두 즐거운 주말을 보냈기를 바란다. 아, 오늘은 숙제가 없을 거야. 아니 지금부터 올해 말까지 계속해서 숙제가 없을 거다."

아이들이 환호성을 질렀다.

"무슨 일 있으세요, 선생님?"

스티븐이 물었다.

"네. 왜 이렇게 친절해지신 거예요?"

에밀리가 물었다.

"아무 이유도 없어." 내가 빙그레 웃었다. "이유 같은 건 없단다."

하지만 이유가 없는 게 아니었다. 뭐냐 하면, 내가 어젯밤에 자다가 꿈을 꾸었다.

*

내가 심장에 삼중 바이패스(심장에 협착이나 폐쇄가 일어난 부위를 우회하여 피가 흐를 수 있게 혈관을 만드는 수술) 시술을 받아야만 하는 꿈을 꾸었는데 마취를 하기 직전에 고개를 들어 의사를 쳐다보니 바로 앤터니였다.

은퇴한 다음 날 재정 설계사를 방문하는 꿈을 꾸었는데 그 설계사가 바로 사라였다.

내가 플로리다에 집을 한 채 사는 꿈을 꾸었는데 부동산 중개업자가 케이티였다.

새 집을 사서 이사를 하는 꿈을 꾸었는데 바로 옆집에 로니가 살고 있었다.

15회 동창회에 참석하러 비행기에 오르는 꿈을 꾸었는데 기장이 저스틴이었다.

치아 네 개에 대해 응급 신경 치료를 받아야 하는 꿈을 꾸었는데 치과의사가 스티븐이었다.

내가 속도 위반으로 단속에 걸리는 꿈을 꾸었는데 경찰관이 멜라니였다.

질녀의 결혼식에 리무진이 나를 태우러 오는 꿈을 꾸었는데 그 기사가 나탈리였다.

지압을 받으러 가는 꿈을 꾸었는데 지압사가 브라이언이었다.

내가 국세청에서 조사를 받고 있는 꿈을 꾸었는데 담당 직원이 피터였다.

내가 결국 심리 치료사를 찾아가는 꿈을 꾸었는데 치료사가 에밀리였다.

"사탕 먹을 사람?"

내가 물었다.

"저요, 저요."

아이들이 일제히 소리를 질렀다.

나는 사탕을 나눠주기 시작했다.

"선생님, 정말 괜찮으신 거죠?"

에밀리가 물었다.

"그래, 그래. 아무렇지도 않아. 난 괜찮다, 에밀리. 어젯밤에 이상한 꿈을 꾸었어. 그것뿐이야."

내가 말했다.

에밀리가 의자를 하나 끌고 오더니 말했다.

"저한테 꿈 얘기 좀 해주시겠어요, 선생님?"

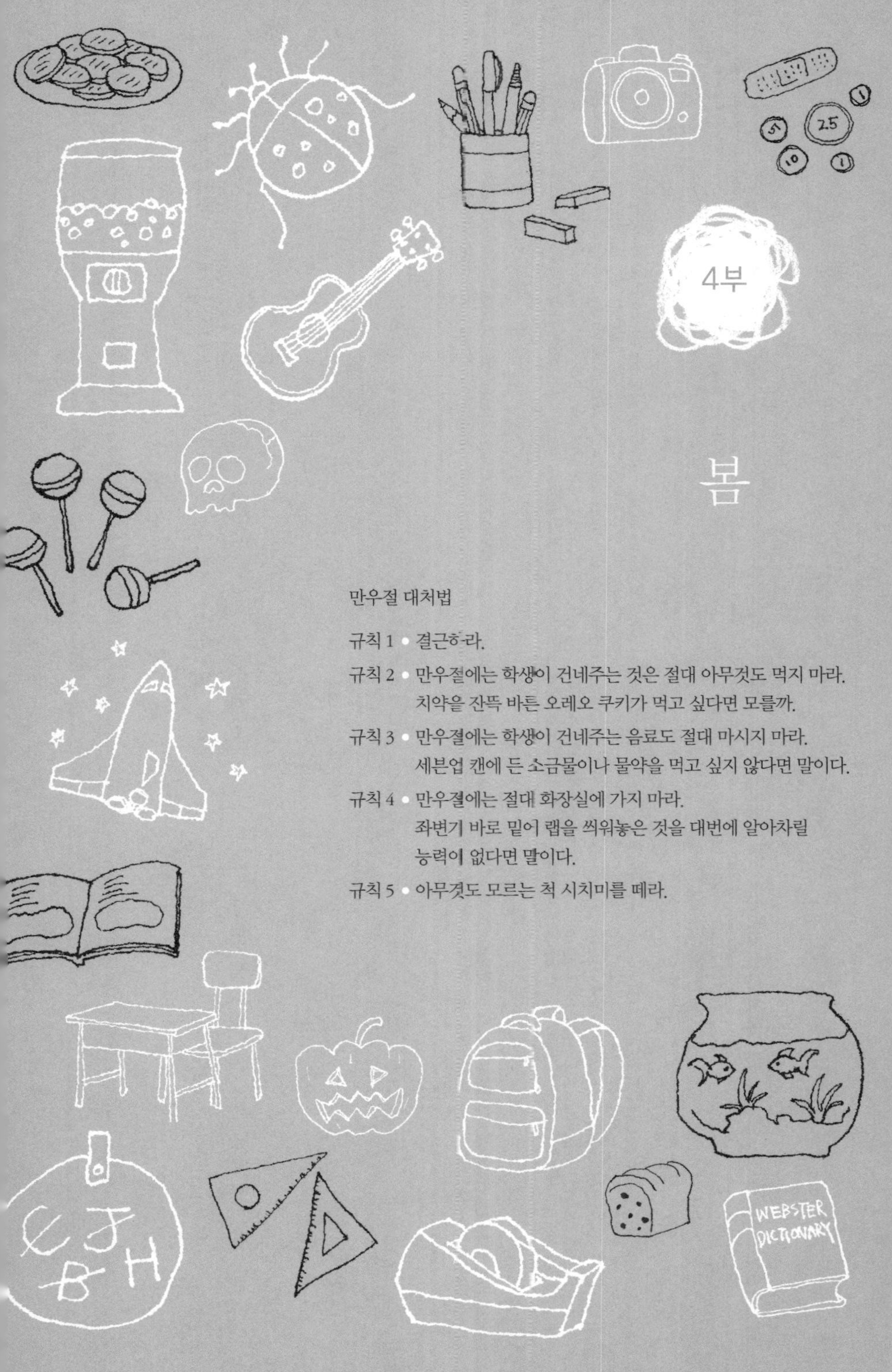

4부

봄

만우절 대처법

규칙 1 • 결근하라.

규칙 2 • 만우절에는 학생이 건네주는 것은 절대 아무것도 먹지 마라.
치약을 잔뜩 바른 오레오 쿠키가 먹고 싶다면 모를까.

규칙 3 • 만우절에는 학생이 건네주는 음료도 절대 마시지 마라.
세븐업 캔에 든 소금물이나 물약을 먹고 싶지 않다면 말이다.

규칙 4 • 만우절에는 절대 화장실에 가지 마라.
좌변기 바로 밑어 랩을 씌워놓은 것을 대번에 알아차릴
능력이 없다면 말이다.

규칙 5 • 아무것도 모르는 척 시치미를 떼라.

봄의 괴물들

봄이 왔다는 것을 당신은 언제 아는가? 세이프웨이 슈퍼마켓에서 부활절 사탕을 내놓을 때? 서머타임이라고 부르는 일광 절약 시간이 시작될 때? 동네 잡화점에서 연을 팔기 시작할 때?

나는 송 플루트(song flute, 플라스틱으로 만든 간단한 플루트로, 주로 초등학교 음악 교육용으로 사용되며 오카리나 비슷한 소리가 남) 소리가 처음으로 내 귀에 들려오는 날, 봄이 왔음을 느낀다. 피셔 선생님은 항상 3월 첫 주에 송 플루트를 아이들에게 나눠준다. 지난 20년 동안 줄곧 그래왔다.

3월이 오면 우리 학교 3학년들은 어딜 가나 「떴다 떴다 비행기」, 「리, 리, 리자로 끝나는 말은」, 「징글벨」을 연습한다. 아스팔트 위에서, 복도에서, 식당에서. 어딜 가나 그 소리는 "던 선생님, 이거 들으세요! 이거 들으세요!"라고 말하는 듯 내 귀를 파고든다.

하루는 수업 시작 전에 복도에서 세 명의 남자아이들과 마주쳤다. 그들은 각자 자신의 사물함 위에 앉아 「세 마리 눈먼 쥐」를 연습하고 있었다.

"그 노래 좀 그만 불어!" 내가 소리쳤다. "이번 주에만 벌써 3백 번은 들었다. 다른 노래를 불든가!"

"우리가 아는 게 이거밖에 없어요."

피터가 말했다.

"어쨌든 그만해. 이제 밖에 나가서 놀아라."

내가 소리쳤다.

나는 교무실로 가서 얼마 남지 않은 마지막 커피를 내려 〈세계 최고의 교사〉 머그잔에 한 방울도 남김없이 따랐다. 그리고 교직원 화장실로 들어가서 화장실 문을 열고 좌변기 위에 앉았다. 그곳은 나의 은신처다.

그런데 갑자기 바로 옆 칸에서 음악 소리가 흘러나왔다.

"거기 누구 있어요?"

내가 소리쳤다.

아무 대답이 없었다.

"내 말 들었잖아요. 거기 누구세요?"

내가 다시 물었다.

"저요."

나직한 목소리가 대답했다.

"피터!" 내가 소리를 버럭 질렀다. "밖에 나가서 놀랬지!"

“나왔잖아요.”

피터가 말했다.

“바깥으로 나가란 말이다! 카를로스도 거기 있니?”

내가 물었다.

대답이 없었다.

“카를로스?”

내가 천천히 그 이름을 불렀다.

“네.”

카를로스가 웅얼웅얼 대답했다.

“앤터니, 너도 거기 있니?”

내가 물었다.

“네.”

앤터니가 대답했다.

“아하! 세 마리 생쥐구만.”

“선생님, 이 메아리 좀 들어보세요.”

피터가 말했다.

그가 연주를 시작했다. 나는 노래를 불렀다.

“세 명의 못된 아이들. 세 명의 못된 아이들. 그들이 어떻게 달리는지를 보라. 그들은 던 선생님 말씀을 안 듣네. 그래서 엄마가 와서 그들을 집으로 데려갔다네. 그들이 어떻게 달리는지 보라. 그들이⋯⋯.”(「세 마리 눈먼 쥐」를 개사한 것임.)

옆 칸의 화장실 문이 벌컥 열렸다. 그들이 발을 쿵쾅거리며 밖으로 나가는 소리가 들렸다. 나는 그대로 앉아서 커피를 마셨다.

2분 후 두 마리의 생쥐가 다시 화장실로 기어들었다.

내가 알 만한 목소리였다. 하지만 내가 여기서 모닝 커피를 즐기고 있다는 것을 그들은 알지 못했다. 나는 조용히 앉아 있었다.

"정말 여기서 불어도 되는 거야?"

저스틴이 작은 소리로 속삭였다.

"그렇다니까." 브라이언의 목소리였다. "괜찮아. 소리가 엄청 잘 울려."

그들은 바로 내 옆 칸으로 가서 문을 닫고 송 플루트를 불기 시작했다. 나는 1분쯤 기다렸다가 최대한 크게 외마디 소리를 질렀다. 아이들이 비명을 지르며 화장실을 뛰쳐나갔다.

저스틴이 아마 그 소리에 놀라 심장마비를 일으켰을 것이다.

나는 속으로 웃으며 커피를 마저 마셨다.

봄이 왔다는 것을 어떻게 아느냐고?

송 플루트 괴물들이 나타나면 봄이 온 것이다.

만우절 대처법

읽기를 어떻게 가르치고 수학을 어떻게 가르치며 학급을 어떤 식으로 이끌어나갈 것인지, 교실 뒤의 게시판을 어떻게 꾸미고 학생들에게 어떤 식으로 동기를 부여할 것인지를 교사들에게 일러주는 책들은 아마 수백 권은 될 것이다. 하지만 만우절을 어떻게 헤쳐 나갈 것인지에 대해 일러주는 책을 나는 아직 단 한 권도 보지 못했다.

매년 수천 명의 신참 교사들이 어떻게 하면 만우절을 무사히 넘길 것인지에 대한 아무런 지침도 없이 덜컥 첫 만우절을 맞이한다. 나는 그들이 너무나 안쓰럽다. 스티븐을 포함한 서른두 명의 악동들이 잔뜩 벼르고 있는 만우절을 무사히 넘기고 살아남는 데 도움이 되는 몇 가지 규칙들이 여기 있다.

규칙 1: 결근하라.

규칙 2: 만우절에는 학생이 건네주는 것은 절대 아무것도 먹지 마라. 치약을 잔뜩 바른 오레오 쿠키가 먹고 싶다면 모를까.

규칙 3: 만우절에는 학생이 건네주는 음료도 절대 마시지 마라. 세븐업 캔에 든 소금물이나 펩토 비스몰(소화 불량, 복통에 먹는 분홍색 물약)을 먹고 싶지 않다면 말이다.

규칙 4: 만우절에는 절대 화장실에 가지 마라. 좌변기 바로 밑에 랩을 씌워놓은 것을 단번에 알아차릴 능력이 없다면 말이다.

규칙 5: 아무것도 모르는 척 시치미를 떼라.

하지만 아이들이 사용하는 각각의 속임수에 무조건 같은 방식으로 시치미를 뗄 수는 없다. 그때 그때 필요한 시치미의 종류와 정도가 다르다. 예를 들어, 스티븐이 점심을 먹고 나서 샌드위치를 싸왔던 지퍼락 진공팩을 부는 것을 보면 짐짓 못 본 척하라. 아이들이 당신에게 의자에 앉으라고 권하면 의자 위에 놓아둔 당신의 스웨터 밑에 지퍼락으로 만든 방귀 쿠션이 있다는 것을 모르는 척하라. 당신이 의자에 앉으려고 엉덩이를 쭉 빼는 동안 아이들이 킥킥거리며 웃기 시작하는 것도 못 들은 척해야 한다. 의자에 앉은 다음에는 용수철처럼 튕겨져 일어나면서 깜짝 놀란 척하라. 스티븐이 당신의 스웨터 밑에 넣어둔 비닐팩을 짠! 하고 꺼내면 아까보다 조금 더 놀라는 척하면서 이렇게 물어라.

"누가 그걸 여기다 넣어 놨어?"

저스틴이 당신의 등을 토닥토닥 두드리는 게 느껴지면 그가 방금 당신의 셔츠 뒤에 포스트잇을 붙이고 있다는 것을 모르는 양 태연하게 행동하라. 그리고 당신의 등에 붙은 포스트잇을 아이들이 다 볼 수 있게 교실을 휘휘 돌아다녀라. 당신이 "나를 발로 차주세요!"라는 메모가 등에 붙은 줄도 모르고 여기저기 다니면 다닐수록 아이들은 우스워서 꼴딱 넘어갈 것이다. 메모가 떨어져버리면 스티븐이 그걸 주워서 다시 붙일 수 있게 잠시 걸음을 멈춰 주어라.

만일 당신의 책상 위에 플라스틱으로 만든 거미가 보이거든 깜짝 놀라 뒤로 펄쩍 물러나며 비명을 질러라. 그리고 교실 바닥에 플라스틱 강아지 똥이 보이거든 이번에도 깜짝 놀라며 소리를 꽥 질러라. 진짜 똥으로 생각하는 것처럼 행동해라.

그것이 플라스틱으로 만든 가짜 똥이라는 사실을 당신이 깨달은 후 아이들이 배를 잡고 웃으면 충격을 받았다는 듯이 그들을 노려보아라. 아무 말도 하지 마라. 그러고는 뒤로 돌아서 다시 똥을 쳐다보아라. 다시 돌아서서 아이들을 보아라. 다시 강아지 똥을 보아라. 강아지 똥과 아이들을 번갈아 쳐다보는 행동을 많이 하면 할수록 아이들은 더 많이 웃을 것이다.

아, 그리고 스티븐에게 플라스틱 강아지 똥과 뱀, 거미를 가방에 집어넣으라고 말하는 것을 잊지 마라. 그렇지 않으면 그는 분명히 5분 후에 똑같은 행동을 반복하려 할 것이고 아이들은 마치 그 광경을 처음 보는 듯이 똑같이 웃어댈 것이다.

부모들은 운이 좋다. 4월 1일 만우절에 소금물과 플라스틱 토사

물로 가방을 꽉꽉 채운 자신의 귀염둥이를 학교 앞에 내려주고 가
버리면 그만이니까 말이다. 난 정말 궁금하다. 스티븐이 새로 산
플라스틱 장난감들로 무얼 하려는 것인지에 대해 그의 어머니가
과연 생각해 보셨을까?

올해 나는 부모님들께 복수를 하기로 결심했다. 그날 수업이 끝
나기 전까지 나는 전체 학부모에게 일일이 이런 편지를 썼다.

아무개 부모님께,

귀댁 자녀가 오늘 반에서 장난이 너무 심해서 수업에 지장이 많
았습니다.

하루 종일 공부도 하지 않고 말대꾸만 했습니다. 자녀를 데리고
대화를 해보시기 바랍니다.

그럼 안녕히 계십시오.

담임 드림.

이렇게 쪽지를 쓴 다음 종이를 뒤집어 맨 아래쪽 한구석에 조그
만 글씨로 이렇게 썼다. "만우절!" 그래서 편지를 받아본 엄마들
이, 학교에서 못되게 군 것에 대해 화를 내면서 아이에게 버럭버럭
소리를 지르기 시작할 때쯤 아이들이 편지를 뒤집어서 보여주며
"만우절이지롱!" 이렇게 외치는 것이다.

부모님들은 아마 선생님한테 낚일 거라고는 생각도 못했을 것
이다. 아이들은 얼른 집에 가서 부모님이 속는 모습을 보고 싶어

안달이었다.

다음 날 아침 스티븐이 교실로 들어왔다. 잔뜩 풀이 죽은 얼굴이었다.

"무슨 일 있니, 스티븐?"

내가 물었다.

"한 달 동안 외출 금지 당했어요."

그가 말했다.

"왜?"

"어제 엄마한테 그 편지 보여드렸거든요."

"그런데?"

"엄마가 엄청 화를 내셨어요. 그래서 선생님이 쓴 걸 보여드리려고 편지를 뒤집었는데 아무것도 없는 거예요."

"아무것도 안 쓰여 있었다고?"

"선생님이 깜빡 잊으셨나 봐요."

내가 씩 웃었다.

"만우절이지롱!"

규칙 6: 그들을 이길 수 없다면 그들과 한편이 되어라.

아이들이 사는 목적 한 가지

조슈아의 어머니는 다이어트 클럽에 가입한 후부터 자신이 엄청나게 짜증이 늘었다는 것을 우리가 훤히 알고 있다는 사실을 알고 계실까? 션의 아버지는 자신의 새어머니가 만든 젤로 샐러드(젤라틴, 과일, 당근 등을 넣어 만든 푸딩 스타일의 샐러드)에 대해 그분에게 했던 말을 우리가 낱낱이 알고 있다는 걸 과연 알고 계실까? 아마도 리안의 아버지는 자신이 어젯밤에 소파에서 잤다는 사실을 우리가 몰랐으면 할 것이다. 또한 에밀리의 어머니는 자신이 「베이워치」라는 드라마를 볼 때마다 매번 눈물을 흘린다는 사실을 우리 반 아이들이 다 아는 걸 원치 않을 것이다.

듣지 말아야 할 이야기를 듣게 될 때마다 나는 몸이 움츠러들고 아이들이 집에 가서 내 얘기를 어떻게 할지 자못 궁금해진다. 하지만 나는 언제나 마음의 준비를 하고 있다. 만일 부모님이 물으시면 나는 이렇게 대답할 것이다.

"아이들이 저에 대해 하는 얘기는 반만 믿으세요. 저도 아이들이 부모님 얘기를 할 때 반만 믿거든요."

우리 형수는 딸이 학교에 가서 반 아이들에게, 엄마가 머리 염색을 했는데 너무 새빨갛게 나와서 밤새 울었다는 얘기를 했다는 걸 알고는 등골이 오싹해졌다고 했다. 그리고 우리 형 칼은 막내아들이 같은 반 친구들에게 자기 아빠가 고속도로에서 시속 150킬로미터로 달린다는 얘기를 했다는 걸 알고 기절할 뻔했다. 뿐만 아니라 아빠가 과속으로 걸려 이번 달에만 범칙금 고지서가 두 장이 날아왔는데 어떻게든 감언이설로 그 상황을 빠져나가려 했다는 얘기를 아이가 자기 반에 떠벌여 놓았다는 것을 알고 기가 막혀서 뒷목을 잡아야 했다. 학부모들이여, 조심하시라. 아이들이 전하지 않는 얘기란 없다. 우리 반 아이들은 사는 목적이 딱 세 가지다. 〈쉬는 시간〉, 〈점심시간〉, 그리고 나머지 한 가지가 바로 〈나눔의 시간〉이다.

사실이다. 게다가 더 심각한 것은 그 아이들은 일주일을 월요일, 화요일, 수요일, 목요일, 그리고 나눔의 요일이라고 생각한다는 것이다.

지금까지 살면서 맞이했던 나눔의 요일에 나는 대개 레고 발명품에 박수를 쳐주고, 햄스터를 붙잡고 있고, 수영 대회에서 받은 메달을 칭찬해 주고, 축구팀 영상 앨범에 「Try to Find Me」음악을 깔아주고, 낡은 봉제 동물 인형과 나무로 만든 모형 자동차,

그리고 움직이지 않는 거북이를 보고 흥분해 주는 일을 하면서
보냈다.

하지만 봉제 인형과 햄스터와 거북이가 다가 아니다. 때로는 정
말 웃지 못할 일들이 벌어지곤 한다.

어느 날, 안드레아가 교실 앞으로 걸어 나와 반 친구들에게 이
렇게 말했다.

"얘들아, 우리 엄마가 먹는 피임약이 떨어졌거든. 그래서 곧 내
가 남동생을 갖게 될 거야."

한 번은 그레그가 반 친구들에게 말하기를, 지난밤에 자기 집에
경찰이 와서 부모님의 화초들을 몽땅 가져갔다고 했다.

그리고 어느 해인가는 하이디가 엄마의 자궁 초음파 사진을 들
고 와서 곧 태어날 자기 동생이 왜 남자아기인지를 엄청나게 자세
히 설명해 주기도 했다.

해마다 나는 가장 속 깊은 얘기를 털어놓은 그 해의 챔피언을
선정한다. 아, 물론 그 사실을 아이들에게 말하지는 않는다. 하지
만 가끔 내 친구들에게는 얘기할 때가 있다. 올해는 제니가 3등을
차지했다.

"오늘은 무슨 얘길 할 거니, 제니?"

어느 나눔의 날에 내가 물었다.

"우리 엄마가 토요일 저녁에 디너 파티를 열어서 손님들이 많이
왔거든요. 그런데 엄마가 보니까 제 남동생이 혼자서 여기저기 막
걸어 다니다가 가구에 부딪혀서 넘어진 거예요. 그런데 손님 중에

의사가 한 분 있었어요. 그래서 엄마가 그분에게 제 동생이 괜찮은 지 좀 봐 달라고 했더니 그분이 하는 말씀이, 글쎄 동생이 술에 취했다는 거예요!"

"에이 설마, 제니. 네 동생은 이제 겨우 두 살이잖니."

믿기지 않는다는 듯 내가 말했다.

"정말이에요! 우리 엄마한테 들어보세요."

제니가 말을 이어갔다.

"그게 그러니까, 저녁을 먹기 전에 손님들이 서서 칵테일을 마셨거든요. 그때 사람들이 자기 술잔에 든 체리를 꺼내서 제 꼬마동생한테 준 거예요. 엄마가 대충 계산해 보니까 동생이 한 시간 동안 체리를 열 개는 먹은 거 같대요. 술이 잔뜩 밴 체리여서 그만 취해버린 거죠."

조이가 큰 소리로 끼어들었다.

"우리 삼촌은 고모 결혼식 날 잔뜩 취해가지고는……."

"고맙다, 조이."

나는 제니에게 다시 시선을 돌렸다.

"너도 고맙다, 제니. 이제 앉아도 좋아."

올해 2등은 에밀리에게 돌아갔다. 에밀리는 학교에 개를 데리고 왔다.

"이 개 이름이 뭐니?"

내가 물었다.

"미트로프(고깃덩이)요."

에밀리가 대답했다.

에밀리는 미트로프가 몇 살이고 어디서 샀는지, 뭘 먹는지를 우리에게 말해 주었다. 그리고 미트로프가 어떻게 앉고 눕는지를 보여주었다. 그러고는 개를 반대쪽으로 빙 돌렸다.

"그런데 이건 진짜 고환이 아니에요."

에밀리가 말했다.

나는 그 자리에서 얼어붙었다.

"이건 인공으로 만든 거예요."

에밀리의 말에 아이들이 고개를 숙여 미트로프의 다리 사이를 들여다보았다.

"그런데 얘는 자기한테 뭐가 없는지 몰라요. 이게 진짜인 줄 알아요."

에밀리가 말을 계속했다.

나는 고개를 떨어뜨렸다.

"이런 걸 뉴티클즈(인공 개 고환)라고 한대요."

"미트로프가 중성화 수술을 받았을 때 우리 아빠가 이걸 달아주자고 하셨어요. 얘는 수캐니까 남들이 보기에 진짜 수캐처럼 보여야 된다는 거예요."

"진짜처럼 보여."

조슈아가 말했다.

나는 에밀리와 미트로프 둘 다에게 감사했다. 하지만 안타깝게도 그들의 시간은 다했다. 올해 최고의 영예는 리안에게 돌아갔다.

어느 날 리안이 삼베 가방을 들고 교실 앞으로 걸어 나왔다.

"오늘은 뭘 가지고 나왔니, 리안?"

내가 물었다.

그는 가방을 높이 쳐들었다.

"알아맞혀 보세요!"

리안이 씩 웃으며 말했다.

우리는 저마다 짐작을 해보았다.

"오케이, 리안." 내가 말했다. "우리 모두 리안이 무슨 얘길 할지 생각해 보았다. 자, 이제 얘기해 보렴, 리안."

리안이 미소를 지었다.

"무당벌레요."

그가 자랑스럽게 말했다.

"리안, 장난하지 말고."

내가 말했다.

"어, 정말이에요. 무당벌레예요. 우리 삼촌이 농부인데요. 삼촌이 해마다 무당벌레를 주문해서 농작물에 풀어놓거든요."

"리안." 내가 천천히 말했다. "무당벌레를 주문해서 살 수는 없을 텐데."

"아니에요. 이거 보세요!"

리안은 가방을 묶었던 끈을 풀었다. 무당벌레 한 무리가 가방 속에서 날아 나왔다. 아이들이 전부 소리를 질러대며 의자 위에 올라서서 무당벌레를 잡으려고 했다.

“리안, 가방 도로 묶어!”

내가 소리를 질렀다.

“거 봐요. 제가 정말이라고 했잖아요.”

“그 가방 닫으라고!”

양치기 소년을
믿어야 할까?

"늑대다!" 하고 외쳤던 양치기 소년이 어느 학교에 다니는지 궁금해한 적이 있는가? 바로 우리 학교에 다닌다. 사실대로 말하면 심지어 우리 반이다. 그 아이의 이름은 숀이다. 숀은 보통 때 등 뒤에서 검지와 중지를 교차시킨 채(행운을 비는 뜻)로 말을 한다. 그는 일주일에 한 번쯤 내게 다가와서 하늘을 가리키거나 내 바지, 내 구두를 손가락으로 가리키며 소리를 지른다.

"어, 선생님, 저거 보세요!"

내가 쳐다보면 숀은 이렇게 소리치며 낄낄댄다.

"봤대요! 봤대요!"

이 짓이 그에게는 가장 흥미로운 일주일의 하이라이트이다.

그러다가 어느 날, 바지 지퍼가 내려왔다는데도 내가 내려다보지 않거나, 운동화 끈이 풀렸다는데 들은 척도 안 하거나, UFO가

방금 교장실에 내려앉았다고 하는데도 꿈쩍도 하지 않으면 숀은 미쳐버린다.

언젠가 하루는 숀이 한 발로 껑충껑충 뛰어 내 책상으로 왔다.

"선생님, 갑자기 다리가 안 펴져요."

그가 말했다.

나는 그의 다리를 내려다보았다. 오른쪽 무릎이 구부러져 있었다. 나는 그에게 〈턱 내리기 표정〉을 보여주면서 자리로 돌아가라고 말했다. 그는 한 발로 뛰어 자리로 돌아갔다.

몇 분 후 숀이 다시 내 책상으로 왔다.

"선생님, 정말이에요. 다리가 펴지질 않아요."

그가 똑같은 말을 했다.

"숀 워런." 내가 말했다. (선생님이 학생의 성과 이름을 갖춰서 부르는 것은 부모님이 집에서 아이를 그렇게 부를 때와 완전히 같은 경우다.) "자리로 돌아가라."

그는 어깨를 으쓱하더니 다리를 절뚝거리며 다시 책상으로 돌아갔다. 정말 타고난 연기자라고 생각하며 나는 고개를 절레절레 흔들었다. 하지만 그날 늦게 격렬한 발야구 시합의 심판을 보면서 나는 숀이 정말 다리를 저는 것을 알아차렸다.

"숀, 이리 와봐."

그가 다리를 절뚝거리며 내게 왔다.

"똑바로 서봐."

내가 말했다.

"제가 말씀 드렸잖아요. 똑바로 못 선다고."

"어디 좀 보자."

내가 무릎을 꿇고 앉으며 말했다.

나는 숀의 다리를 똑바로 펴보려고 했다. 하지만 되지 않았다. 나는 그를 양호실로 데려갔고 양호 선생님이 그의 어머니에게 전화를 걸었다. 어머니는 그를 병원에 데려가 X-레이를 찍었다. 의사는 그의 슬개골 바로 뒤에 박힌 핀을 찾아냈다.

분명 숀이 교실 카펫에 무릎을 꿇고 앉으면서 핀이 박혔을 것이었다. 그런데 그는 아픈 것도 몰랐다. 숀은 다음 날 자기 무릎에서 뽑아낸 핀을 가져와서 아이들에게 보여주며 자랑했다.

지난주에 숀이 또 내 책상으로 다가와 말했다.

"선생님, 몸이 아파요."

"어디 다리 좀 보자."

"다리가 아픈 게 아니라 배가 아파요."

그가 말했다.

"괜찮아. 가서 자리에 앉아."

일주일에 한 번 꼴로 이런 일이 반복된다. 그런데 그게 늘 수학 시간이다. 숀이 내 책상으로 와서 몸이 안 좋다고 말하면 나는 그를 자리로 돌려보내는 과정이 늘 똑같이 반복된다.

그런데 5분 후에 숀이 다시 내 책상으로 나왔다. 그때 우리는 소수를 배우는 중이었다.

"선생님, 정말 몸이 안 좋아요." 그가 다시 말했다. "저 화장실

갔다 오면 안 돼요?"

"숀, 넌 괜찮다니까. 자리에 가서 수학 공부 해."

내가 말했다.

그는 다시 자리로 돌아갔다. 2분쯤 후에 그가 다시 내 책상으로 나왔다.

"숀! 그만 좀 하라고!"

내가 소리를 질렀다.

"하지만 선생님." 그가 말했다. "정말로……."

그때 올 것이 오고야 말았다. 그가 먹은 아침과 점심이 한꺼번에 쏟아져 나왔다. 케이픈 크런치 시리얼과 슬로피 조의 햄버거가. 내 책상에, 내 셔츠에, 내 신발에까지 숀의 위장에서 나온 내용물이 뒤덮였다. 나는 최대한 옷을 닦아내고는 그날 남은 수업은 양말만 신고 했다.

　해마다 봄이 되면 나는 우리 학교 전체 3학년 학생들을 데리고 대규모 뮤지컬 공연을 한다. 그리고 그때마다 나는 자신에게 같은 질문을 한다. 대체 나는 왜 뮤지컬 공연을 무대에 올리는가? 미치지 않고서야 왜 90명이 넘는 3학년생들을 데리고 뮤지컬을 할 생각을 하는가?

　오늘은 마지막 드레스 리허설(의상을 입고 조명, 분장, 무대 장치까지 실제와 동일하게 갖춘 채 행하는 무대 연습)이었다. 후크 선장이 무대 아래로 떨어졌다. 한쪽 눈에 안대를 해서 앞이 잘 보이지 않았기 때문이었다. 잃어버린 아이들(the Lost Boys, 피터 팬과 함께 네버랜드에 사는 아이들)은 뜻 말 그대로 어디론가 없어져 버렸다! 악어는 꼬리가 문에 끼었다. 해적들은 모두 학생 식당에서 칼싸움을 했다는 이유로 방과 후어 남으라는 벌을 받고, 인디언들은 자기들은 칼싸움을 할 수 없다는 이유로 화를 낸다.

웬디는 무대 위에서 다른 배역들이 대사를 할 때마다 자기도 소리 내서 따라한다. 마이클은 1장 중간에 내게로 걸어오더니 화장실에 갔다 오면 안 되겠느냐고 물었다. 존은 수두에 걸려 학교에 나오지 않고 있다. 나는 우리가 지금 무슨 뮤지컬을 하고 있는지 팅커벨이 아직 모른다는 생각이 든다. 게다가 피터 팬은 어제 축구를 하다가 팔이 부러져서 오늘 아침에 야광 오렌지색 깁스를 하고 나타났다.

아이들을 돌보는 영리한 개 나나는 개가 아니라 꼭 암소처럼 보인다. 우리의 피아노 반주자는 극의 내용과 상관없이 오직 한 가지 템포로만 연주한다. 느리게. 그리고 터너 부인이 무릎까지 오는 인디언 의상을 커피로 염색하는 바람에 타이거 릴리(추장의 딸로, 후크 선장에게 납치되었는데 피터 팬이 구해줌)에게서 스타벅스 냄새가 난다.

리허설이 끝난 후 케이티가 나를 도와 무대에 떨어진 요정들의 반짝이 가루를 쓸고 있었다. 케이티가 극중에서 맡은 배역은 나무다.

"도와줘서 고마워, 케이티." 내가 말했다. "연극에 출연하는 거 재미있니?"

그녀가 비질을 멈추고 미소를 지었다.

"선생님, 저는 내일이 너무나 기다려져요. 우리 가족이 다 올 거예요. 엄마, 아빠, 남동생, 할머니, 할아버지까지요. 아버지는 회사에 휴가를 내셨어요. 그거 아세요? 제가 연극에 나오는 게 이번이 처음이거든요. 내년에는 또 다른 연극에 출연하고 싶어요. 그리고 저는 나중에 커서 꼭 연극배우가 될 거예요. 그거 아세요, 던 선생님?"

나는 그 아이를 쳐다보았다. 이제 생각이 났다. 내가 왜 90명이 넘는 3학년 아이들을 데리고 해마다 뮤지컬을 무대에 올리고 있는지를. 이제 난 그 이유를 알 것 같다.

학급 비품 24계명

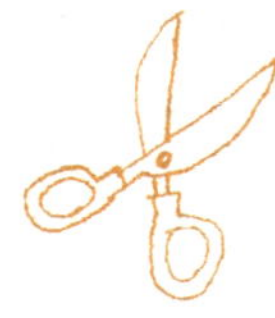

정말 당황스럽다. 내가 아무리 애를 써도 우리 반 아이들은 여전히 교실의 기본적인 학급 비품을 다른 것과 혼동한다.

벌써 4월인데 조슈아는 아직도 자신의 책상을 쓰레기통으로 착각한다. 조이는 공을 의자로 알고, 패트릭은 연필을 면봉으로 안다. 뭔가 대책을 세워야만 했다. 이 녀석들을 이 상태로 세상에 내보낼 수는 없다. 눈에 훤히 보인다. 어느 날 조슈아는 쓰레기 수거일에 자기 책상을 길가에 내다놓을 것이다. 조이는 자신의 식당을 호피티 홉스(점핑볼)로 장식할지도 모르고, 패트릭은 저렇게 아무 것으로나 귀를 후비다가는 조만간 귀가 안 들리게 될 것이다. 그리고 그것은 모두 내 잘못이 될 것이다. 뭔가 조치를 취해야만 한다. 그래서 나는 커다란 게시물을 만들어 교실 문 앞에 붙여놓기로 했다. 여기 그 내용이 있다.

1. 이것은 가위다.

   가위로는 물건을 자른다. 이걸로 자기 머리카락은 자르지 않는다. 친구의 머리카락 또한 이걸로 자르지 않는다.

2. 이것은 펜 뚜껑이다.

   이것은 펜에 씌워놓아야 하는 것이다. 그래야 너희가 한 번 이상 펜을 쓸 수가 있고, 왜 까만색 펜이 하나도 안 나오느냐고 매일 내게 물어보지 않아도 되는 것이다.

3. 이것은 마스킹 테이프다.

   유괴놀이를 하라고 있는 것이 아니다. 그리고 리안이 입에 테이프를 붙이고 말을 해도 그 말을 알아들을 수 있는지 시험해 보기 위해 사용해서는 안 된다.

4. 이것은 유성펜이다.

   종이에 글씨를 쓰는 데 사용한다. 손바닥에 친구 전화번호를 쓰는 데 사용하지는 않는다. 팔에 문신을 그리는 데 사용하는 것도 아니다.

5. 이것은 내 자동차 열쇠다.

   이것을 가지고 숨바꼭질을 하지는 않는다.

6. 이것은 내 커피 머그잔이다.(이하는 5번과 같음)

7. 이것은 종이 클립이다.

   종이들을 하나로 묶어서 정리하기 우한 것이다. 이것은 치아 교정 장치가 아니다. 너희들은 교정기를 사용하지 않는다.

8. 이것은 외투걸이다.

옷을 걸어두는 것이다. 외투걸이와 외투는 친구다. 둘은 함께 있고 싶어 한다.

9. 이것은 자 막대기다.

이것으로 우리는 길이를 잰다. 이것은 검이 아니다. 하키 스틱도 아니고 골프 클럽도 아니다. 창던지기 할 때 쓰는 창도 아니고 무기로 쓰는 창도 아니다.

10. 이것은 크리넥스다.

우리는 이것으로 코를 푼다.

11. 이것은 빈 휴지통이다.

코를 푼 다음, 휴지는 여기에 버리는 것이다.

12. 이것은 책상이다.

이것은 쓰레기통이 아니다. 이것은 장난감 상자가 아니다. 헬로 키티 가게도 아니다.

13. 이것은 현관 매트다.

진흙이나 눈을 밟고 돌아다닌 후에 실내로 들어올 때는 여기에 발을 닦는다.

14. 이것은 카펫이다.

저 발자국들을 봐라. 너희가 교실에 들어올 때 현관 매트에 발을 닦지 않으면 카펫이 저렇게 된다.

15. 이것은 식수대다.

우리는 여기서 물을 마신다. 새를 목욕시키는 곳이 아니다. 샤워장도 아니다. 식수대는 물총이 아니다.

16. 이것은 신문이다.

우리가 카펫 위에서 그림을 그릴 거라면 미리 도화지 밑에 신문지를 깐다.

17. 이것은 카펫을 닦는 세정제다.

방금 너희가 그림을 그린 카펫을 닦는 데 사용하는 것이다.

18. 이것은 도시락을 담는 비닐 가방이다.

이것은 폭탄이 아니다. 입으로 바람을 불어넣어서 터질 때 얼마나 큰 소리가 나는지 보기 위한 것이 아니다.

19. 이것은 주스 팩이다. 이것도 폭탄은 아니다.

20. 이것은 그림붓이다.

우리는 이것에 물감을 묻혀서 종이에 그림을 그린다.

21. 이것은 학생이다.

우리는 학생에게 그림을 그리지 않는다.

22. 이것은 전화기다.

전화를 걸고 받는 데 쓴다. 방금 네가 에리카에게 그림을 그렸다고 네 어머니께 전화를 걸기 위해 내가 버튼을 누르는 것을 봐라.

23. 이것은 의자다.

우리는 의자 위에 올라서지 않는다. 의자를 놓고 장애물 경주를 하지도 않는다. 의자 위로 걸어 다니지도 않는다. 의자는 앉기 위한 것이다.

24. 이것은 좌석 안전벨트다.

너희가 지금 당장 엉덩이를 의자에 붙이고 앉지 않는다면 곧

의자에 안전벨트가 부착될 것이다!

여섯 가지 교실의 유형

이 세상에는 딱 여섯 종류의 교실이 있다는 것을 당신은 아는가? 이건 사실이다. 어느 학교든 가보라. 그러면 모든 교실은 여섯 가지 유형 중에 하나라는 것을 알게 될 것이다. 자동차가 그렇듯이 교실에도 이름이 있다. 이 여섯 가지 유형의 이름은 바로 충격, 꾸밈, 자연주의, 산더미, 병원 그리고 모델하우스다. 우리 학교에도 물론 여섯 가지 교실이 다 있다.

내 친구인 킴 선생님은 복도 끝쪽 교실에서 2학년들을 가르친다. 그녀의 교실은 〈충격〉이다. 그곳은 모든 벽, 창문, 출입문, 심지어 수납장까지도 아이들의 작품, 깃발, 포스터, 포켓 차트(단어, 숫자, 그림 등 학습에 도움이 되는 다양한 카드들을 붙일 수 있게 만든 교구), 지도 등으로 뒤덮여 있다. 한 치의 빈 공간도 없다. 천장도 예외가 아니다. 모든 물건에는 당연히 이름표가 붙어 있다. 장갑, 휴지걸이, 피아노, 심지어 토끼한테도 라벨이 붙어 있다.

다운 선생님은 교실 〈꾸미기〉의 대가다. 그녀는 균형감을 찾기 위해 거울을 걸어놓고 소음 공해를 줄이기 위해 식물을 심으며 부정적인 에너지를 흡수하라고 풍경을 매달아 놓는다. 그리고 아이들이 조용히 책을 읽는 시간에는 잔잔한 음악을 틀어놓는다. 교실 뒤쪽의 어항에는 금붕어가 있고 그 어항 한쪽 구석에는 작은 분수가 있다. 그녀는 교실에서 곧잘 촛불을 켜곤 했었는데 한 번 화재경보기가 울린 뒤로는 이제 그건 하지 않는다.

마이크 선생님의 교실은 〈자연주의〉적이다. 몇 년 전에 그는 플라스틱으로 만든 수납 용품을 다 내다버리고 대바구니를 사용하기 시작했으며 카펫을 걷어버리고 형광전구도 모두 빼버렸다. 그는 삼으로 만든 옷을 입고 그의 아이들은 홀치기염색을 한 옷을 입는다. 그의 반 학생들은 어머니의 날 선물로 매듭 공예 작품을 만들고 그루터기에 앉아 당근으로 만든 간식을 먹는다.

나는 마이크 선생님과도 다르고 다운 선생님처럼 하지도 않으며 킴 선생님 부류도 아니다. 나는 어느 쪽이냐 하면 〈산더미〉처럼 쌓아놓는 부류다. 우리 반에는 책상에도 바닥에도 종이가 쌓여 있다. 심지어 토끼장 위와 각종 서류철 위에도 종이들이 잔뜩 쌓여 있다. 내게는 서류철들을 넣어두는 캐비닛이 세 개 있다. 그걸 열고 보면 그 안에도 종이 더미들이 가득하다. 하지만 그런 식으로 사방 천지에 물건을 쌓아두고 선생님 노릇을 하기가 쉬운 게 아니다. 쌓아두기 좋아하는 사람들은 종종 오해를 받거나 뒤에서 놀림

감이 되기도 하는데, 특히 교실을 병원같이 해놓는 사람들은 우리 같은 부류를 이해하지 못한다.

〈병원〉 같은 교실에는 벽이나 천장, 출입문, 수납장에 아무것도 걸려 있지 않다. 병원 같은 교실에서 아이들을 가르치는 선생님은 손가락에 침을 슥 묻혀서 오버헤드 영사기의 투명 필름을 닦아내는 일이 없다. 그들은 종이로 화산을 만들 때 선생님 책상 위로 얼마나 많은 양의 용암이 뿜어져 나오는지 보여주려고 탄산수소나트륨과 식초를 추가로 더 넣지도 않는다.

언젠가는 나도 〈모델하우스〉 같은 교실에서 아이들을 가르쳐보고 싶다. 그것은 나의 환상이다. (산더미처럼 쌓아놓는 사람들이 상상하는 건 또 즐긴다.) 내 친구 리사는 모델하우스 같은 교실에서 1학년을 가르친다. 나는 리사의 교실을 방문하는 것을 좋아한다. 그녀는 교실 구석에 인조 무화과나무를 심어놓고 카펫 위에는 비닐 커버를 씌운다. 세면대 옆에는 손님용 수건이 놓여 있다. 청소 도구함에는 전면에 거울이 붙어 있고 그녀의 책들은 똑같은 색의 표지로 싸여 있다.

물론 두 가지 교실이 결합된 형태도 있다. 과학 실험 담당인 시몬 선생님은 자신이 반은 자연주의 쪽이고 반은 충격 쪽이라고 말한다. 2학년을 가르치는 내 친구 매리언 선생은 자신이 75퍼센트쯤은 꾸미기 성향이고 나머지 25퍼센트는 모델하우스 성향이라고 말한다. 그리고 음악을 가르치는 기혼의 피셔 선생님은 자신의 교실이 5분의 1 정도는 충격에 속하고 5분의 4는 산더미 스타일에 가깝다고 말한다. 우리는 그래도 서로서로 잘 지낸다.

하지만 어떤 스타일은 절대로 서로 양립할 수가 없다. 예를 들어 병원 스타일과 산더미 스타일이 한 사람에게 공존할 수는 없다. 아니, 어쩌면 가능한 일일 수도 있겠다. 그런 경우엔 당신이 쌓아 놓은 산더미에서 소독제 냄새가 나려나?

정말,
샘이 나서 배가 아프구나

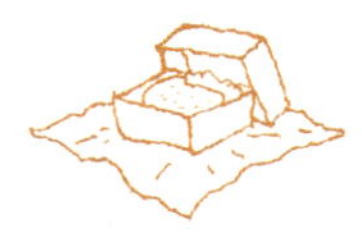

항상 새해가 시작될 쯤에 나는 오랜 친구 재니스와 점심을 함께 한다. 재니스와 나는 같은 해에 대학을 졸업했다. 나는 교육학과였고 그녀는 경영학 전공이었다. 재니스는 돈을 벌고 싶어 했다. 나는 아이들과 함께 학생 식당으로 걸어가는 꿈을 꾸었다.

재니스는 큰 금융 회사의 공동 경영자였고 직함이 여러 개였다. 나는 그녀가 무슨 일을 하는지 실은 잘 모른다. 회계 감사와 관련된 분야일 거라고 생각할 뿐이다. 그녀의 일을 이해하는 척하지도 않는다. 내가 가르치는 수학에서 가장 어려운 것이 장제법(12 이상의 수로 나누는 나눗셈)이니까.

재니스는 최근에 여름 별장을 구입했고, 주말엔 비행기로 몬테카를로에 가서 지내다오고, BMW를 몰고 다닌다. 나는 그렇지 않고, 그럴 수도 없고, 앞으로도 그럴 일은 절대 없을 것이다.

생각해 보면 이건 정말 불공평하다. 재니스와 나는 거의 비슷한 시기에 취직을 했는데 지금 그녀가 버는 돈은 내 수입의 두 배가 넘는다. 그녀에겐 멋진 회사 차가 제공되고, 매년 10에서 15퍼센트의 연봉 인상에 두둑한 보너스도 받는다. 그녀는 항상 회사 일로 비행기를 타고 이곳저곳을 날아다닌다. 나로 말하면, 이 모든 것의 좋은 점이 있다면 그녀에게 점심값을 내도록 하는 것뿐이다.

지난주에 재니스는 베를린에서 막 돌아왔다. 그녀는 객실에 과일 바구니가 놓여 있고 욕실에는 코튼 볼(작고 동그란 솜)이 비치된 으리으리한 호텔에 묵었다. 그녀는 칵테일 파티에 초대되었고 달팽이와 철갑 상어알을 포함해 일곱 가지 요리가 코스로 나오는 식사를 대접받았고 밤에는 달빛 아래에서 보트 여행을 즐기기도 했다.

"샘이 나서 배가 아프다!"

두 손으로 식탁을 탕 내리치며 내가 말했다.

"왜?" 그녀가 물었다.

"지난번에 내가 학교 일로 출장을 갔을 때는 숙소가 엘크스 롯지 모텔이었어. 게다가 점심은 직접 싸가지고 가야 했지. 그래서 배가 아프다, 왜! 그뿐인 줄 아니? 나는 적립금 통에 동전을 넣지 않고 커피 한 잔 마신 적이 없고 교직원 파티에 가도 피자 값을 추렴하지 않은 적이 없어."

그녀가 소리 내어 웃었다.

"네 여행 경비와 호텔비와 과일 바구니 값은 다 누가 내니?"

“아, 어떤 때는 회사에서 내주기도 하지만 대부분 고객들이 부담하지. 고객들이 거의 큰손이거든.”

그녀의 대답이었다.

“고객이라고!” 내가 소리쳤다. “너, 내 고객이 누군지 알아? 내 고객들도 쩨쩨하진 않아. 내 고객들은 초코우유만 먹거든. 그리고 상자 안에 장난감이 함께 들어 있는 것만 먹어. 게다가 무엇이든 견과류가 박힌 건 입에도 안 대지. 내 고객들에게 캐비어를 먹겠냐고 물어보면 아마 웩웩거리면서 그 자리에 쓰러지고 말 거다. 아, 그만 좀 웃어!”

“알았어, 알았어.” 그녀가 말했다. “하지만 교사가 회의에 참석하거나 그럴 때는 그럼 어떻게 하는데?”

“회의? 내가 참석하는 회의라고는 천사같이 귀여운 자신의 아이가 네 글자 욕설을 알고 있으리라고는 상상도 못하고 있던 학부모들과의 회의뿐이야.”

“아니, 농담하지 말고.”

내가 잠시 말을 멈추고 앞으로 몸을 기울였다.

“재니스, 내가 설명을 해주지. 만약 교사가 어떤 회의에 참석하고 싶다면 자비로 가야 해.”

“정말?” 그녀가 물었다. “그럼 책이나 블록같이 아이들을 가르칠 때 필요한 온갖 물품들은 어떻게 하니?”

나는 그녀를 쳐다보았다.

“재니스, 그런 학습 교구들을 구입하는 비용으로 교사들한테 일

년에 얼마쯤 나올 것 같니?”

“나야 모르지.”

“그러지 말고 짐작이라도 해봐.”

그녀가 잠시 생각했다.

“모르겠다. 한 2천 달러 정도?”

“거기서 0을 하나 빼면 비슷해.”

“설마.”

“이렇게 설명하는 게 쉽겠다. 그러니까 우리가 일 년에 교구 구
입비로 받는 돈이 대충 네가 베를린 호텔 객실 안의 소형 냉장고를
이용하고 지불한 돈과 맞먹을 거야.”

“말도 안 돼!”

그녀가 소리쳤다.

“정말이야. 그래도 나는 근속 기간이 좀 되잖아. 그 동안 모아놓
은 교구들도 꽤 있고. 하지만 신참 교사들은 아무것도 없이 시작해
야 되니까 더 심각하지. 내가 처음 교직에 발을 들여놓았을 때 뭘
가지고 시작했는지 아니?”

“뭔데?”

“스테이플러 철심을 빼는 기구, 1939년에 만든 지구본, 그리고
개미 농장 하나가 전부였어.” 내가 말했다. “부임한 첫해는 카펫에
박힌 스테이플러 심을 빼내고 개미를 들여다보느라 일 년을 다 보
냈지.”

“아, 그 말을 들으니 생각났다.”

재니스가 가방에 손을 넣어 뒤적거렸다.

"자, 네가 갖다 달라던 코튼 볼."

"고맙다." 내가 말했다.

웨이터가 와서 우리 테이블에 주문한 음식을 놓고 갔다. 나는 그녀가 시킨 샌드위치를 쳐다보았다.

"어, 그 이쑤시개 내가 가져도 될까?"

내가 물었다.

재니스가 자신의 샌드위치를 내려다보았다.

"그럼. 근데 왜?"

"그것도 학교에서 쓸 데가 있거든."

그녀가 웃었다.

"빨대도 주랴?"

"좋지." 내가 대답했다.

"농담이야."

"난 농담 아닌데. 이리 줘."

내가 손을 내밀며 말했다.

나는 그녀의 샌드위치를 빤히 보면서 싱글싱글 웃었다.

"우리 반에 토끼가 한 마리 있다고 내가 너한테 얘기했던가?"

재니스가 두 손으로 접시를 가렸다.

"너, 설마 내 샐러드를 가져가겠다는 건 아니지!"

넥타이 코팅하던 날

나는 무엇이든, 그야말로 거의 모든 것을 코팅한다. 포스터, 이름표, 서류철, 책 표지, 부동산 업체에서 준 달력도 예외가 아니다. 뭐든 말씀만 하시라. 내가 코팅하지 않는 것은 없었다. 그래서 사람들은 나를 〈코팅의 제왕〉이라고 불렀다.

내 상태는 점점 더 심해졌다. 한 번은 교장 선생님이 내게 물어볼 것이 하나 있다면서 쪽지를 보내왔다. 그런데 거기에 덧붙인 포스트잇에 이렇게 적혀 있었다.

"제발, 제 질문에 그냥 답만 해주세요. 코팅은 하지 마시고요."

하지만 나는 이제 코팅기라면 딱 질색이다. 근처에도 가기 싫다.

어떻게 된 일이냐 하면, 어느 날 저녁에 내가 교무실에서 학부모 총회 때 쓸 아이들 작품을 코팅하고 있을 때였다. 꽤 늦은 시간이었다.

코팅 기계가 어떻게 생겼는지는 아마 다 알 것이다. 가로가 1미터쯤 되는 그 기계는 테이블 위에 올려늫고 사용하게끔 되어 있고 두 개의 커다란 비닐 롤이 걸려 있다. 당신이 코팅하고 싶은 것이 있으면 무엇이든 한쪽으로 밀어 넣기만 하면 된다. 종이가 두 개의 코팅용 비닐 사이로 스르륵 빨려 들어가면 비닐이 뜨거워지면서 종이 위에 덧입혀지게 되는 것이다. 그러면 당신이 넣은 종이는 멋지게 코팅이 되어 반대편으로 나온다. 아주 근사하다.

그날도 나는 콧노래까지 흥얼거리면서 아이들의 작품을 하나하나 조심스럽게 코팅기에 밀어 넣고 있었다. 그런데 그때, 무언가가 잡아당기는 느낌이 왔다. 나는 아래를 내려다보았다. 내 넥타이가 코팅 기계 속으로 빨려 들어가고 있는 것이 아닌가! 즉각 나는 몸을 뒤로 빼보았지만 단단히 물린 넥타이는 빠져나오지를 않았다. 나는 다시 한 번 넥타이를 힘껏 잡아당겼다. 허사였다. 세 번째로 몸을 뒤로 홱 젖혔지만 행운의 여신은 내 편이 아니었다. 그러는 동안 나는 점점 더 기계 속으로 말려 들어가고 있었다. 오, 맙소사. 이제 죽었구나! 하는 생각이 들었다.

신문의 머리기사가 눈에 아른거렸다.

"교사가 코팅기에 납작하게 깔리다.", "교사, 뜨거운 코팅용 비닐 속에서 질식사하다.", "선생님이 예술 작품이 되었다.", "J. C. 페니(미국의 백화점 체인) 사가 백만 거의 넥타이를 리콜 처리했다."

나는 코팅기의 스위치를 손으로 탕 내리쳤다.

하지만 코팅기는 계속해서 돌아갔다.

“제기랄!”

나는 신음을 토했다.

내가 내리친 건 전원 버튼이 아니라 가열 버튼이었다. 나는 또 다른 단추를 눌렀다. 그랬더니 이번에는 비닐 롤러가 더 빨리 돌아가기 시작했다.

“안 돼―애―애―애―애!”

나는 소리쳤다.

나는 테이블 아래로 간신히 손을 뻗어 전선들을 더듬어 보았다. 전선이 손에 잡혔다. “오, 하느님, 감사합니다.” 나는 전선을 꽉 잡고 있는 힘껏 잡아당겼다. 순간 모든 것이 딱! 멈췄다.

나는 눈을 감고 안도의 한숨을 내쉬고는 테이블 가장자리에 턱을 내려놓았다. 그러고는 한 십 초쯤 움직이지 않고 그대로 있었다. 내 머리와 코팅기 사이의 거리는 불과 20센티미터도 안 되었다.

나는 마침내 고개를 들고 교무실 안을 휘 둘러보았다. 이 망할 놈의 물건에서 어떻게 빠져나올 것인가? 나는 곰곰이 생각했다. 넥타이를 푸는 것은 불가능해 보였다. 넥타이 뒤쪽의 좁다란 부분까지 기계에 물려 들어간 상태였다. 그때 탁자 위에 놓인 가위가 눈에 들어왔다. 나는 손을 뻗어 그것을 집으려 해보았지만 거리가 너무 멀었다.

빌어먹을! 이제 어떻게 할 것인가?

“저기요―오―오―오.”

나는 나직이 말했다.

"아무도 안 계세요—오—오—오?"

아무 대답이 없었다.

오, 이런. 만약 여기서 빠져나가지 못한다면 내일 아침에 다른 선생님들이 내 모습을 다 보게 될 것이다.

나는 좀 더 소리를 높였다.

"도와주세요—오—오! 사람 살려요—오—오—오!"

내가 소리쳤다.

목청이 터지도록 소리를 지른 지 10분쯤 되었을까, 드디어 매리언 선생님이 교실로 들어왔다. 그녀가 손을 입으로 가져갔다.

"웃지 마세요."

내가 말했다.

"날 좀 여기서 빼줘요!"

"아니, 대체 어쩌다가⋯⋯?"

그녀가 물었다.

"그런 건 묻지 마시고요! 그냥 나를 좀 꺼내 달라고요."

내가 말했다.

"저쪽에 있는 가위로 이 넥타이 좀 잘라 주세요."

"자르라고요?"

"잘라요!"

내가 소리쳤다.

"하지만 좋은 넥타이 같은데."

그녀가 말했다.

"이 빌어먹을 넥타이 따위는 어떻게 되든 상관없어요. 그러니까 그냥 날 좀 꺼내 달라니까요! 그리고 좀 그만 웃어요. 뭐가 그렇게 재미있다고."

매리언이 넥타이를 잘랐고 나는 구제되었다. 그날 밤 나는 그녀에게 아무에게도 말하지 말아 달라는 부탁에 부탁을 했고 다짐을 받았다. 하지만 매리언은 비밀을 지키는 데는 소질이 없었다. 그 후로 몇 주 동안 슈퍼마켓이나 주유소 등 어딜 가든 나를 지나쳐 가는 낯선 사람들이 내 넥타이를 손으로 가리키며 배꼽을 잡고 웃어댔다.

나는 아버지에게 전화를 걸어 그 이야기를 해드렸다. 아버지 역시 웃음을 멈추지 못하셨다. 그 넥타이가 아버지 것이라는 얘기를 들으시기 전까지는 말이다.

휴가가 필요하다고 느낄 때

67일 동안 당신 바로 앞자리에 앉아 있었던 아이의 이름이 기억나지 않을 때.

방금 동전을 넣고 자동 세차를 하고 나왔는데 자동차에 여전히 덮개가 씌워져 있다는 사실을 까맣게 모르고 있을 때.

휴대전화를 리모컨인 줄 알고 텔레비전을 끄겠다고 5분 동안 씨름할 때.

크리스마스 쇼핑을 하러 백화점에 갔다가 나오면서 주차장에 세워놓은 차가 없어졌다는 사실을 알고 집에 와서 보험회사에 신고했는데 다음 날 시어즈 백화점에서 전화가 와서 타이어 교체 끝났다면서 언제 차를 가지러 올 수 있느냐고 당신에게 물을 때.

〈PE(physical education, 체육)〉의 스펠링이 생각나지 않을 때.

비밀 산타가 강력한 진통 효과를 발휘하는 타이레놀을 준 데 대해 당신이 감격할 때.

학생 식당에서 열린 성대한 겨울 콘서트에 참석해 준 모든 학부모에게 환영의 인사말을 하고 피아노 앞에 앉아 첫 곡을 치기 시작하려는데, 그 시간에 120명의 학생들이 이제나저제나 당신이 차를 가지고 도서관으로 데리러 오기를 기다리고 있다는 걸 새까맣게 잊고 있었을 때.

손에 들고 있는 커피 머그잔을 찾아서 30분째 온 학교를 돌고 있을 때.

받아쓰기 시험을 방금 막 끝내고 돌아서는데 당신이 불러준 단어들의 스펠링이 칠판에 고스란히 적혀 있는 걸 발견할 때.

쉬는 시간이 시작되려면 20분이나 남았는데 "자, 애들아, 청소를 시작할 시간이다."라고 말할 때.

교실에서 아이들에게 『제임스와 거대한 복숭아』를 읽어주는데 제임스와 스파이커 이모, 스폰지 이모, 지네와 메뚜기, 무당벌레까지 완전히 똑같은 목소리로 읽고 있을 때.

「찰리 브라운의 크리스마스」 비디오가 고작 27분짜리여서 기분이 언짢을 때.

새벽 3시에 눈을 말똥말똥하게 뜨고 침대에 누워 「하얀 눈사람 프로스티」라는 노래를 콧노래로 157번째 부르고 있을 때.

페넬로페의 외박

　페넬로페(우리 반 애완용 토끼)는 하루 종일 내 테이블에 앉아 잠을 자고, 먹고, 내가 보고 있지 않을 때는 나를 비웃는다. 주말이 되면 나는 페넬로페가 다른 곳에서 먹고 자고 나 말고 다른 사람을 비웃을 수 있도록 아이들의 집으로 페넬로페를 딸려 보낸다. 지난 주에는 사라가 페넬로페를 데려갈 차례였다.

　사라의 어머니는 금요일 방과 후에 페넬로페를 데리고 가서 월요일 아침에 다시 데려다주었다.

　"페넬로페를 돌봐주셔서 고맙습니다.'

　페넬로페를 학교에 데려다놓고 돌아가는 사라의 어머니에게 내가 말했다.

　"아니에요. 아주 재미있었어요."

　사라의 어머니가 대답했다.

그런데 주말을 재미있게 보낸 것이 비단 그들 가족만은 아니었다. 사라가 깜빡 잊고 내게 하지 않은 얘기가 있는데, 그것은 바로 그들 가족이 원래 키우는 발정 난 수토끼 랄프에 대한 얘기였다. 그리고 물론 사라는 주말 내내 페넬로페와 랄프를 같은 우리에 넣어두었다! 그리고 분명 수토끼 랄프는 결코 사양이라는 걸 모르는 녀석이다.

그 결과 머잖아 얼마나 많은 새끼 페넬로페와 랄프들이 우리 교실에 넘쳐날지는 오직 하나님만 아실 것이다. 그냥 나를 닥터 둘리틀(동물의 말을 알아듣는 드라마 속 주인공으로 동물병원을 운영하고 있는 수의사)이라고 불러 달라. 그리고 그 토끼들을 전부 교실에서 키우자고 서른두 명의 아이들이 나를 졸라대는 동안 나는 그 녀석들을 입양 보낼 가정을 물색하느라 고생해야 할 것이다. 고맙다, 사라야. 고맙습니다, 사라 어머니. 고맙네, 랄프군!

지금 나는 페넬로페와 말을 하지 않는 중이다. 이제 페넬로페는 외출 금지다. 앞으로 그녀에게 결코 외박은 없을 것이다.

킬러를 잡아라!!!

　나는 세 마리의 햄스터와 두 마리의 기니피그, 토끼 한 마리, 잉꼬 한 마리, 그리고 금붕어 한 마리와 함께 한 해를 시작했다. 지금은 토끼 한 마리와 햄스터 두 마리로 식구가 줄었다. 당신이 지금 무슨 생각을 하는지 나는 안다. 내가 동물들을 제대로 돌보지 않는 사람이라고 생각할 것이다. 하지만 그것은 사실이 아니다. 내 나름대로는 정성껏 키웠는데 잃어버렸을 뿐이다.

　험프리는 내가 제일 좋아했던 햄스터였다. 어느 날 지수가 가서 만져보더니 험프리가 그곳에 없다고 했다. 그가 어떻게 우리를 빠져나왔는지 알 수가 없다. 그 햄스터 우리는 앨커트래즈(미국 샌프란시스코 만의 작은 섬으로 연방 교도소가 있었음)라고 불리었다. 그런데 그곳을 탈출한 것이었다.

　우리는 험프리의 행방을 사방으로 찾아보았다. 케니와 아론은

큼지막하게 전단을 만들어 "이렇게 생긴 햄스터를 보신 적 있나요?"라고 적은 다음 찾아주시는 분께 사례하겠다고 덧붙였다. 그런 다음 멜라니가 전단마다 일일이 험프리의 얼굴을 그려 넣었다. 시내의 전신주마다 험프리를 찾는 전단을 붙였다. 아이들은 매일같이 내게 물었다.

"험프리가 언제 돌아올까요?"

"내 생각엔 험프리가 아무래도 긴긴 여행을 떠난 것 같다."

마침내 내가 말했다.

루시는 우리 반에서 키우던 잉꼬였다. 우리는 루시를 사랑했다. 그리고 루시는 노래 부르기를 좋아했다. 루시가 가장 좋아하는 노래는 「선반 위의 맥주 100병」인데 이 노래는 브라이언이 루시에게 가르쳐놓았다. 학부모 회의를 할 때 루시가 이 노래를 시작하면 좀 당황스러웠다.

어느 날 마이클이 새장을 청소한다고 루시를 밖으로 데리고 나갔다. 그가 바닥의 배변판을 빼내고 새장을 거꾸로 뒤집는 순간 루시는 훨훨 날아 영영 우리 곁을 떠나버렸다.

샘에 대해서는 사실 얘기하기가 좀 당혹스럽다. 샘은 금붕어였다. 대체 어떻게 하면 금붕어를 잃어버릴 수 있는지 나는 알다가도 모르겠다. 하지만 어제까지 잘 있던 금붕어가 감쪽같이 사라져버렸다. 나는 아이들에게 『모자 쓴 고양이』를 읽어주었다. 분명 샘도 아이들과 함께 그 이야기를 듣다가 자기도 그 책 속의 금붕어처럼 되려고 했음에 틀림없다. 금붕어 앞에서는 절대로 『모자 쓴 고양이』를 읽지 마라.

지난주에 스티븐이 수업 시작 전에 커다란 양동이를 들고 내게 왔다.

"이거 보세요, 선생님!"

그가 뚜껑을 열면서 말했다.

나는 화들짝 놀라 뒤로 물러났다.

"키워주시면 안 돼요?"

스티븐이 애원했다.

양동이 안에는 4미터 가까이 되는 검은 보아뱀 한 마리가 들어 있었다. 좋다. 4미터는 아니라고 하자. 하지만 그건 분명 뱀이었고 나는 뱀이라면 딱 질색이다.

"이걸 누가 여기다 넣어놨니?"

내가 물었다.

"저희 엄마가요."

스티븐이 대답했다.

"네가 학교에 뱀을 가져온 걸 어머니가 아시니?"

"네, 엄마가 가져가라고 그랬는데요."

나는 얼굴을 찡그렸다.

"어머니께 감사하다고 전해드려라."

자신들이 더 이상 원치 않게 된 햄스터와 생쥐, 기니피그, 토끼, 보아뱀 등을 내게 그만 좀 보내라고 누가 엄마들에게 얘기 좀 해주겠는가? 여기는 동물원이 아니고 나는 애완동물 가게를 운영하는 사람이 아니다.

"선생님, 제발요. 우리가 키우면 안 돼요?"

스티븐이 계속 애걸을 했다.

나는 한숨을 내쉬었다. 그때 내 머릿속에서 선생님의 목소리가 조그맣게 들렸다. 그 목소리는 이렇게 말하고 있었다.

"동물은 아이들에게 좋다. 동물은 아이들에게 책임감을 가르쳐 준다. 그리고 동물은 교실에 온기를 불어넣는다. 이 아이가 얼마나 좋아하는지 봐라."

가끔 나는 이 목소리가 끔찍이도 싫다.

"좋아." 내가 말했다. "하지만 나는 저것의 근처에도 가지 않을 거다. 그런데 애 이름이 뭐니? 킬러?"

"리커리시(감초라는 뜻)요."

우리는 킬러를 유리로 된 용기 안에 넣었다. 그리고 그물망으로 뚜껑을 만들어 덮고 그 위에 벽돌 세 장을 올려놓았다.

며칠 후 스티븐이 뱀에게 먹이를 주러 갔다.

"선생님, 리커리시가 없어요."

스티븐이 말했다.

"스티븐, 장난하지 마."

"아뇨, 정말이에요, 선생님. 없어졌어요."

스티븐이 다시 말했다.

모두 뱀 우리 쪽을 쳐다보았다.

“스티븐, 재미없으니까 그만해.”

내가 말했다.

“던 선생님, 정말이라니까요!”

그가 소리쳤다.

모두의 시선이 내 얼굴에 꽂혔다.

나는 그 자리에 얼어붙었다. 분명 저 녀석이 또 장난을 치는 것일 게야. 나는 벌떡 일어나서 뱀 우리로 다가가 안을 들여다보았다. 정말 킬러가 온 데 간 데 없었다.

나는 비명을 질렀다. 아이들이 열다섯 명쯤 우르르 일어나 달려왔다. 나머지는 껑충 뛰어 자기 의자와 책상 위로 올라갔다. 에밀리는 아예 교실을 뛰쳐나갔다.

“괜찮아, 애들아, 자리에 앉아. 앉으라고.”

내가 소리쳤다.

그로부터 15분 동안 우리는 책상과 수납장, 붙박이 찬장, 서류함 등을 샅샅이 뒤졌다. 하지만 킬러는 어디에도 없었다. 오전 쉬는 시간에 나는 캐시 교장에게 가서 이 사태를 보고했다. 그녀가 관리인을 부르러 보냈다. 관리인이 와서 교실을 수색해 보았지만 아무 소득이 없었다.

나는 어떻게든 그날 수업을 하려고 노력했다. 하지만 아이들은 뱀을 찾고 뱀 얘기를 하는 것 외엔 아무것도 하려고 하지 않았다. 그리고 골백번도 더 이렇게 물었다.

“선생님, 리커리시가 대체 어디로 갔을까요?”

우리가 피아노 속을 들여다보고 있는데 캐시 교장이 들어왔다.

"좋은 소식 있어요?"

"아니요. 다 찾아봤는데 없어요. 킬러가 자유롭게 돌아다니고 있다는 걸 안 마당에 저는 더 이상 이곳에서 수업을 할 수가 없습니다."

그녀가 소리 내어 웃었다.

"아이들은 어떻게 하면 저를 깜짝 놀라게 할까 그것만 연구합니다." 내가 말했다. "브라이언은 오늘 아침에 자기 배낭을 열더니 소리쳤어요. '뱀이닷!' 리안은 책 읽기 시간에 책상 속에 손을 넣더니 비명을 질렀죠. '뱀한테 물렸어요!' 패트릭은 공이 든 상자를 뒤지다가 뱀에게 공격을 당한 척하더군요. 이래가지고는 제가 도저히 살 수가 없습니다!"

캐시 교장이 웃었다.

"웃으실 일이 아니에요!"

내가 소리쳤다. 그러고는 문 쪽을 쳐다보았다.

"어쩌면 저 문틈으로 미끄러져 들어갔는지도 몰라요."

문과 교실 바닥 사이의 2센티미터 정도 되는 틈을 가리키며 내가 말했다.

"저 틈 보이세요? 아마 저리 들어갔을 거예요. 이 건물 안에 어딘가 있을 수도 있어요. 그렇게 생각 안 하세요?"

캐시 교장이 교실 밖으로 후다닥 달아났다.

이내 우리는 킬러를 잊었다. 제 갈 길을 찾아 어딘가로 떠났나

보다고 짐작할 뿐이었다.

며칠 후 주간 아침 조회가 있어서 모두 강당에 모였다. 캐시 교장 선생님이 맨 앞에 섰고 교사들은 파란색 접이식 철제 의자에 앉았다. 그 의자 등받이 뒤에는 학교 이름이 검은 글씨로 스텐실되어 있었다(의자에 일일이 학교 이름을 새긴 것은 아마도 딜런이 영사기 카트를 가지고 달아난 그 해였을 것이다). 아이들 무대 의상을 정리하던 터너 부인과 스튜어트 부인이 아이들을 보러 잠시 들렀다. 아이들은 줄을 맞춰 바닥에 앉아 있었다. 유치원생들이 맨 앞줄부터 앉고 5학년생들은 맨 뒷줄에 앉았다.

학교의 아침 조회 시간은 아이들이 바닥에 앉는 것에 얼마나 다양한 방법이 있는지를 몸소 보여주고 싶어 하는 시간이다. 그리고 그 분야에서는 우리 반 아이들이 단연 독보적이다. 앤터니는 2학년 아이들이 바로 10센티미터 앞에 앉아 있는데도 두 다리를 완전히 내뻗을 수가 있다. 브라이언은 무릎으로 높이 서서 뒤쪽 4학년들의 시야를 완전히 가리는 데 선수다. 그리고 저스틴은 사람들이 꽉꽉 들어찬 실내의 타일 바닥에 드러누워서 스노 엔젤(눈밭에 누워 사지를 위아래로 움직여 그 궤적으로 천사 모양을 만드는 것)을 만드는 방법을 완벽하게 보여줄 수 있다.

"똑바로 앉아.", "일어나 앉아", "올라와", "내려가"를 20분 동안 계속하다가 결국 나는 앤터니와 브라이언, 저스틴을 내 옆자리로 데리고 왔다. 그래서 앤터니를 왼쪽에, 브라이언을 오른쪽에, 그리고 저스틴은 다리 사이에 끼고 앉았다(아침 조회 시간에 어떤 학생이 선생님으로부터 얼마나 가까이에 앉아 있는지를 보면 그 아이가 어떤 아이인지를 거의 알 수 있다).

우리가 그곳에 그러고 있을 때였다. 우리는 피셔 선생님의 지휘에 맞춰 교가를 불렀고 그런 다음 캐시 교장 선생님이 마이크 쪽으로 다가갔다. 이달의 모범 시민증과 함께 이번 달에 생일을 맞은 학생들에게 선물로 연필을 나눠주기 위해서였다.

"여러분." 캐시 교장 선생님의 훈화가 시작되었다. "이제 우리는……."

갑자기 강당 뒤쪽에서 비명 소리가 들렸다. 모두 휙 몸을 돌렸다. 그 순간 커다란 쇼핑백이 공기 중으로 붕 날아서 2학년들 한가운데로 픽! 떨어졌다. 열 벌쯤 되는 인디언 의상과 검은 뱀 한 마리가 쇼핑백에서 쏟아져 나왔다. 터너 부인은 의자 위에 올라서서 강당 한복판을 손가락으로 가리키면서 부들부들 떨었다.

순식간에 모두들 벌떡 일어섰다. 2학년 아이들은 강당 가장자리로 흩어져 달아났고 3학년 아이들은 한복판으로 모여들었다. 4학년 아이들이 3학년 뒤를 따라 합류했다. 1학년들 중 몇 명은 울기 시작했다. 그리고 모두 한꺼번에 와글와글 말을 하면서 킬러를 보려고 목을 늘였다.

"뱀을 잡아!"

내가 스티븐에게 외쳤다.

캐시 교장 선생님은 마이크를 잡고 모두 자리에 앉으라고 소리쳤다.

스티븐이 킬러를 잡았다.

캐시 교장이 다시 한 번 마이크에 대고 앉으라고 말했지만 왁자지껄한 소리는 그치지 않았다. 결국 캐시 교장이 포기를 하고 조회를 서둘러 끝마쳤다.

스티븐이 킬러를 안전하게 꼭 잡고 있는 가운데 나는 의자에서 내려와 강당 뒤쪽의 우리 반 아이들에게 걸어갔다. 터너 부인은 이제 의자에 앉아 손으로 부채질을 하고 있었다. 학급 도우미 어머니들이 그녀 주위에 모여 있었다. 나는 걸음을 멈추고 그녀에게 어떻게 된 일이냐고 물었다. 그녀가 무대 의상이 든 쇼핑백을 들고 있는데 팔에 뭔가가 느껴지더라는 것이다. 자기 막내딸이 손을 잡고 있었기에 별다른 생각이 없었는데 어쩌다가 아래를 내려다보니 가방에서 뱀이 미끄러져 나와서 그녀의 팔을 감고 올라오고 있었다. 그래서 기절할 듯 놀라서 쇼핑백을 홱 던져버린 것이었다.

교실로 돌아왔을 때 아이들은 자기들 모두가 정확히 본 그 상황에 대해 끝도 없이 이야기를 하고 싶어 했다. 카를로스는 의자로 올라가 터너 부인 흉내를 냈다. 앤터니는 자기가 킬러인 것처럼 온 교실을 배로 밀고 다녔다. 나는 예전에 사용하던 아쿠아리움(제아무리 탈출 전문 곡예사라도 여기서는 절대 탈출할 수 없을 것이다!)에 킬러를 넣고 수업이 끝날 때까지 스티븐에게 보초를 서게 했다. 마지막 시간이 끝나는 종이 울린 후 나는 스티븐의 어머니 앞으로 편지를 써서 스티븐과 킬러를 집으로 보냈다.

후어 부인께,

스티븐 편에 뱀을 학교로 보내주신 친절함에 감사드립니다. 덕분에 아이들이 뱀에 관해 많은 것을 배웠습니다. 피아노 속에 파충류가 들어가면 어떻게 잡아야 하는지도 알았고, 피아노 덮개를 열기 전에 재빨리 뒤로 물러날 준비를 하는 법도 배웠습니다. 그리고 문과 바닥 사이의 틈이 정확히 2.5센티미터라는 것도 알았습니다.

그리고 우리는 뱀은 마치 커피 향기와 같아서 사람들로 북적대는 실내를 가로질러 100미터를 날아올 수 있다는 사실도 알게 되었습니다. 뱀에 대해 그렇게나 많은 것을 새롭게 알 수 있도록 도와주셔서 정말 감사합니다.

그럼 안녕히 계십시오.

미스터 던 드림.

너희 엄마는 몇 살이셔?

이유는 모르겠지만 아이들은 자기 부모님의 나이를 얘기하는 걸 좋아한다. 할로윈 데이에 자기가 무엇으로 꾸밀 거라든가 혹은 산타 할아버지가 정말 있느냐 없느냐 못지않게 예측 가능한 것이 바로 이 얘기다. 매년 어느 시점이 되면 한 아이가 친구에게 이렇게 묻는다.

"너희 엄마는 몇 살이야?"

내가 그런 말을 맨 처음 들었던 때가 생각난다. 그때 나는 대학을 갓 졸업한 스물세 살이었다.

"너희 엄마는 몇 살이셔?"

켈리가 티파니에게 물었다.

"서른다섯."

티파니가 대답했다.

"우리 엄마는 서른일곱 살인데."

와! 나는 속으로 생각했다. '부모님이 나이가 많으시구나!'

얼마 안 있어 나는 서른세 살이 되었다. 그리고 또 아이들이 그 얘기를 주고받는 것을 들었다.

"너희 아빠는 연세가 몇이야?"

벤자민이 알렉스에게 물었다.

"서른다섯."

알렉스가 대답했다.

"우리 아버지는 서른네 살이셔."

벤자민이 대답했다.

"우리 아빠는 서른셋."

대니의 대답이었다.

와, 나는 속으로 생각했다. '이제 내가 아이들 부모님과 같은 나이로구나.'

이제 나는 마흔세 살이다. 그리고 아니나 다를까 올해도 어김없이 아이들의 그런 대화가 귀에 들려왔다.

"너희 어머니는 몇 살이셔?"

어머니의 날 카드에 색칠을 하면서 멜라니가 이사벨에게 물었다.

"우리 엄마는 서른다섯 살이야."

이사벨이 대답했다.

"그럼 너희 아빠는?"

멜라니가 물었다.

“우리 아빠는 늙었어.” 이사벨이 대답했다. “서른여섯 살이야.”

오, 맙소사. 나는 속으로 생각했다. ‘이제 내가 아이들 부모님보다 나이가 많구나.’ 대체 이게 어떻게 된 일인가?

작년 여름에 나는 식료품 가게 주차장에서 화이트 부인과 딱 마주쳤다. 화이트 부인의 딸은 3학년 때 내가 가르친 학생이었다.

“스테파니는 잘 지내나요?”

내가 화이트 부인에게 물었다.

“네, 아주 잘 하고 있어요. 스턴포드에서 꽤 날리나봐요.”

“스탠포드요?”

내가 소리쳤다.

“네, 벌써 대학 3학년인걸요.”

“대학 3학년이라고요? 세상에나. 여덟 살 꼬마 숙녀가 언제 그렇게 자랐대요? 어느새 대학생이라니 믿기지가 않네요. 곱셈을 배우고 필기체를 배우던 때가 불과 엊그제 같은데!”

언젠가 하루는 내가 은행에 가서 창구로 다가갔을 때였다.

“안녕하세요, 던 선생님!”

출납계원이 내게 인사를 했다.

“어…… 네, 안녕하세요?”

내가 말했다.

은행 카운터를 사이에 두고 아름다운 여성이 서 있었다.

“저 기억하세요? 줄리아 벨라스케스예요.”

나는 기억의 은행을 정신없이 뒤졌다. 헬멧같이 생긴 치아 교정

장치를 끼고 있던 작고 통통한 여덟 살 여자아이가 기억의 표면으로 떠올랐다. 덧셈을 잘 못했던 것도 기억이 났다.

"응." 내가 말했다. "그럼, 기억하고말고. 넌…… 이제 다 컸구나."

그녀가 배시시 웃었다.

"그런데 너 몇 살이니, 줄리아?"

"스물네 살이에요."

나는 그녀를 빤히 쳐다보았다.

"스물넷?"

충격 받은 얼굴로 내가 되물었다.

줄리아는 소리 내어 웃었다.

"얘가 제 아들이에요." 컴퓨터 모니터 옆에 놓여 있던 귀여운 꼬마 사진을 가리키며 그녀가 말했다. "이제 막 두 살이 되었어요."

나는 할 말을 잃었다.

줄리아가 내게 돈을 내어주었다(나는 그녀의 덧셈이 정확한지 체크했다). 나는 그녀에게 고맙다고 말하고 작별인사를 했다. 그리고 은행을 나와서 자동차 문을 열고 차에 올랐다. 시동은 걸지 않았다.

나는 혼자 생각했다.

"세월이 다 어디로 흘러갔지?"

교사는 어떤 면에서 피터 팬이다. 시간 가는 줄 모르기가 딱 알

맞다. 항상 여덟 살 아이들과 함께 지내다 보면 자신이 나이를 먹어가고 있음을 잊는다. 우리는 해가 바뀌어도 같은 교실에서 아이들을 가르친다. 똑같은 넥타이를 매고 똑같은 농담을 한다. 모든 것이 늘 똑같다.

그러다가 졸업식 통지서를 받거나 결혼식에 초대를 받거나 은행 출납계원으로부터 "안녕하세요, 던 선생님? 저 기억하세요?"라는 인사를 받게 되면 어느 날 문득 내 자신이 나이 들어가고 있다는 현실로 내동댕이쳐진다.

스물네 살이라고! 나는 중얼거렸다.

"내가 정말 늙어가고 있구나."

그때 나는 한 가지 결심을 했다. 바로 그 차 안에서. 내가 가르친 학생 중에 하나가 내게 "던 선생님이 우리 엄마 초등학교 3학년 때 담임 선생님이셨대요."라는 말을 듣게 되는 날, 그날이 내가 은퇴하는 날이 될 거라고.

3학년 마지막

우리는 〈정치〉에 대해 얘기했다.
"멜라니가 운동장 감독 교사를 탄핵한다고 청원서를 돌리고 있던데요."

우리는 〈스포츠〉에 대해 얘기했다.
"그나저나 곧에 바람 넣는 기계는 어느 반에 가 있어요?"

우리는 〈사회 문제〉에 대해 얘기했다.
"오늘 소변기를 막히게 만든 사람이 누군지 맞춰보세요."

그레코 선생님

　내가 초등학교 2학년이었을 때 미스 그레코라는 분이 우리 담임 선생님이었다. 그녀는 늘 금으로 된 커다란 귀걸이를 하고 다녔고 우리 할머니와 비슷한 냄새가 났다. 12월이면 그녀는 크리스마스 트리 핀을 꽂고 다녔다. 가끔 나는 큰 형이 입다가 내게 물려준 양복과 타이를 매고 머리에 젤을 바르고 학교에 가곤 했는데 그러면 그레코 선생님이 매번 멋있다고 칭찬해 주셨다.

　그레코 선생님은 긴 단어가 몇 개의 음절로 이루어져 있는지 박수를 치면서 세어보는 방법과 큰 숫자의 덧셈법, 그리고 environment의 철자를 틀리지 않는 법도 가르쳐주셨다. 하지만 그분은 내게 특별한 것, 다른 선생님들이 가르쳐주지 않았던 것을 가르쳐준 분이었다.

　매일 점심을 먹고 나면 우리는 조용히 책을 읽었다. 우리가 책을 읽는 동안 미스 그레코는 대개 교실 앞쪽의 선생님 책상에서 뭔가 작업을 하느라 열심이셨다. 그 시간에 나는 선생님이 신문지로 꼭두각시를 만들고 아기 이유식을 담았던 병으로 크리스마스 선물을 만들고 달걀 상자로 호박벌을 만드는 모습을 유심히 지켜보곤 했었다. 선생님은 낡은 홑이불로 기모노를 만들고 도로지도로 포장지를 만들고 바구니로 난쟁이 모자를 만들 수 있었다.

그레코 선생님은 별것 아닌 재료로 뭔가를 뚝딱 만들어 낼 수 있다는 걸 몸소 보여주셨다. 선생님은 생각이라는 것이 어떻게 생겼는지 내게 보여주었다. 선생님은 뭔가를 창조하는 법을 보여주었다. 그때는 물론 내가 알 턱이 없었지만 미스 그레코는 내게 좋은 선생님이 되는 법을 보여주신 분이었다.

오늘도 나는 머리에 젤을 바른다. 학교에 갈 때는 타이를 맨다. 점심시간 후에는 조용히 책 읽는 시간을 가진다. 나 역시 아이들이 조용히 책을 읽는 그 시간을 이용해 뭔가를 고안하거나 만든다. 그리고 뭔가를 열심히 만들다가 문득 눈을 들어보면 거의 항상 한두 녀석이 나를 진지하게 쳐다보고 있다.

나는 그들에게 다른 짓 하지 말고 책을 읽으라고 말하지 않는다. 지금쯤이면 분명 그들은 조금 전에 책을 어디까지 읽었는지를 잊어버렸을 것이기 때문이다. 그리고 어쩌면 그들도 예전의 내가 그랬던 것처럼 선생님이 되는 법을 배우고 있는 것인지도 모르기 때문이다. 만일 그렇다면 나는 그들이 언젠가는 미스 그레코 같은 선생님이 되기를 희망한다.

그레코 선생님은 훌륭한 이야기꾼이었다. 지금도 기억나는데, 선생님은 우리가 풀이 죽거나 잔뜩 긴장했거나 지쳤을 때 은종을 딸랑딸랑 울리면서 우리를 책상에 엎드리게 한 다음 이야기를 시작하곤 하셨다.

나는 그레코 선생님이 들려주시는 이야기를 사랑했다. 예전에 전쟁 중에 그녀는 땅콩 캐러멜을 가지고 다니면서 집집마다 팔았었다. 한때는 아이스크림 트럭을 몰기도 했었다. 젊었을 때 그녀는 마치 비가 오고 있는 것처럼 샤워기 아래 우산을 쓰고 서 있었던 적도 있었다. 언젠가는 존 F. 케네디도 만났었다. 그리고 독일산 셰퍼드를 한 마리 키웠는데 그 개가 미스 그레코 대신 쇼핑을 해주곤 했다.

그 개의 이름은 미치였다. 미스 그레코가 장을 볼 물건들의 목록과 돈이 든 봉투를 바구니에 넣으면 미치가 그것을 입에 물고 길을 걸어서 정육점으로 갔다. 정육점에 도착하면 개는 바구니를 내려놓고 주인이 나올 때까지 문을 긁었다. 정육점 주인이 목록과 돈을 받고 물건과 거스름돈을 바구니에 넣은 다음 미치에게 핫도그를 하나 주면 미치는 식료품 바구니를 물고 다시 집으로 돌아오곤 했다.

나 역시 아이들에게 이야기를 들려준다. 그게 뭔지는 모르겠는데 아이들은 선생님이 자신의 인생 이야기를 풀어놓기 시작하면 그가 말하는 단어 하나까지 기억했다가 집에 가서 엄마에게 모든 얘기들을 그대로 들려준다.

■ 아이들이 나를 미치게 만들 때 해주는 이야기

"내가 너희들에게 건포도 빵 얘기 해주었던가? 그 얘길 아직 안 해줬다니 믿을 수가 없는걸! 그러니까 내가 어렸을 적에 나는 단 한시도 가만히 앉아 있지를 않으려고 했단다. 엄마가 나를 꼭 붙들고 있으려고 하면 엄마 몸 위로 마구 기어오르곤 했었지. 어느 날인가는 엄마가 부엌에 있다가 막 나를 창밖으로 던져버리려는데 식탁 위에 있던 건포도 빵 한 덩이가 엄마 눈에 띈 거야. 엄마는 리놀륨 장판이 깔린 부엌 바닥에 그 건포도 빵을 던지고 나를 그 옆에 털썩 내려놓고는 이렇게 말했어. '여기 있는 건포도 다 파내!' 나는 빵에서 건포도를 파냈고 우리 엄마는 5분간의 평화를 얻었지."

"자, 이제 연습 문제 풀자!"

■ 아이들이 게으름을 피울 때 해주는 이야기

"내가 체온계 얘기 해줬니? 아마 너희들도 이 얘기 다 알 거라고 생각해. 내가 어렸을 때 얘기인데 나는 학교에 가기가 싫었어. 그래서 일어날 수가 없는 척했지. 어머니가 내 방에 들어오셔서 일어나라고 하셨어. 나는 신음을 하면서 아픈 척했지. 어머니가 체온계를 가지고 오셔서 탁탁 흔들어 내 입 안에 넣은 다음 방을 나가셨지. 어머니가 나가신 다음 나는 침대에서 일어나 몰래 감춰두었던 성냥에 불을 붙인 다음 그걸로 체온계를 달궜어. 몇 분 후에 나는 다시 이불 속으로 들어가 혀 밑에 체온계를 넣었지. 곧 어머니가 들어오셔서 체온계를 빼보시고는 내 얼굴을 보았다가 다시 체온계를 보았다가 다시 내 얼굴을 보셨어. '여기 몇 도라고 되어 있는지 알아?' 어머니가 물으셨어. '체온이 지금 42도야. 그게 맞다면 넌 지금 죽었어야 해. 자, 나자로야 일어나. 일어나서 학교 가.'"

"그런데 넌 왜 지각했니?"

■ 아이들이 뭔가를 깜빡깜빡 잊을 때 해주는 이야기

"내가 쇼 이야기 해줬던가? 안 했다고? 이거 유명한 얘긴데. 좋아, 해주지. 내가 고등학교 때 말이다, 「집시」라는 뮤지컬에 출연 중이었는데 중간에 아주 빨리 옷을 갈아입고 나와야 되는 부분이 있었어. 시간은 겨우 25초밖에 없는데 그 동안에 군복을 파자마로 갈아입어야 되는 거야. 의상을 바꿔 입고 제때에 다시 무대로 나가려면 군복 속에다가 처음부터 파자마를 입고 있는 수밖에 없었어.

295

그게 더 빨랐거든.

그러다가 맨 마지막 날 저녁 공연이었는데 객석이 꽉 찼었던 것으로 기억해. 조명이 꺼지자마자 부리나케 무대를 벗어나 급히 군복을 벗는 순간 난 그만 비명을 지르고 말았어. 왜 그랬는지 아니? 파자마 바지를 깜빡 잊어버리고 안 입고 있었던 거야. 그래서 하는 수 없이 파자마 윗옷에 아래는 팬티만 입고 다음 장면을 연기하는 수밖에 없었지."

"숙제는 잊지 말고 내일 꼭 가져오렴."

■ 아이들이 버스를 탈 때 해주는 이야기

"내가 너희들에게 캠핑 얘기를 해줬니? 안 해줬어? 에이, 설마 그랬을라고. 옛날에 우리 가족이 삼촌네 가족이랑 캠핑을 가기로 하고 모두 두 대의 스테이션왜건에 나눠 탔어. 삼촌네도 아이가 넷이고 우리 집도 넷이었지. 여덟 명의 사촌형제들이 차 두 대에 나눠 탔는데 야영장에 가는 길에 장을 보러 슈퍼마켓에 잠깐 들렀었거든. 필요한 물건들을 산 다음 우리는 다시 야영장까지 차를 타고 달렸지. 목적지에 도착해서 우리 아버지가 삼촌에게 내가 어디 있느냐고 물으셨어. 우리 삼촌은 내가 아버지 차에 타고 있는 줄 아셨거든. 아버지는 내가 삼촌 차에 탔을 거라고 생각하셨고. 그 순간 두 분은 나를 슈퍼마켓에 놔두고 왔다는 걸 깨달으신 거지. 우리 부모님이 혼비백산해서 급히 차를 몰고 다시 슈퍼마켓으로 갔더니 내가 글쎄 슈퍼마켓 바깥에 25센트를 넣으면 아이들을 태우고 흔들흔들 움직이는 불자동차에 떡 하니 타고 있더라는 거야. 엄마가 울고불고 야단이었지. 나는 이렇게 말했어. '안녕, 엄마.' 그러자 엄마가 이렇게 물었지. '그런데 25센트 동전은 어디서 났니? 난 없어진 것도 모르고 있었는데.'"

"자, 오늘은 친구들과 꼭 붙어 다녀야 된다. 마음대로 혼자 여기저기 돌아다니지 말고. 알았지?"

◼ 아이들이 난처한 상황에 빠졌을 때 해주는 이야기

"너희들 스파게티 이야기 아니? 이건 고전인데! 내가 대학에서 선생님이 되기 위한 공부를 하고 있을 대 스파게티 식당에서 아르바이트를 했거든. 그날이 내가 일을 시작한 첫날이었어. 나는 샐러드 열 접시를 만들어서 쟁반에 담아가지고 그 쟁반을 어깨에 올려놓고 주방에서 손님들 테이블까지 걸어갔지. 그런데 바닥에 버터가 한 조각 떨어져 있는 걸 못 본 거야. 버터를 밟으면서 찍 미끄러지는 순간 나는 악! 하고 비명을 지르던서 쟁반을 떨어뜨리지 않으려고 안간힘을 썼지. 식당 안의 모든 사람들이 얼어붙었어. 나는 몸의 중심을 잃고 비틀거리면서도 쟁반을 놓치지 않으려고 기를 썼어. 하지만 결국 쟁반은 바닥에 떨어지고 말았지. 블루 치즈와 사우전드 아일랜드 드레싱, 그리고 크림소스 스파게티가 붕 날아서 온 식당 바닥을 덮었지. 그때 식당 안에 있던 모든 사람들이 내게 박수를 쳐주었어. 나는 엎지른 것들을 말끔히 닦고 도로 주방에 가서 샐러드 열 접시를 다시 만들어야 했단다."

"자, 이건 내가 닦을 테니 넌 다시 가서 급식 받아서 먹으렴."

■ 금요일 오후, 마지막 10분을 남겨두고
수업이 하기 싫을 때 해주는 이야기

"내가 너희들에게 스파이더맨 얘기 해줬었니? 웬일로 안 했지? 자, 연필을 책상을 내려놓으렴. 선생님이 해주는 이야기들 중에 이게 제일 재미있을걸. 내가 고등학교에 다닐 때였는데 말이지, 우리 아버지가 내게 차를 빌려주셨거든. 크라이슬러 뉴요커라는 차종이었어. 어느 날 밤에 내가 친구 집에서 놀다가 밖으로 나왔더니 길 건너편에 크라이슬러가 있고 남자 두 명이 차 안에 타고 있는 거야. 그들이 이제 막 차에 시동을 걸려는 순간이었어. 오, 세상에. 나는 생각했어. 저 놈들이 우리 아버지 차를 훔치려는 거로구나! 나는 '멈춰요!' 라고 소리를 지르면서 쏜살같이 길을 건너가 차 위로 몸을 날렸지. 철푸덕! 나는 마치 스파이더맨처럼 앞 유리에 착 달라붙었어. 그러자 두 남자가 너무 놀라 그 자리에 얼어붙었지. 나는 차를 지켜냈지만 유리창에 붙어서 깨달은 사실이 하나 있었단다.

그건 우리 차가 아니었어. 우리 차는 그 차의 바로 맞은편에 세워져 있었어. 그 차는 그들의 차인 것처럼 보였어. 나는 재빨리 어색한 미소를 지으면서 유리창에서 주르르 미끄러져 내려와 우리 차의 문을 열고 그곳을 빠져나왔어."

"자, 이제 집에 돌아갈 시간이다. 주말 잘 보내고 자동차 앞 유리에 뛰어들지 말고."

선생님들의 저녁 식사

어제 저녁에 나는 다운, 마이크, 리사, 킴 선생님과 함께 학년의 마지막 달을 축하하며 꽤 괜찮은 레스토랑에서 저녁 식사를 했다.

우리는 〈예술〉에 대해 얘기했다.
"브라이언이 책상에다 어떤 그림을 그려 놓았는지 모두 우리 교실에 한 번 와서 보셔야 한다니까요."

우리는 〈정치〉에 대해 얘기했다.
"멜라니가 운동장 감독 교사를 탄핵한다고 청원서를 돌리고 있던데요."

우리는 〈역사〉에 대해 얘기했다.

“저스틴이 오늘 축음기가 뭐냐고 내게 묻더군요.”

우리는 〈음악〉에 대해 얘기했다.
“내년에는 우리 반 전체가 트럼펫을 불겠다고 신청하면 피셔 선생님이 과연 어떤 반응을 보일지 한 번 두고 보자고요.”

우리는 〈패션〉에 대해 얘기했다.
“캐시 교장이 어제 뭘 입고 왔는지 봤어요?”

우리는 〈스포츠〉에 대해 얘기했다.
“그나저나 공에 바람 넣는 기계는 어느 반에 가 있어요?”

우리는 〈사회 문제〉에 대해 얘기했다.
“오늘 소변기를 막히게 만든 사람이 누군지 맞춰봐요.”

우리는 〈영화〉에 대해 얘기했다.
“아멜리아 비델리아 역에 니콜 키드먼은 안 어울리지 않나요, 안 그래요?”

우리는 〈음식〉에 대해 얘기했다.
“여기 일단 스톤 수프* 한 그릇씩 갖다 주세요.”

우리는 〈문학〉에 대해 얘기했다.

"세상에, 내가 팍삭 늙은 기분이에요. 찰리 브라운이 쉰 살이 넘었다니!"

우리는 〈의료 서비스〉에 대해 얘기했다.

"혹시 구급상자 보신 적 있어요?"

그리고 우리는 식사를 마친 후 각자 접시를 들고 개수대로 걸어가 나이프, 포크, 수저 등의 은식기는 따로 통에 넣은 다음 레스토랑을 나왔다.

♣ 돌멩이 수프. 미국의 유치원이나 초등학교 저학년에서 아이들에게 야채를 한 가지씩 가져오게 한 다음 깨끗한 돌멩이를 함께 넣고 끓여 나눠 먹는 것을 말한다.

두개골과 살라미 소시지

우리 반 아이들은 일주일에 한 번 미시즈 시몬과 함께 과학실에 간다. 아이들은 시몬 선생님을 좋아한다. 그녀는 곤충이 그려진 티셔츠를 입고 행성이 달랑거리는 귀걸이를 하고 다닌다. 그리고 독거미의 일종인 타란툴라를 기른다.

시몬 선생님은 항상 아이들과 함께 즐길 수 있는 것들을 가져온다. 이를테면 아이들의 머리카락을 위로 곤두서게 만드는 정전기 발생 기계, 나비 집, 누에, 그리고 내가 제일 좋아하는 감자 전지로 가는 시계 같은 것들 말이다.

올 봄에 우리는 신체의 기관들에 대해 공부했고 시몬 선생님은 진짜 사람의 두개골을 학교에 가져왔다. 의사 친구에게 잠시 빌려 오셨다는데 아이들에게는 숙제를 안 해왔던 3학년 학생의 해골이라고 말했다. 아이들은 그 해골이 나를 닮았다고 하면서 그에게 〈미스터 뼈다귀〉라는 이름을 지어주었다. 그래서 시몬 선생님은 그에 게 넥타이를 매주었다. 미스터 뼈다귀를 보고 있자니 내가 직접 뼈 를 수집하려고 할 때 세관을 통과하면서 겪었던 일들이 떠올랐다.

몇 년 전에 나는 헝가리 부다페스트에 있는 국제 학교에 가서 아이들을 가르치기 위해 학교에 휴직계를 냈었다. 해외에 가서 교 사 생활을 해보고 싶다는 것은 내 오랜 꿈이었다. 그래서 나는 커 다란 창고를 하나 빌려 대규모 차고 세일을 열어 가진 것을 정리하 고는 짐을 꾸려 헝가리로 날아갔다. 그 2년은 내게 정말 멋진 경험 이었다.

여름이 오면 나는 비행기를 타고 다시 가족과 친구들을 만나러 왔고 그립던 캠벨 수프를 들이다시고 스타벅스에서 캐러멜 마키 아토 더블을 주문하곤 했다. 그리고 다시 부다페스트로 돌아갈 때 는 크래프트 사의 마카로니 앤 치즈와 닥터 페퍼, 스키피 사의 땅 콩버터 그리고 아이들에게 줄 젤리 사탕을 별도의 커다란 여행 가 방에 잔뜩 채워가지고 갔다. 한 해는 두개골도 가져갔다.

내가 개인적으로 모아놓은 두개골이 몇 개 있었는데 부다페스 트에 있는 내 학생들에게 보여즈면 좋아할 것 같았다. 그 중에는 사람 해골도 있었다. 헝가리로 떠나기 전에 나는 그것들을 옷 속에 잘 싸서 기내로 들고 들어갈 가방에 넣었다. 수화물로 부쳤다가는 깨질까봐 겁이 나서였다.

공항에 도착해서 나는 보안 검색대에 가방을 올려놓았다. 내 가방은 X-레이기 안으로 빨려 들어갔다. 그 순간 갑자기 컨베이어 벨트가 딱 멈췄다. 모니터를 들여다보던 남자가 동료 직원을 불렀다.

'이런, 걸렸군.' 나는 생각했다.

그들은 컨베이어 벨트를 역방향으로 돌리면서 또 다른 직원을 불렀다. 그들 중 하나가 손가락으로 스크린을 가리켰다. 그의 명찰에는 로베르토라고 적혀 있었다.

"저 안에 뭐가 든 겁니까?"

로베르토가 물었다.

"칫솔이오." 내가 대답했다.

"다른 것은요?" 그가 물었다.

"어……, 치약이오." 내가 말했다.

공항에서 승객의 소지품을 압수해 마약 탐지견들에게 먹이로 준다는 얘기를 들은 적이 있었다. 그 개들이 내 뼈들을 갉아먹고 다니게 하기는 싫었다!

"그리고 또 뭐가 있죠?"

로베르토가 물었다.

"아……, 그러니까…… 두개골이 몇 개 들었어요."

내가 태연하게 말했다.

그가 재미있다는 듯이 나를 쳐다보았다.

"제가 과학 교사거든요."

내가 말했다.

"가방을 좀 열어보실 수 있을까요?"

그가 물었다.

진짜 운도 지지리도 없지. 공항 검색대에서 단 한 번도 걸려본 적이 없었는데 이번에 처음으로 두개골이 잔뜩 든 가방을 들고 나가려다가 딱 걸린 것이었다.

나는 가방을 열어 두개골들을 컨베이어 벨트에 올려놓았다.

"이 포장을 좀 풀어주시겠어요?"

그가 물었다.

로베르토는 두개골을 싸고 있던 포장을 푸는 내 손놀림을 주시했다.

"이게 뭡니까?"

두개골 중 하나를 가리키며 그가 물었다.

"한때 제가 키웠던 새끼 악어의 두개골입니다."

포장을 풀어내면서 내가 말했다.

"그리고 이건 침팬지의 두개골이고요."

이윽고 다섯 개의 두개골이 컨베이어 벨트에 죽 늘어서게 되었다. 그리고 나는 공항 한복판에서 과학 수업을 하고 있었다.

나는 곧 풀려났다. 나는 두개골들을 다시 둘둘 말아서 가방에 넣고 로베르토에게 손을 흔들어 인사를 한 후 부다페스트로 날아갔다.

이듬해 여름 미국으로 돌아오기 전에 나는 미국의 친구들을 위해 여기서 뭘 사면 좋겠느냐고 헝가리 친구 임레에게 물었다.

"그야 두 말 할 것도 없이 피크 사의 살라미 소시지지." 그가 말했다. "헝가리에서는 만일 네가 경찰에 걸렸는데 피크 살라미를 갖고 있었다면 그걸 쥐버리는 대신 범칙금은 면할 수가 있어. 그 정도로 사람들이 좋아한다는 거지."

그래서 나는 그해 여름 엄청나게 커다란 피크 살라미 소시지를 여섯 덩어리나 사서 여행 가방에 넣어가지고 미국으로 날아왔다.

공항 수화물 찾는 곳에서 짐이 나오기를 기다리는데 험상궂게 생긴 여자가 내게 걸어왔다.

"혹시 식품 갖고 오신 거 있습니까?"

그녀가 물었다.

"살라미 소시지밖에 없는데요."

내가 대답했다.

그게 문제가 될 리는 없을 거라고 나는 생각했다. 그들이 〈식품〉이라고 할 때는 과일이나 채소, 혹은 지중해 초파리가 먹는 그런 것들을 의미할 테니까.

"저쪽으로 좀 가시죠."

그녀가 옆쪽 라인을 가리키며 말했다. 사람들이 컨베이어 벨트에서 나오는 자기 가방을 내리고 있었다.

"이번에도 또야!"

내가 소리쳤다.

나는 가방들을 컨베이어 벨트에 올려놓았다. 가방은 X-레이 검색대로 미끄러져 들어가다가 딱 멈췄다. 직원이 스크린을 가리켰다. 그의 명찰에는 길버트라고 적혀 있었다.

"로베르토는 어디 있죠?"

내가 물었다.

"네?"

"아닙니다."

"가방을 좀 열어주시겠습니까?"

길버트가 물었다.

나는 가방을 열었다. 살라미 소시지가 맨 위에 놓여 있었다.

"살라미 소시지네요?" 그가 달했다. "이건 저희가 압수해야 할 것 같습니다."

그가 장갑을 끼기 시작했다. 내가 마치 무슨 마약 운반책이라도 된 기분이었다.

"왜죠?"

내가 볼멘소리로 물었다.

"반입 금지 품목입니다."

그가 사무적인 어조로 말했다.

"하지만 부다페스트 관광지는 가는 데마다 이놈의 살라미 소시지를 안 파는 데가 없어요." 내가 말했다. "그리고 '이 살라미는 미국에 가지고 들어갈 수 없습니다.'라는 문구가 적혀 있는 상점은 헝가리 내에 단 한 군데도 없던데요. 이걸 못 가지고 가면 친구들에게 줄 기념품이 하나도 없어요. 제발 가져가지 말아 주세요. 제발요! 부탁해요!" (나는 연극도 가르친다.)

"죄송합니다, 선생님. 저희도 어쩔 수 없습니다. 규정이 그래서

요."

길버트가 말했다.

그가 포장지로 둘둘 싼 두개골을 가리키며 물었다.

"이건 뭡니까?"

"두개골이에요. 제가 과학 교사거든요."

"이걸 좀 풀어봐 주시겠어요?"

나는 악어를 먼저 풀었다.

"이걸 어디서 구하셨습니까?"

그가 물었다.

"브라질에서요."

그 다음으로 내가 푼 것은 침팬지 두개골이었다.

"이건요?"

"친구가 줬어요."

내가 대답했다.

그리고 마지막으로 인간의 두개골을 풀었다.

"그리고 이건." 그가 물었다. "이 사람은 어떻게 된 거죠?"

나는 길버트를 쳐다보았다.

"이 사람이 제 살라미 소시지를 빼앗아 간 사람이에요."

구세주 스누피!

해마다 우리 지역에서는 5월 첫 주 토요일에 시내의 도로 교통을 부분 통제하고 연례행사인 애완동물 퍼레이드를 한다. 내가 기억하는 한 그 행사는 내가 아주 어렸을 때부터 해온 것이었다. 그때 나는 라디오 플라이어라는 스쿠터에 기니피그를 태워 나가곤 했었다.

지역의 모든 아이들이 각자 자신의 애완동물을 데리고 행진을 했다. 데리고 나와서는 안 되는 동물은 없었고 탈 것에도 제한이 없었다. 유모차에 태운 토끼도 보았고 마차를 탄 햄스터도 보았으며, 자전거 짐바구니에 태운 아기 고양이와 스케이트보드 위에 새장을 올려놓고 타는 것도 본 적 있었다.

애완동물에게는 저마다 나비 넥타이를 매주었고 자전거 바퀴에는 주름 종이를 감고 핸들에도 펄럭이는 장식 리본을 달았다. 아이들은 학급의 깃발을 앞세우고 반 친구들과 함께 걸었다. 우리 반 아이들도 대부분이 참여했다. 나도 그들과 함께 걸었다. 작년에는 조카의 머리에 강아지귀 머리띠를 해주고 녀석을 어깨에 태워서 처음부터 끝까지 행진했다.

올해는 퍼레이드가 있기 일주일쯤 전에 사라가 책상에 앉아 훌쩍거리고 있었다.

"무슨 일이니, 사라?"

사라는 계속 울기만 했다. 나는 그녀의 책상으로 다가가 허리를 굽히고 다시 물었다.

"왜 그래, 사라. 무슨 일 있어?"

울음이 섞인 사라의 말로 미루어 바니가 어젯밤에 죽었다는 것 같았다. 바니는 사라가 키우던 생쥐였고 사라가 애완동물 퍼레이드에 데리고 나가려던 참이었다.

"참 안 됐구나, 사라야."

내가 조용히 말했다.

"그래서…… 이제…… 저는…… 퍼레이드에…… 나가지도…… 못하고……."

그녀가 흑흑거리면서 말했다.

나는 즉각 수리공 모자를 눌러썼다. 내가 뭘 어떻게 해줄 수 있을까? 멜라니에게 이미 우리 반 애완토끼인 페넬로페를 데리고 나가도 좋다고 허락한 터였다. 그리고 햄스터 한 마리는 케이티가 데리고 나가기로 되어 있었고 다른 동물들도 이미 선약이 잡혀 있었

310

다. 사라는 계속 울어댔다.

그때 그 녀석이 눈에 들어왔다. 독서 코너 의자 위에 앉아 있던 그 녀석이.

"스누피를 데리고 나가는 건 어때?"

내가 제안했다.

스누피 인형은 책장 옆의 내 독서 의자에 앉아 있었다. 내가 교사로 처음 부임하던 해에 차고 세일에서 사서 그때부터 죽 나와 함께 해온 녀석이었다. 그는 우리 반 마스코트다. 꼬리는 떨어져 나가고 없었고 코는 하도 만져서 언젠가부터 납작해져 버렸다. 그리고 요즘은 몸 색깔도 흰색이라기보다 회색에 가까웠지만 완전히 해체될까봐 세탁기에 넣기가 겁이 난다. 독서 의자에 스누피가 없을 때는 누군가의 무릎 위에 앉아 있는 것이다. 그때는 대개 조용히 책을 읽는 시간이거나 아이들이 운동장에 나갔다가 완전히 녹초가 되어 돌아왔을 때였다. 내가 얘기를 들려주는 시간에도 어김없이 누군가가 안고 앉아 있었다.

하지만 스누피는 아이들의 좋은 친구다. 아이들이 마구 잡아당기고 서로 갖겠다고 싸우고 이십 년이나 그 의자에 앉아 있었지만 녀석은 여전히 우리 곁을 지키고 있었다. 아마 언젠가는 훌륭한 선생님이 될 것이다.

"있잖니, 사라. 스누피가 지금까지 한 번도 퍼레이드에 나가본 적이 없잖아."

내가 부드럽게 말했다.

"항상 페넬로페가 신나게 퍼레이드에 나가는 걸 바라보기만 하고 자기는 한 번도 나가보지 못했잖아. 아마 자기도 가고 싶겠지. 하지만 아무도 데려가주질 않으니……."

사라가 두 번 코를 훌쩍거렸다.

"감기에 걸릴지 모르니까 스웨터 같은 게 필요하겠다. 우리가 수업 시간에 뭘 좀 만들어 입히자. 너도 알겠지만 스누피가 아직 한 번도 외출을 한 적이 없잖니. 그러니까 네가 아주 잘 돌봐줘야 될 거야."

사라가 다시 이번에는 딱 한 번 코를 훌쩍였다.

"어때? 네가 스누피를 데리고 나가주겠니?" 내가 말했다. "부탁해, 사라야."

사라가 잠시 생각했다. 그러더니 고개를 끄덕였다. 그리고 토요일 아침에 우리 반에서는 일곱 마리의 개와 고양이 네 마리, 기니피그 여섯 마리, 토끼 세 마리, 햄스터 두 마리, 생쥐 세 마리, 그리고 나를 구해준 사랑하는 봉제 동물 인형 한 녀석이 퍼레이드를 했다.

책상 서랍 정리 파티

아이들이 책상을 정리하는 모습을 본 적이 있는가? 그들은 책들과 종이를 꺼내 책상 위에 올려놓지 않는다. 그들은 두 팔을 책상 서랍 속에 넣어 모든 것을 한꺼번에 꺼낸 다음 할로윈 데이에 받은 사탕처럼 전부 바닥에 쫙 늘어놓는다. 바닥은 마치 지진이 휩쓸고 지나간 직후의 월마트처럼 보인다.

연필이나 수정펜, 지우개가 하나도 없거나 펀치가 안 보일 때, 뭐라고 딱 꼬집어 말할 수 없는 안 좋은 냄새가 날 때, 그리고 햄스터 한 마리가 또 없어졌을 때 나는 책상 정리를 해줄 때가 되었다는 것을 안다.

한 달에 한 번, 나는 안전모를 눌러쓰고 교실 문간에 빨간색과 흰색의 안전선을 쳐놓고 도로공사를 할 때 쓰는 오렌지색 원꼴 모양 표지판을 복도에 세운다. 나는 휴지통 앞에 보초를 서서 7개월

전에 제출했어야 하는 수학 시험지와, 완료된 과제물을 담는 바구니가 있는 곳을 잊고 아무데나 버려둔 독후감들을 아이들에게 되돌려준다.

책상을 정리하는 날, 당신이 언제나 유심히 살펴봐야 하는 아이들이 있다. 올해는 조슈아가 그렇다.

"조슈아, 이리 와봐."

그가 휴지통에 뭔가를 잔뜩 처박아 놓은 것을 보고 내가 소리쳤다. 나는 그가 버린 수학책을 도로 건네주었다.

혹시 위급한 상황이 닥치더라도 우리가 최소한 3개월은 버틸 수 있다는 사실에 나는 적잖이 안심이 된다. 오늘 나는 참치 샌드위치 반 개와 검게 변한 바나나 한 개, 치토스 한 봉지, 그리고 달걀 완숙 두 개를 찾아냈다. 그게 모두 리안의 책상에서 나온 것들이다.

멜리사의 책상에서 나온 플라스틱 밀폐 용기에는 먹다 남은 땅콩버터와 젤리 샌드위치가 들어 있었다. 멜리사가 그걸 가지고 과학 전시회에 나가면 아마 3등 상쯤은 탈 수 있을 것이다.

한때는 책상 정리하는 날이 정말 싫었었다. 하지만 『성공하는 교사를 위한 7단계』라는 책이 패러다임을 바꿔 놓았다.

요즘 나는 아이들과 책상 정리 파티를 열면서 여러 가지 게임을 한다. 내가 제일 좋아하는 게임은 〈넘칠 때까지 휴지통 꽉꽉 채우기〉, 〈휴지통의 쓰레기들을 발로 밟아 공간 만들기〉, 그리고 〈아, 여기 있었네!〉 게임이다.

심지어 시상도 한다. 이번 달에는 가장 많은 양을 내놓은 사람이 케이티였다. 케이티의 책상 속에서 열세 개의 주스 팩이, 사물함에서는 스물일곱 개가 더 나왔다. 연필 깎은 톱밥은 앤터니를 당할 자가 없었고 교실 바닥에 털어낸 해바라기 씨앗 껍질은 에리카가 단연 최고였다. 그리고 마이클의 책상에서는 반납일이 지난 책들이 제일 많이 나왔다. (연체료를 내고 또 빌린 책들이었다.)

가끔 나는 아이들이 대체 왜 시험지철을 뒤죽박죽으로 만드는지, 교실 바닥에 떨어진 옷을 왜 집어 올리지 않고 놔두는지, 책상 정리 파티를 왜 그렇게 즐거워하는지 알다가도 모르겠다.

아마도 그것은 화장실에 가서 휴지 열 장을 물이 뚝뚝 떨어지도록 적셔 와서 그걸로 책상을 닦아 책상 속까지 흠뻑 젖게 만드는 것이 재미있기 때문일 것이다.

아마도 그것은 비눗물 스프레이를 책상 위에 칙칙 스물다섯 번쯤 분사한 다음 비눗물이 바닥으로 줄줄 흘러내리는 것을 지켜보는 것과, 선생님이 얼른 휴지 가져오라고 소리 지르면 화장실로 달려갔다가 돌아와 이제 더 이상 휴지가 없다고 말하는 것이 재미있기 때문일 것이다.

아마도 그것은 제니가 바로 오늘 아침에 선생님에게 펀치 하나만 달라고 했었는데 그 아이의 책상에서 그것이 무려 일곱 개나 나온 것을 보고 선생님이 손으로 이마를 짚으면서 눈동자를 데굴데굴 굴리거나 머리를 절레절레 흔드는 모습을 보는 것이 즐겁기 때문일 것이다.

저더러
성교육 수업을 맡으라구요?!

학년 말이 되면 5학년들은 성교육 시간을 갖는다. 여학생들은 미시즈 가르시아에게 가고, 남학생들은 미스터 클라크에게 간다. 그 선생님들은 가능한 한 그 일정을 뒤로 미루고 싶어 한다.

올해 5월에는 클라크 선생님이 급성맹장으로 수술을 받아야 했기에 2주 동안 학교에 나오지 못했다. 캐시 교장 선생이 나를 만나러 왔다.

"다음 주에 클라크 선생님을 대신해서 남학생 상담을 맡아줄 수 있어요? 던 선생님 반 수업은 제가 대신 들어갈게요."

그녀가 말했다.

"절대 안 돼요!"

내가 소리를 질렀다.

"부탁해요. 남자 선생님이라야 하잖아요."

그녀가 간청했다.

"저는 마흔다섯 명의 5학년 남자아이들을 놓고 성에 대한 얘기를 할 준비가 안 되어 있어요."

내가 소리쳤다.

"꼭 성에 관한 얘기를 하실 필요는 없어요." 캐시 교장이 말했다. "그냥 앞으로 그들의 신체에서 일어날 변화들에 대해 얘기하시면 돼요."

"전 못합니다." 내가 말했다. "대부분 2년 전에 제가 가르친 아이들이에요. 그만큼 잘 알죠. 아마 내가 겨드랑이라는 말만 해도 난리들을 피울 겁니다."

"부탁합니다."

그녀가 말했다.

"그냥 아이들에게 면도기를 주시죠."

내가 말했다.

"제발요." 그녀가 다시 애원했다. "제가 직접 요리해서 식사 대접 할게요."

"정말요?"

"뭐든 말씀만 하세요."

그녀가 말했다.

"라자냐 만드실 수 있어요?"

내가 물었다.

"그럼요."

그녀가 대답했다.

나는 한숨을 쉬었다. "좋아요. 해보죠."

"고마워요." 캐시 교장이 말했다. "은혜는 잊지 않을게요."

다음 주에 점심시간이 끝나고 5학년 남학생과 여학생을 나눌 시간이 되었다. 도밍가가 내게 걸어왔다. 도밍가는 2년 전에 내가 가르친 학생이었다.

"던 선생님. 저는 미시즈 가르시아로부터 성교육을 받고 싶지는 않아요!"

도밍가가 말했다. "다 망쳐 버리실 거예요."

"도밍가, 그냥 청소년의 성장에 대해 말씀하실 거야. 그게 다야. 자, 가자."

도밍가는 고개를 푹 숙이고 가르시아 선생님 교실로 들어갔다. 솔직히 말해 미시즈 가르시아에게서 성에 관해 배우라고 하면 나라도 싫을 것이다.

남학생들이 내 교실로 들어와 앉았다.

"안녕하세요, 여러분." 내가 말했다. "오늘은 여러분이 점점 나이를 먹어가면서 신체에 나타나게 될 변화에 대해 배워볼 겁니다. 혹시 질문 있는 사람?"

침묵.

나는 머리를 긁적였다.

"자, 여러분이 앞으로 나이가 들면서 경험하게 될 신체의 변화에 대해 궁금한 거 있는 사람 있나요?"

계속 침묵.

나는 교실을 휘 둘러보았다.

그러다가 문득 한 가지 아이디어가 떠올랐다. 나는 종이와 연필을 잡았다.

"좋아요, 여러분. 내가 여러분에게 이제 종이를 한 장씩 나눠줄 거예요. 신체 변화와 관련해서 무엇이든 알고 싶은 게 있으면 적어 줬으면 좋겠어요. 그 질문들을 내가 큰 소리로 읽은 다음 거기에 대해 함께 얘기를 해보기로 해요. 좋아요?"

"좋아요."

아이들이 조용히 대답했다.

나는 종이를 나눠주었다. 즉각 모두들 뭔가를 써내려가기 시작했다. 이거 괜찮은걸, 나는 생각했다. 토론거리가 제법 많이 나올 것 같았다. 몇 분 후 나는 종이를 다시 걷어서 맨 첫 번째 것부터 읽어 보았다.

그냥 낙서.

두 번째 종이를 보았다.

나선의 고리 모양을 그려놓은 것.

세 번째.

가필드.

나는 종이를 전체적으로 휘휘 훑어보았다.

하나만 빼고는 전부 쓸데없는 낙서였다.

"자, 여러분." 내가 말했다. "질문이 있는 사람이 딱 한 명 있군요."

아이들은 쥐죽은 듯 앉아 있었다.

나는 그 질문을 큰 소리로 읽었다.

"선생님, 밖에 나가서 농구하면 안 될까요?"

아이들이 나를 빤히 쳐다보았다. 아무도 움직이지 않았다.

나는 교실을 빙 둘러보았다.

"오케이. 나갑시다."

"오, 예!"

아이들이 일제히 소리쳤다.

"하지만 농구를 하고 집에 돌아가면 데오드란트(땀 냄새 제거제)를 사용하는 걸 잊지 마세요. 알았죠?"

"오케이."

아이들이 입을 모아 말했다.

그리고 우리는 밖으로 나갔다.

캐시 교장의 라자냐가 여전히 유효한지는 잘 모르겠다.

새로운 단어 정의

　1828년부터 지금까지 무려 6만 개의 단어가 사전에 추가되었다는 사실을 당신은 아는가? 웹스터 사에는 『*Webster's New World College Dictionary*』를 위해 새로운 단어를 찾고 그 단어의 뜻을 조사하는 팀이 따로 있다는 것을 아는가? 그들은 aw-shucks(이런, 젠장), roadkill(야생동물들이 먹이나 이동을 위해 도로에 나왔다가 교통사고로 죽는 것) 등의 새로운 단어의 정의를 작성한다. 은퇴를 하고 내가 하고 싶은 일이 바로 그런 일이다. 나는 나중에 웹스터 사에서 일하게 될 때를 대비해 벌써부터 내 나름대로 새로운 단어의 정의들을 수집하는 일을 시작했다.

WING(동사, 즉흥연기하다)

월요일 아침에 전혀 아무런 계획도 없이 교실에 들어와 여섯 시간을 내리 수업하는 것.

PISTOL(명사, 권총)

말썽을 자주 일으키고 학급 규칙을 지키지 않는 아이.

FILLER(명사, 메꿈이)

금요일 오후, 수업이 끝나려면 45분이나 남았는데 너무나 피곤할 때 당신이 할 수 있는 활동들로 〈사이먼이 말하기를〉, 〈행맨〉 등의 게임을 말함.

PREP(명사, 준비)

선생님들이 다음 수업 준비를 제외한 모든 행위를 하는 시간. 그 행위에는 대개 동료 교사를 만나거나 아이들이 바닥에 떨어뜨린 가방을 주워 올리거나 말싸움을 중재하거나 눈싸움의 규칙을 재검토하거나 학부모에게 전화하거나 화장실로 뛰어가는 것 등이 포함됨.

RECESS(명사, 쉬는 시간)

교사들이 복사기를 사용하기 위해 길게 줄을 서 있는 15분에서 20분의 시간.

FAST(부사, 빨리)

쉬는 시간에 교사가 복사기에 걸린 종이를 빼내는 속도.

CARROT(명사, 당근)

비디오, 휴식 시간, 특별 체육, 현장 학습, 코코아 가루 등 어떤 아이에게 당신이 원하는 것을 하게 만드는 데 사용하는 것.

PROP(명사, 막대)

누군가를 때릴 수 있는 도구 혹은 교내 연극을 하는 동안 들고 있다가 떨어뜨리는 것.

JOKE(명사, 농담)

교장 선생님에 의한 평가.

BABYSITTING(명사, 아이 돌보기)

할로윈 데이에 아이들을 지켜보면서 질서를 유지하려고 노력하는 행위.

PERFORMANCE(명사, 연기)

학년 말에 아이들이 당신에게 내미는 선물을 열어보니 말발굽을 깎아 만든 냅킨 홀더가 나왔을 때 아이들과 어머니들 앞에서 좋은 척 미소 짓는 것.

SAINT(명사, 성자)

1학년 담임 선생님.

반 편성 대작전

초등학교에서는 어디나 5월 말이나 6월 초에 모든 교사와 교장 선생님이 한자리에 모여서 다음 학기의 반 편성을 의논한다. 우리 학교에서는 색인 카드에 학생들의 이름을 적어 테이블에 펼쳐놓은 다음 한데 몰리지 않고 고루 배분되도록 마구 뒤섞는다. 그와 동시에 각개격파도 한다.

"로니는 어디로 보내죠?"

캐시 교장이 물었다.

"스티븐과 떼어놓아야 돼요."

내가 대답했다.

"그럼 스티븐은 어느 반에 넣을까요?"

그녀가 물었다.

"브라이언과 다른 반에요."

"그럼 브라이언은요?"

"뾰족한 연필, 컴퍼스, 종이 클립, 자, 잣대, 그리고 소화기가 없
는 곳으로 보내야 됩니다."

반을 편성할 때는 수많은 요소들이 고려된다. 선생님들은 남녀
성비의 균형도 봐야 하고 인종적 균형도 맞춰야 하고 성적도 고
루 섞이도록 신경 쓴다. 그리고 또 한 가지 우리가 고려하는 것이
있다.

당신에게 이 얘기를 함으로써 나는 어쩌면 기밀 누설죄로 해고
당할지 모른다. 그렇더라도 어쩔 수 없다.

그렇다. 그것은 사실이다. 대부분의 학교에서 교장 선생님은 이
렇게 말한다.

"교사들에 대한 학부모의 요구를 일일이 수용하지는 않는다는
것이 우리 학교의 방침입니다."

하지만 그게 그렇지가 않다. 그런데드 학교에서 이렇게 말하는
것은 혼란을 원치 않기 때문이고, 극성 엄마와 극성 아빠를 상대하
고 싶지 않기 때문이며, 모든 선생님들이 똑같이 좋은 분들이라는
것을 부모들이 믿어 주었으면 하는 마음에서다.

어쨌거나 일부 학부모들은 교장에게 편지를 보낸다. 전에 그런

편지를 직접 본 적이 있다. 우는 아이 젖 준다고, 그런 식의 개인적 요구가 얼마나 많이 충족되는지 알면 놀라울 정도다.

하지만 학부모만 그런 요구를 하는 것이 아니다. 교사들 역시 요구를 한다. 얼마 전에 나는 매리언 선생님의 교실에 들어가서 이렇게 말했다.

"안녕, 매리언, 옷이 아주 예쁘네요. 오늘 운동장 당번, 제가 대신해 드릴까요?"

내가 물었다.

"이번에는 이르시네요."

"네?" 내가 물었다. "그게 무슨 말씀이에요?"

"음, 작년에는 5월 말이 되기도 전부터 제게 아첨을 하진 않으셨거든요."

나는 껄껄 웃었다.

"아첨 아니에요."

"그럼 손에 그건 뭐죠?"

내 손에 있는 와인 병을 가리키며 그녀가 물었다.

나는 와인을 그녀의 책상에 올려놓았다. "좋아요. 그렇다고 해 두죠."

그녀가 소리 내어 웃었다.

"올해는 좀 일찍 서두르는 게 좋겠다고 생각했어요." 내가 말했다. "그런데 제가 교장실에 갈 때마다 거기 앉아 있는 아이 이름이 뭐예요?"

"후안."

그녀가 말했다.

"제 생각에 그 아이는 다운 선생님 반에 가면 아주 잘 할 거예요." 내가 말했다. "엄마같이 포근하게 품어주는 선생님이 필요할 거라고 생각해요. 그리고 단체 활동을 할 때마다 항상 선생님 옆에 앉아 있는 그 아이는 누군가요?"

"오스카요."

그녀가 대답했다.

"오스카한테도 다운 선생님이 잘 맞을 것 같은데요."

그녀가 빙긋 웃으며 말했다.

"제 생각에는 오스카에게 긍정적인 롤 모델이 되어줄 남자 선생님이 필요할 것 같은데요."

나는 와인을 도로 들고 나왔다.

누가 이런 말들을 했는지 맞춰보세요

　당신이 어떤 학교를 다니든 교무실은 어디나 다 똑같이 생겼다. 벽장에는 커피 머그잔이 꽉 차 있고 냉장고에는 플라스틱 밀폐 용기가 가득하며 게시판에는 바하마에서 교사를 구한다는 구인 광고들이 빼곡하다.

　교무실에서 오가는 대화 역시 항상 똑같다. 대화는 언제나 이런 식으로 시작된다. "아무개가 오늘 뭐라고 했는지 들으셨어요?" 혹은 "오늘 아침에 저희 반에서 무슨 일이 있었는지 맞춰보세요." 아니면 "제가 얘기 하나 해드릴까요?"

　학년 마지막 주에 킴, 마이크, 다운, 리사와 나는 점심시간에 교무실에 앉아서 아이들 얘기를 하는 중이었다. 올해 나왔던 "누가 이런 말을 했는지 맞춰보세요." 시리즈 중에 괜찮은 것들만 골라 보았다.

앤터니: 던 선생님, 우리가 무기에 대해 배우기 시작하면 「미션 임파서블」을 볼 수 있어요?

나: 무슨 일이 있니, 앤드류?

앤드류: (걱정스러운 표정으로) 던 선생님, 제가 나중에 대학에 갈 때 거북이를 데리고 가도 돼요?

나: 채식주의자가 뭔지 아는 사람?

리안: 물론 알죠. 햄스터를 안 먹는 사람이잖아요.

나: 굿바이, 토모야.

토모야: 굿바이, 선생님! 어제 만나요(See you yesterday!)

나: 얘들아, 모차르트가 서른일곱 살에 죽고 거슈윈도 삼십대에 죽었다는 거 아니?

매튜: 전 작곡가가 되진 않을래요.

나탈리: 우리 엄마는 너무 귀가 얇아요. 그런데 던 선생님, 귀가 얇다는 게 뭐예요?

나: 무슨 일이니, 지수?

지수: 몸이 아파요(콜록콜록 기침을 하면서). 냉동에 걸렸어요.

(I caught a freezing. 감기에 걸렸다는 표현은 ‘I caught a cold’ 임.)

멜라니: 우리 언니가 『작은 아씨들』을 읽고 있어요. 그 책이 몇 페이지인지 아세요? 백 페이지도 넘어요!

나: 「화이트 크리스마스」라는 캐럴을 부른 가수가 누군지 아니?
패트릭: 그걸 모르는 사람이 어딨어요? 빌 코스비잖아요. (「화이트 크리스마스」 캐럴을 부른 가수는 빙 크로스비고, 빌 코스비는 「코스비 가족」이라는 드라마에 주인공으로 나왔던 배우 이름임.)

나: 멜리사, 형용사가 뭔지 아니?
멜리사: 그럼요. 형용사는 단어들에 옷을 잘 차려 입히는 거잖아요.

나: 에밀리, 너는 자라서 무엇이 되고 싶니?
에밀리: 저는 나중에 자라서 결혼을 할 거고 딸을 두 명 낳을 거예요. 그런 다음에 이혼을 하고 리무진 운전수가 될 거예요.

나: 카를로스, 외투는 어디다 걸어야 되지?
카를로스: on the hooker. (외투걸이는 hook이고, hooker는 매춘부, 도박꾼이라는 뜻이 있음.)

케빈: 저는 나중에 크면 중국으로 이사하고 싶어요.

나: 왜?

케빈: 거기가 세계의 장난감 도시잖아요.

나: 그게 무슨 뜻이니?

케빈: 제 장난감에는 전부 〈메이드 인 차이나〉라고 쓰여 있거든요.

나: 자유의 여신상이 들고 있는 게 뭔지 말해 보겠니?

브라이언: 아이스크림콘이오.

나: (교실 통로를 걸어가며) 지금 뭐하니, 에리카?

에리카: 엄마 때문에 화가 나서 미치겠어요. 그래서 바닥에 갈라진 금이란 금은 일부러 다 밟고 있는 중이에요. (보도블록의 금을 밟으면 재수가 없다는 미신이 있음.)

나: 저스틴, 너에게 선택권을 주겠다. 그 공 의자beanbag에서 당장 내려올 테냐, 아니면 칼슨 선생님 상담실로 갈 테냐?

저스틴: 그런데 혹시 칼슨 선생님한테 핸드백handbag이 있을까요?

아론: 던 선생님, 저는 이제 마음을 착하게 고쳐먹고 〈사람새〉가 될 거예요.

나: 그럴 땐 〈새사람〉이 된다고 해야 하는 거야.

나: rough(거친)의 반대말이 뭔지 아니?

케니: meow요. (《부드러운》이라는 뜻의 단어는 mellow이고,
meow는 〈야옹!〉이라는 뜻임.)

피터: 던 선생님, 대수가 뭐예요?

나: 어려운 수학이야. 말하자면 이런 거란다. (〈3X+2=17〉이라고
화이트보드에 쓴다.)

피터: 우리 누나는 X해요. 지금 고등학생이거든요.

나: 조슈아, 그걸 다시 하려면 수학책에서 그 페이지를 복사해야
겠지.

나: (잠시 후) 조슈아, 뭐 하니?

조슈아: 페이지를 복사하고 있어요.

나: 하지만 너는 그 문제들이 어렵지 않잖아.

조슈아: 하지만 혹시 내일은 어려울지 모르잖아요. 이거 됐다가 나
중에 사용해도 되죠?

나: 마젤란이 무엇으로 유명한지 말할 수 있는 사람?

스티븐: 그거야 쉽죠. 세계를 할례circumcise했잖아요.

나: 그게 아니라 세계일주circumnavigate를 한 거란다, 스티븐.

　학년 말이 되면 나는 항상 두어 명의 학생들로부터 저녁 초대를 받는다. 그리고 초대를 받으면 대개 나는 응한다. 사실 내가 처음 교직에 발을 들여 놓았을 때 나는 저녁 초대를 받는 걸 너무 좋아했고, 제일 좋아하는 음식은 라자냐라고 밝히곤 했었다.

　그게 효과가 있었다. 어떤 해인가는 2주 동안 내리 라자냐를 먹은 적도 있었다.

　하지만 두 번의 가정 방문을 해보고 나는 저녁 초대에 일정한 패턴이 있다는 것을 알아차렸다. 어떤 집엘 가든 저녁 식사는 거의 똑같았다. 집집마다 그 패턴이 어찌나 똑같은지 선생님이 방문했을 때 대처하는 방법에 관해 다룬 책이 있는 게 아닐까 생각했을 정도였다.

　저녁 초대를 받고 학생의 집에 도착하면 어머니가 현관에 나와서 당신을 맞이한다. 이때 반드시 개도 따라 나온다. 어머니가 당신을 안으로 안내하면 개는 킁킁거리며 당신의 냄새를 맡는다. 학생은 거기 없다. 그렇다. 당신이 그날 하루 종일 함께 있었던, 실은 지난 한 해를 함께 보낸 학생은 아직 나오지 않는다. 왜일까? 왜냐하면 숨어 있기 때문이다. 마침내 아이가 주방문 뒤에서 고개를 빠끔히 내밀며 나타난다. 하지만 말은 하지 않는다. 꼬마 여동생이 그녀와 같이 있다. 그 꼬마도 말을 하지 않는다.

하지만 그들의 수줍음은 곧 사라지고 당신의 집안 순례가 시작된다.

1단계, 학생의 침실.

당신은 복도를 지나 침실로 걸어간다. 그리고 당신은 복도에 멈춰 서서 그 집안 모든 아이들이 학교에서 찍은 사진을 본다. 할아버지 할머니의 결혼사진과 아빠 엄마의 결혼사진도 볼 것이고 양쪽 집안 고모, 이모, 삼촌들을 모두 사진으로 만나보게 될 것이다.

그런 다음 당신은 침실 문 앞에 이른다. 침대는 잘 정돈되어 있고 책상도 말끔하게 정리되어 있다. 이 학생이 당신을 초대한 것이 2주 전이기 때문이다. 당신이 침실로 들어서면 학생이 침대로 달려가면서 소리친다. "침대 밑은 보지 마세요!" 수납장 문에는 학교에서 수업 시간에 만든 작품들이 붙어 있을 것이다. 당신이 수납장 문 쪽으로 다가가면 아이가 쏜살같이 달려가 두 팔로 문을 가로막으며 소리칠 것이다. "이 안에는 보지 마세요!" 그리고 아이는 햄스터에게로 뛰어가 우리에서 꺼내서는 당신에게 안아보겠느냐고 물을 것이다. 당신이 "아니, 됐어."라고 다섯 번쯤 말하면 아이는 결국 햄스터를 도로 우리에 집어넣고 책상 위의 게시판에 붙여놓은 모든 상장들과 메달을 보여줄 것이다. 한 번에 한 개씩.

당신의 다음 순례지는 어린 여동생의 방이다. 꼬마숙녀 역시 당신을 위해 방청소를 해놓았다. 그 아이도 당신에게 상장과 메달과 증서들을 모두 보여주고 봉제 인형들도 전부 보여줄 것이다. 그나마 다행인 게 있다면 그 아이는 햄스터를 기르지 않는다는 것 정도다.

그 다음에 당신은 거실로 안내된다. 거기서 당신은 그 학생이 피아노를 치는 것을 들어야 한다. 아이는 「엘리제를 위하여」를 연주할 것이다. 콘서트가 끝나면 아이는 새로 산 검은색 탭댄스 슈즈를 신고 현관 타일에서 스텝을 보여준다. 그러고 나면 이번에는 동생이 당신을 위해 새 탭댄스 슈즈를 신고 스텝을 보여준다.

마침내 식사 시간이 된다. 당신은 식당으로 안내되고 학생의 옆자리에 앉는다. 아이들이 식탁을 차리는 것을 돕는다. 식탁에는 식탁보가 깔려 있다. 물론 저녁 메뉴는 라자냐다. 프랑스 빵 바게트와 샐러드도 나올 것이고 그 샐러드는 당신의 학생이 만든 것이다. 식사 내내 당신은 정말 맛있다는 말을 연거푸 할 것이다. 디저트로는 분트 케이크가 나올 것이다.

식사가 끝나면 당신은 다시 거실로 나와 앨범을 볼 것이다. 앨범은 무려 서른일곱 권이다. 당신은 그것들을 대충이라도 전부 넘겨본다. 그리고 아이들은 자기 생일 파티와 입학식, 할로윈 의상, 백화점에서 산타클로스와 찍은 사진, 그리고 개 목욕시키는 사진 등을 보여줄 것이다. 그리고 당신은 그랜드캐니언 사진 3백 장과 미키마우스와 함께 찍은 사진 3백 장을 보게 될 것이다.

마침내 당신은 손목시계를 보면서 너무 늦었다고, 집에 가야 할 시간이라고 말할 것이다. 어머니는 집에 가지고 가라면서 쿠킹호일에 싼 라자냐를 당신에게 건넨다.

올해는 에밀리의 집에 초대받아 가서 저녁 식사를 했다. 이번에도 역시 패턴대로 진행되었다. 침실 순례, 거실에서의 리사이틀, 저녁 식사, 앨범 보기, 그리고 집에 가져가라고 어머니께서 포장해 주신 라자냐. 다른 점이 한 가지 있었다면 에밀리는 햄스터가 아니라 기니피그를 키운다는 점이었다. 집을 나서기 전에 나는 에밀리에게 숙제는 다 했느냐고 물었다.

"아직요."

에밀리가 대답했다.

나는 그녀에게 허리를 굽히고 윙크를 했다.

"오늘은 숙제 안 해도 괜찮아." 내가 말했다. "초대해줘서 다시 한 번 고맙다."

다음 날 학교에서 나는 학급 친구들 앞에서 다시 한 번 에밀리에게 감사 인사를 했다. 그랬더니 에밀리는 반의 모든 아이들에게, 내가 라자냐를 세 쪽 먹었고 엄청나게 큰 케이크를 두 조각 먹었고, 자기 기니피크를 안아보라고 했더니 무서워했고, 엄마가 선생님이 대식가라고 했다고 말했다.

"그리고." 에밀리가 말을 이었다. "던 선생님이 어제 초대해줘서 고맙다고 숙제는 안 해도 좋다고 하셨어."

첫 번째 쉬는 시간이 끝날 때까지 내 책상에는 일곱 장의 초대장이 놓였고 그 중에 다섯 장은 로니가 쓴 것이었다.

"애, 로니."

내가 말했다.

로니가 고개를 들어 나를 올려다보았다.

"이게 전부 네가 쓴 것이로구나."

그가 씩 웃으면서 말했다.

"만약 다섯 번 다 오시면 저는 일주일 동안 숙제를 안 해도 되잖아요."

선생님은, 알고 있단다

누군가가 내게 아이가 있느냐고 물으면 내게는 아이가 서른두 명 있다고 대답한다. 그건 내 진심이다. 선생님은 세 번째 부모다. 전에 에마 봄베크가 쓴 글을 읽은 적이 있다. 제목이 「나는 알고 있단다」였던 그 글을 나는 결코 잊지 못할 것이다. 그것은 부모의 지혜에 관해 쓴 글이었다. 여기 선생님들이 알고 있는 몇 가지를 적어 보았다.

*

"네가 수업 시간에 손을 들지 않았을 때는 선생님이 네 이름을 부르는 걸 네가 너무나 싫어한다는 것을 선생님은 알고 있단다. 하지만 선생님은 네 생각을 들어보고 싶었던 거야."

"네가 반 아이들 앞에 서서 시를 암송하려면 엄청 긴장한다는 것을 선생님은 알고 있단다. 선생님은 단지 네가 사람들 앞에서 자신 있게 말할 수 있기를 원할 뿐이었어."

"다른 친구들은 더 어려운 책을 읽는데 너는 선생님과 함께 『생쥐 매트』를 읽는 걸 좋아하지 않는다는 걸 선생님은 알고 있단다. 하지만 넌 이제 막 영어를 배우기 시작했다는 것을 잊지 말아라. 너도 언젠가는 더 어려운 책을 읽을 수 있을 거야. 내가 약속하마."

"네게 똑같은 문장을 한 번 더 큰 소리로 읽게 하고 이번에는 반드시 마침표에서 끊게 하는 것을 네가 싫어한다는 걸 선생님은 알고 있단다. 선생님은 네가 책 읽는 방법을 배우기를 바랄 뿐이야."

"네가 고양이를 그릴 때 선생님이 도와주지 않아서 속이 상했던 거 선생님은 알고 있단다. 선생님은 그 고양이가 선생님의 고양이가 아니라 너 자신의 고양이가 되길 바랐어."

"〈36 나누기 7〉을 푸는 방법을 선생님이 말해 주지 않아 화가 났다는 거 선생님은 알고 있단다. 선생님은 너 혼자서도 답을 알아낼 수 있으리라 믿었거든."

"선생님이 킴미 선생님과 서서 애기하는 동안 네가 오래 기다렸다는 거 선생님은 알고 있단다. 선생님은 네가 인내심을 배우기를 바랐어."

"선생님이 네 이름을 부르지 않고 대신 조슈아를 시켜서 네가 실망했다는 거 선생님은 알고 있단다. 너는 〈6 곱하기 9〉를 알고 있는 게 확실하지만 조슈아는 아는지 모르는지 확신이 없었거든."

"선생님이 어머니께 전화를 하서 네가 화가 났다는 거 선생님은 알고 있단다. 네가 점심으로 항상 스니커즈만 먹어서는 안 되겠기에 그랬어.”

“네가 다른 친구들보다 읽는 속도가 더뎌서 네가 속상해 한다는 거 선생님은 알고 있단다. 선생님도 느리게 읽는데 뭘.”

“네가 ‘물 먹을 수 있어요?’라고 물었을 때 선생님이 허락하지 않아서 네가 실망했다는 거 선생님은 알고 있단다. 다음에는 ‘물 먹어도 될까요?’라고 말해 보렴.”

“모차르트와 비발디, 베토벤, 차이코프스키의 음악이 네 취향이 아니라는 거 선생님은 알고 있단다. 하지만 그 음악들은 네 영혼에 좋단다.”

“선생님이 impossible의 스펠링을 말해 주지 않아서 네가 속상했다는 거 선생님은 알고 있단다. 선생님은 네가 직접 노력해서 알아내기를 바랐어.”

“오늘 쉬는 시간에 나가지도 못하고 선생님과 함께 있기가 싫었을 거라는 거 선생님은 알고 있단다. 네게 숙제를 끝마칠 시간을 주고 싶었을 뿐이야.”

“앤터니가 어제 저녁에 생일 파티를 했고 게다가 너는 보이스카우트에서 파인우드 더비에 가지고 나갈 자동차를 마저 만들어야 했기 때문에 숙제를 다 하지 못했다는 거 선생님은 알고 있단다. 그리고 네가 방과 후에 남아서 숙제를 하는 걸 싫어한다는 것도 선생님은 알고 있단다. 선생님도 네 사정은 다 알고 있단다.”

“문단 전체를 다시 쓰라는 걸 네가 싫어한다는 거 선생님은 알고 있단다. 선생님은 네가 최선을 다했으면 좋겠구나."

"네가 어제도 그리고 그 전날도 선생님 앞에서 threw와 said, 그리고 school을 써 보였다는 거 선생님은 알고 있단다. 선생님은 네가 스펠링을 정확히 배우기를 바란단다."

"선생님이 만일 네가 샬롯이라면 거미줄에 뭐라고 쓰겠느냐고 물어보는 걸 네가 싫어한다는 거 선생님은 알고 있단다. 선생님은 네가 상상을 해보기를 바랐단다."

"네가 오늘 집중을 할 수가 없었다는 거 선생님은 알고 있단다. 그래서 수학 문제를 겨우 다섯 개밖에 안 풀었는데도 쉬는 시간에 나가서 놀게 해주었어. 선생님도 전에 키우던 강아지를 하늘나라로 보내봐서 네 심정을 알거든."

 여름방학이 끝나고 돌아오면 아이들이 곱셈을 잊어버렸을 것이고 다음 학년 선생님이 처음부터 다시 가르쳐줘야 할 거라는 사실을 나는 안다. 나는 아이들이 형용사와 부사의 차이를 잊어버리고, spaghetti의 스펠링을 잊어버리고, 청교도들이 배를 타고 신세계에 건너온 것이 언제인지 잊어버릴 것임을 안다.

 하지만 어젯밤에 숙제를 못했다고 말하는 것이 거짓말을 하는 것보다 낫다는 것을 내가 그들에게 가르쳤던가?

 게임을 할 때 친구에게 "넌 안 돼."라고 말하는 대신 함께하도록 끼워주는 것이 더 좋다는 것을 내가 아이들에게 가르쳤던가?

 네 명이 공동 작업을 할 때 빨간 펜이 두 개밖에 없는데 모두 빨간 펜을 원할 때는 어떻게 해야 하는지 내가 아이들에게 가르쳤던가?

복도에서 누군가와 스쳐 지나갈 때는 어떻게 인사를 하고, 수업을 마치고 교실을 나갈 때는 어떻게 인사해야 하는지 내가 아이들에게 일러주었던가?

문장 속에 답이 나와 있지 않을 때 생각을 통해 답을 찾아내는 방법을 내가 아이들에게 가르쳤던가?

정말 중요한 것은 지식보다 상상력이라는 것을 내가 그들에게 가르쳤던가?

토머스 에디슨이 했던 실험들 대부분이 처음에는 실패였다는 사실을 내가 아이들에게 말해 주었던가?

매일 노래하는 것의 즐거움을 내가 아이들에게 가르쳤던가?

최선을 다했을 때 느낄 수 있는 만족감을 내가 아이들에게 가르쳤던가?

많이 웃되 남들의 실수를 비웃지 말며, 누군가의 이름이 자기와 다르고 조금 이상하다고 해서 웃지 말라는 얘기를 내가 그들에게 해주었던가?

배움은 평생 계속하는 것이라는 말을 아이들에게 해주고 내 불어 숙제를 그들에게 보여주었던가?

만일 내가 아이들에게 이런 것들을 가르쳤다면, 그렇다면 나는 그들이 청교도가 신세계로 언제 출발했는지, spaghetti의 스펠링을 어떻게 쓰는지 설사 잊어버린다 해도 괜찮다.

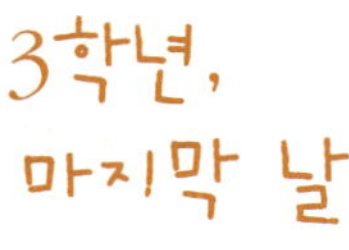

3학년, 마지막 날

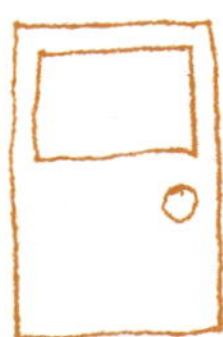

지난 몇 주 동안 나는 시간을 빨리빨리 앞으로 돌려서 3학년 마지막 날이 얼른 왔으면 좋겠다고 생각했었다. 그런데 막상 그날이 되니 아이들을 떠나보내고 싶지가 않다.

나의 어린 새들을 놓아 보낸다는 것이 나한테는 결코 쉬운 일이 아니다. 나는 우리 반 아이들이 집에서 키우는 애완동물들의 이름을 다 알고 있다. 그리고 나는 아이들이 깁스를 하고 오면 언제나 맨 먼저 사인을 했다. 나는 조이의 아버지가 집에서 함께 살지 않는다는 것도 알고, 벽에 걸어놓은 키재기 자로 재어본 아이들의 키가 일 년 동안 얼마나 자랐는지도 알고 있다.

우리는 길을 건너기 전에 차가 오는지 살피지 않은 바람에 죽음을 맞은 고양이들을 함께 애도하고, 줄 간격이 넓은 공책에서부터 줄이 좁게 쳐진 공책까지의 단계를 함께 거쳐 왔다. 우리는 이제

344

가족이 되었다.

품 안의 자식을 길러 둥지 밖으로 내보낼 준비를 하기까지 부모들에겐 18년의 세월이 주어진다. 하지만 선생님들에겐 고작 열 달 뿐이다.

이제 게시판은 비었다. 아이들의 그림이나 작품을 걸 수 있도록 교실 천장을 가로질러 매어놓았던 철사줄도 빨래집게 몇 개만 빼고는 텅 비었다. 내 책상 위에는 커피와 머그잔과 사탕과, 아이들이 직접 만든 카드들이 들어 있는 선물 상자가 잔뜩 쌓여 있다. 제니는 자기가 직접 실로 뜬 컵받침 세트를 선물해 주었다.

책상을 말끔히 치우고 개인 사물을 모두 사물함에 넣은 후 우리는 종업식을 시작했다. 아이들은 팝콘과 프레첼 그리고 종합 스낵을 받았고, 스튜어트 부인과 터너 부인이 책상 사이사이를 다니면서 아이들에게 주스를 따라주었다. 나는 책상에 앉아서 아이들이 웃고 떠들고 팝콘과 프레첼과 스낵 믹스를 교실 바닥에 흘리는 것을 바라보았다.

스튜어트 부인이 종업식의 시작을 알리자 반 아이들이 내게 주는 선물을 멜라니가 대표로 갖고 나왔다. 모두 자리에서 일어나 내 주위에 빙 둘러섰다. 그리고 내가 선물을 풀어보는 동안 고개를 쭉 내밀고 내 손을 쳐다보았다.

"난 뭔지 알지."

스티븐이 말했다.

"말하지 마."

멜라니가 소리쳤다.

"와우."

상자에서 선물을 꺼내며 내가 말했다. 나는 겉에 쓰여 있는 글을 읽었다.

"던 선생님의 추억집. 정말 예쁘구나. 이건 언제 만들었니?"

"선생님이 결근하셨을 때요." 나탈리가 말했다. "스튜어트 부인이 도와주셨어요."

나는 깜짝 놀라는 척했다.

"요런 깜찍한 것들 같으니라고."

내 말에 아이들이 까르르 웃었다.

나는 엄지손가락으로 책장을 대충 넘겨보았다.

앤터니가 쓴 글이 보였다.

"사랑하는 던 선생님, 보고 싶을 거예요. 선생님이 해주시는 얘기는 정말 재미있었어요."

그리고 글 옆에는 커피 머그잔을 들고 있는 내 모습이 그려져 있었다.

"내가 이렇게 생겼니?"

"네에!"

아이들이 입을 모아 소리쳤다.

"정말 고맙구나."

토모야가 쓴 글도 있었다.

"던 선생님, 저한테 영어를 가르쳐주셔서 감사합니다. 전보다 영어를 훨씬 잘할 수 있게 됐어요."

나는 미소를 지어 보였다.

"고맙다, 토모야. 그럼, 너 정도면 아주 잘 하는 것이고말고."

아이들 모두에게 고맙다는 인사를 하고 나는 그들에게 마지막으로 제자리에 앉아 보라고 말했다. 그리고 종이 치기 10분 전에 나는 그 해의 마지막 연설을 시작했다.

"얘들아, 올해는 아주 멋진 한 해였다……." 내 목소리가 갈라져 나오기 시작했다. "이제 너희들은 곧 4학년이 될 거야. 일 년 동안 정말 열심히 공부했고 너희들은 충분히 준비가 되었어. 피터, 〈8 곱하기 7〉이 뭐지?"

"56이요!"

그가 소리쳤다.

"잘 했어. 자, 모두 선생님 말 잊지 마라. 서로 친절하게 대하기. 숙제 잘 하기. 시험지에는 꼭 이름 쓰기. 토끼 밥 주는 것도 잊지 말기. 나탈리, sincerely에 e자가 몇 개 들었지?"

내가 물었다.

"두 개요."

나탈리가 대답했다.

"그래." 나는 심호흡을 한 번 하고는 말을 계속했다. "그리고 너희들의 3학년 때 선생님도 잊지 말고 가끔 한 번씩 찾아준다면 고맙겠구나. 선생님들은 자기가 가르친 아이들이 찾아오는 걸 아주 좋아하거든. 오케이?"

"오케이."

모두 합창을 했다.

나는 눈가를 닦았다.

"자, 얘들아, 이제 집에 갈 준비해야지."

그때 아이들이 모두 자리에서 일어섰다. 나와 포옹을 나누며 작별인사를 하기 위해 서른두 명의 아이들이 말없이 줄을 섰다. 나는 입술을 깨물고 아이들을 안아주면서 머리를 쓰다듬어 주고 머리카락을 마구 헝클어 놓기도 했다. 나탈리가 울었다. 스티븐도 울었다. 에밀리는 어젯밤에 자기가 색칠한 공책 한 장을 내게 건넸다. 로니는 나를 꼭 안고 놓지 않으려 했다.

"자, 자, 로니. 버스 놓치겠다."

"네, 던 선생님. 안녕히 계세요."

"잘 가렴, 타이거."

그는 팔을 풀고 교실 밖으로 뛰어나갔다.

"어, 로니!"

내가 소리쳤다.

그가 휙 돌아보았다.

"네?"

"가방 갖고 가야지."

그가 싱긋 웃었다.

"아, 네."

그가 다시 뛰어와서 가방을 휙 집어 들고 문 쪽으로 뛰어갔다.

아이들이 모두 돌아간 후, 나는 케이티의 책상 밑에서 주스 팩을 집어 들고 아이들의 작별 선물을 쇼핑백에 차곡차곡 담았다. 그러고는 벽에 걸려 있던 세계지도를 내리고 의자들을 책상 위로 올리고 화이트보드 한쪽 구석에 쓰여 있는 〈하루 남았음〉이라는 글을 지우개로 지웠다. 그런 다음 피아노 뚜껑을 덮고 마지막으로 교실을 한 번 휘 둘러본 후 불을 끄고 나와 문을 걸었다.

이제 이 아이들의 3학년 마지막 날도 끝났다.

옮긴이

김경숙 | 서울에서 태어나 이화여대 영문과를 졸업하고 현재 전문 번역가로 활동 중이다. 『화성에서 온 남자 금성에서 온 여자』 시리즈 일곱 권, 『서드 에이지 마흔 이후 30년』, 『마인드 짐』, 『오해의 심리학』, 『미친 뇌가 나를 움직인다』, 『세상으로의 첫 여행을 떠날 때 읽는 동화』, 『마흔 이후 인생작 동법』 등을 우리말로 옮겼다.

선생님,
괜찮으세요?

1판 1쇄 찍음 2011년 8월 25일
1판 1쇄 펴냄 2011년 8월 30일

지은이 필립 던
옮긴이 김경숙
펴낸이 권선희

펴낸곳 **사이**
출판등록 제313-2004-00205호
주소 121-819 서울시 마포구 동교동 198-24 재서빌딩 501호
전화 02-3143-3770
팩스 02-3143-3774

ⓒ **사이**, 2011, Printed in Seoul, Korea.

ISBN 978-89-93178-10-4 13840

값 14,500원